小品丛书

浮生六记

〔清〕沈 复 著

知识出版社

图书在版编目（ＣＩＰ）数据

浮生六记 ／（清）沈复著. —— 北京 ：知识出版社，
2015.4

（古典散文小品丛书）

ISBN 978-7-5015-8443-7

Ⅰ．①浮… Ⅱ．①沈… Ⅲ．①古典散文－散文集－中
国－清代 Ⅳ．①I264.9

中国版本图书馆CIP数据核字(2015)第049443号

古典散文小品丛书　**浮生六记**

出 版 人　姜钦云

责任编辑　王云霞

装帧设计　罗俊南

出版发行　知识出版社

地　　址　北京市西城区阜成门北大街17号

邮　　编　100037

电　　话　010-88390659

印　　刷　三河市人民印务有限公司

开　　本　710mm×1000mm　1/16

印　　张　13

字　　数　250千字

版　　次　2015年4月第1版

印　　次　2025年1月第5次印刷

书　　号　ISBN 978-7-5015-8443-7

定　　价　45.00元

出版说明

　　《浮生六记》是清朝乾隆年间文人沈复的自传体散文。作者用简洁朴实的文字描述了个人生活的方方面面，如爱情婚姻、家庭变故、闲情志趣、游山玩水等，字里行间流露出作者独特的性格特征、人生态度、价值理念和审美情趣。

　　沈复，字三白，号梅逸，生于乾隆二十八年（1763年），江苏苏州人，工诗画，善散文，却并非传统意义上的文人。由《浮生六记》可知，沈复出生于"衣冠之家"，性格爽直，豪放不羁，既非秀才举人，又不贪慕官宦生活，从未参加科举考试，也不是知名的文人墨客。他曾从师读书，习幕经商，后又以卖画为生，浪迹天下，常年生活在社会底层，故其文章很能引起普通大众的共鸣。

　　据史料记载，《浮生六记》这本书成书后，手稿零落，几近湮没。幸而道光年间王韬的妻兄杨引传在苏州的冷摊上发现此书的残稿（只四卷，后两卷已亡佚），交给当时在上海主持申报尊闻阁的著名学者王韬。王韬为此书题跋，赞其"笔墨间，缠绵哀感，一往情深"。光绪三年（1877年），该书以活字版发行于世。然而，该书在当时并未引起轰动，直至"五四"新文化运动时期，它的光彩才第一次展现于世人眼前，林语堂、俞平伯等人都极为赞誉这本书。1936年，林语堂将该书译成英文，在《天下》月刊上连载，后又出版了英汉对照单行本，遂广为流传。该书版本诸多，时至今日仍然受到欢迎和追捧。

　　《浮生六记》中"浮生"二字，典出李白诗《春夜宴从弟桃李园序》："夫天地者，万物之逆旅也；光阴者，百代之过客也。而浮生若梦，为欢几何？"其六记分别为《闺房记乐》《闲情记趣》《坎坷记愁》《浪游记快》《中山记历》及《养身记道》，后两卷早已亡佚。后来有人亦在苏州冷摊上发现其全本，后两卷经人考证系后人伪作。虽如此，其中仍不乏精彩之处。

《闺房记乐》描写了作者与妻陈芸之间的缱绻深情，读之芸的可爱、纯情、聪慧，令人印象深刻；《闲情记趣》刻画了作者与芸生平的爱好雅趣，读之那恬静安适的生活态度，悠然自得的生活面貌，令人神往；《坎坷记愁》则记载了作者与芸悲凉凄苦、曲折跌宕的人生经历，读之心有戚戚焉，令人掩卷而泣；《浪游记快》描画了作者游览名山大川的豪情，读之感其审美的独特，令人眼界大开。细品此书，没有跌宕起伏的故事情节，没有荡气回肠的爱恨情仇，没有风流浪漫的才子佳人的传奇，沈复用轻灵细腻的笔调将一份真实的平淡生活娓娓道来，使此书有了一种无与伦比的感染力。

对于此书，许多学者都曾给予很高的评价。林语堂先生非常喜爱这本书，"素好《浮生六记》，发愿译成英文，使世人略知中国一对夫妇之恬淡可爱生活"，并且赞陈芸为"中国文学上一个最可爱的女人"。俞平伯则赞美该书："此《记》所录所载，妙肖不足奇，奇在全不着力而得妙肖；韶秀不足异，异在韶秀以外竟似无物。俨如一块纯美的水晶，只见明莹，不见衬露明莹的颜色；只见精微，不见制作精微的痕迹。"这部先被湮没，后又重新散发光彩的作品，是中国文学史上得风气之先的作品之一，也是热爱古代文学的读者不容错过的佳作之一。

本次出版，为了方便读者阅读，便于读者理解，特将每卷进行了分节，并给出注释和翻译，有助于读者更深入地理解这部作品；而精美插图的配备，则将带给读者视觉上的美好感受。此外，在附录部分，不仅收录了伪作《中山记历》《养生记道》，还搜集了历代文人为此书写的跋、题诗，希望可以作为读者朋友的参考阅读。

最后，希望本书能带给读者朋友美好的阅读感受。

编　者

序 一

是编合冒巢民《影梅庵忆语》、方密之《物理小识》、李笠翁《一家言》、徐霞客《游记》诸书，参错贯通，如五侯鲭，如群芳谱，而绪不芜杂，指极幽馨。绮怀可以不删，感遇乌能自已，洵《离骚》之外篇，《云仙》之续记也。向来小说家标新领异，移步换形，后之作者几于无可著笔，得此又树一帜。惜乎卷帙不全，读者犹有遗憾；然其凄艳秀灵，怡神荡魄，感人固已深矣。

仆本恨人，字为秋士；对安仁之长簟，尘掩茵帱；依公瑕之故居，种寻药草（余居定光寺西，为前明周公瑕药草山房故址）；海天琐尾，尝酸味于芦中；山水遨头，骋豪情于花外。我之所历，间亦如君，君之所言，大都先我。惟是养生意懒，学道心违，亦自觉阙如者，又谁为补之软？浮生若梦，印作珠摩（余藏旧犀角圆印一，镌"浮生若梦"二语）；记事之初，生同癸未（三白先生生于乾隆癸未，余生于道光癸未）；上下六十年，有乡先辈为我身作印证，抑又奇已。聊赋十章，岂惟三叹。

艳福清才两意谐，宾香阁上斗诗牌。

深宵同啜桃花粥，刚识双鲜酱味佳。

琴边笑倚鬓双青，跌宕风流总性灵。

商略山家栽种法，移春槛是活花屏。

分付名花次第开，胆瓶拳石伴金罍。

笑他琐碎《板桥记》，但约张魁清早来。

曾经沧海难为水，除却巫山不是云。
守此情天与终古，人间鸳牒只须焚。

衅起家庭剧可怜，幕巢飞燕影凄然。
呼灯黑夜开门去，玉树枝头泣杜鹃。

梨花憔悴月无聊，梦逐三春尽此宵。
重过玉钩斜畔路，不堪消瘦沈郎腰。

雪暗荒江夜渡危，天涯莽莽欲何之？
写来满幅征人苦，犹未生逢兵乱时。

铁花岩畔春多丽，铜井山边雪亦香。
从此拓开诗境界，湖山大好似吾乡。

眼底烟霞付笔端，忽耽冷趣忽浓欢。
画船灯火层寮月，都作登州海市观。

便做神仙亦等闲，金丹苦炼几生悭。
海山闻说风能引，也在虚无缥缈间。

同治甲戌初冬，香禅精舍近僧题

序 二

　　《浮生六记》一书，余于郡城冷摊得之，六记已缺其二，犹作者手稿也。就其所记推之，知为沈姓号三白，而名则已逸，遍访城中无知者。其书则武林叶桐君刺史、潘麐生茂才、顾云樵山人、陶芑孙明经诸人，皆阅而心醉焉。弢园王君寄示阳湖管氏所题《浮生六记》六绝句，始知所亡《中山纪历》盖曾到琉球也。书之佳处已详于麐生所题。近僧即麐生自号，并以"浮生若梦人欢几何"之小印，钤于简端。

光绪三年七月七日，独悟庵居士杨引传识

7

目 录

卷四　浪游记快

附　录

卷一　闺房记乐

清·虚谷 《菊花图》

闺房记乐（一）

余生乾隆癸未冬十一月二十有二日，正值太平盛世，且在衣冠之家①，居苏州沧浪亭畔，天之厚我，可谓至矣。东坡云"事如春梦了无痕"，苟不记之笔墨，未免有辜彼苍②之厚。因思《关雎》冠三百篇之首，故列夫妇于首卷，余以次递及焉。所愧少年失学，稍识之无③，不过记其实情实事而已。若必考订其文法，是责明于垢鉴矣。

余幼聘金沙于氏，八龄而夭；娶陈氏。陈名芸，字淑珍，舅氏心余先生女也。生而颖慧，学语时，口授《琵琶行》，即能成诵。四龄失怙④，母金氏，弟克昌，家徒壁立。芸既长，娴女红，三口仰其十指供给；克昌从师，脩脯无缺。一日，于书簏中得《琵琶行》，挨字而认，始识字。刺绣之暇，渐通吟咏，有"秋侵人影瘦，霜染菊花肥"之句。

余年十三，随母归宁，两小无嫌，得见所作，虽叹其才思隽秀，窃恐其福泽不深，然心注不能释，告母曰："若为儿择妇，非淑姊不娶。"母亦爱其柔和，即脱金约指⑤缔姻焉。此乾隆乙未七月十六日也。

是年冬，值其堂姊出阁，余又随母往。芸与余同齿而长余十月，自幼姊弟相呼，故仍呼之曰淑姊。时但见满室鲜衣，芸独通体素淡，仅新其鞋而已。见其绣制精巧，询为己作，始知其慧心不仅在笔墨也。其形削肩长项，瘦不露骨，眉弯目秀，顾盼神飞。唯两齿微露，似非佳相。一种缠绵之态，令人之意也消。

索观诗稿，有仅一联，或三四句，多未成篇者。询其故，笑曰："无师之作，愿得知己堪师者敲成之耳。"余戏题其签曰"锦囊佳句"⑥，不知夭寿之机此已伏矣。

是夜送亲城外，返，已漏三下，腹饥索饵，婢妪以枣脯进，余嫌其甜。芸暗牵余袖，随至其室，见藏有暖粥并小菜焉。余欣然举箸，忽闻芸堂兄玉衡呼曰："淑妹速来！"芸急闭门曰："已疲乏，将卧矣。"玉衡挤身而入，见余将吃粥，乃笑睨⑦芸曰："顷我索粥，汝曰'尽矣'，乃藏此专待汝婿耶？"芸大窘避去，上下哗笑之。余亦负气，挈老仆先归。自吃粥被嘲，再往，芸即避匿，余知其恐贻人笑也。

至乾隆庚子正月二十二日花烛之夕，见瘦怯身材依然如昔，头巾既揭，相视嫣然。合卺后，并肩夜膳，余暗于案下握其腕，暖尖滑腻，胸中不觉怦怦作跳。让之食，适逢斋期，已数年矣。暗计吃斋之初，正余出痘之期，因笑谓曰："今我光鲜无恙，姊可从此开戒否？"芸笑之以目，点之以首。

廿四日为余姊于归⑧，廿三国忌不能作乐，故廿二之夜即为余姊款嫁⑨，芸出堂陪宴。余在洞房与伴娘对酌，拇战辄北⑩，大醉而卧；醒则芸正晓妆未竟也。

是日亲朋络绎，上灯后始作乐。廿四子正，余作新舅送嫁，丑末归来，业已灯残人静；悄然入室，伴妪盹于床下，芸卸妆尚未卧，高烧银烛，低垂粉颈，不知观何书而出神若此。因抚其肩曰："姊连日辛苦，何犹孜孜不倦耶？"芸忙回首起立曰："顷正欲卧，开橱得此书，不觉阅之忘倦。《西厢》之名闻之熟矣，今始得见，莫不愧才子之名，但未免形容尖薄耳。"余笑曰："唯其才子，笔墨方能尖薄。"

伴妪在旁促卧，令其闭门先去。遂与比肩调笑，恍同密友重逢。戏探其怀，亦怦怦作跳，因俯其耳曰："姊何心春乃尔耶？"芸回眸微笑，便觉一缕情丝摇人魂魄，拥之入帐，不知东方之既白。

芸作新妇，初甚缄默，终日无怒容，与之言，微笑而已。事上以敬，处下以和，井井然未尝稍失。每见朝暾⑪上窗，即披衣急起，如有人呼促者然。余笑曰："今非吃粥比矣，何尚畏人嘲耶？"芸曰："曩⑫之藏粥待君，传为话柄，今非畏嘲，恐堂上道新娘懒惰耳。"余虽恋其卧而德其正，因亦随之早起。自此耳鬓相磨，亲同形影，爱恋之情有不可以言语形容者。

而欢娱易过，转睫弥月⑬。时吾父稼夫公在会稽幕府，专役相迓⑭，受业于武林赵省斋先生门下。先生循循善诱，余今日之尚能握管，先生力也。归来完姻时，原订随侍到馆。闻信之余，心甚怅然，恐芸之对人堕泪。而芸反强颜劝勉，代整行装，是晚但觉神色稍异而已。临行，向余小语曰："无人调护，自去经心！"及登舟解缆，正当桃李争妍之候，而余则恍同林鸟失群，天地异色。到馆后，吾父即渡江东去。

居三月，如十年之隔。芸虽时有书来，必两问一答，半多勉励词，余皆浮套语，心殊怏怏。每当风生竹院，月上蕉窗，对景怀人，梦魂颠倒。先生知其情，即致书吾父，出十题而遣余暂归。喜同戍人得赦。登舟后，反觉一刻如年。及抵家，吾母处问安毕，入房，芸起相迎，握手未通片语，而两人魂魄恍恍然化烟成雾，觉耳中惺然一响，不知更有此身矣。

时当六月，内室炎蒸，幸居沧浪亭爱莲居西间壁，板桥内一轩临流，名曰"我取"，取"清斯濯缨，浊斯濯足"意也。檐前老树一株，浓阴覆窗，人画俱绿。隔岸游人往来不绝。此吾父稼夫公垂帘宴客处也。禀命吾母，携芸消夏于此。因暑罢绣，终日伴余课书论古、品月评花而已。芸不善饮，强之可三杯，教以射覆⑮为令。自以为人间之乐，无过于此矣。

■注释
①衣冠之家：官宦世家。
②彼苍：苍天。
③稍识之无：识字不多，稍通笔墨。
④失怙：丧父。
⑤金约指：金戒指。
⑥锦囊佳句：典出唐代诗人李贺事迹。相传李贺常骑驴外出，背一锦囊，途中想到佳句即记下投入囊中。李贺早夭，年仅二十七岁而卒。"锦囊佳句"暗合李贺短寿事，故说"夭寿之机此已伏矣"。
⑦睨：斜眼看。
⑧于归：女子出嫁。

⑨款嫁：因嫁女而款待宾客。

⑩拇战辄北：猜拳总是输。

⑪朝暾：朝阳。

⑫曩：过去。

⑬弥月：满一月。

⑭专役相迓：专门派人迎接。

⑮射覆：一种行酒令的游戏。在瓯、盂等器具下覆盖某种物件，让人猜里面是什么东西。

■译文

我生于乾隆二十八年（1763年）冬天十一月二十二日，当时正值太平盛世，而且我出生在官宦世家，居住于苏州沧浪亭旁。苍天对我的厚爱，真是不薄啊！苏东坡曾说"事如春梦了无痕"，如果不用笔墨把自己的经历记下来，未免太辜负苍天的厚恩了。因为《关雎》被冠以诗三百篇之首，所以特意将夫妻生活的点滴写在首卷，其余篇目则按次序往下写。令我惭愧的是少年时没有学到什么东西，识字不多，笔墨粗糙，只不过是把发生的真实的事情记载下来而已。如果要考究我的文法修辞，那就好比是苛责满是污垢的镜子了。

我幼年与江苏金沙的于氏女定亲，可惜她八岁的时候便夭折了，后来娶陈氏为妻。陈氏名芸，字淑珍，是我的舅舅心余先生的女儿。她生来就非常聪慧，学说话时，别人向她口授白居易的《琵琶行》，她便过耳成诵。她四岁时父亲去世，只留下母亲金氏和弟弟克昌，家徒四壁，十分贫穷。芸长大后，尤其娴熟纺织、刺绣、缝纫等女红，一家三口全靠她的纤纤十指养活。后来弟弟克昌从师学习，也从未缺少过学费。有一天，芸在书筐内找到一本载有白居易的《琵琶行》的书，便挨个认字，这时候她才开始识字。从此，她在刺绣闲暇时渐渐学会了吟诗，甚至还写过"秋侵人影瘦，霜染菊花肥"这样的句子。

我十三岁时跟母亲去舅母家，由于与芸两小无猜，所以有幸看到她的诗作。虽然我赞叹她才思隽秀，内心却也担心她写出这样的诗句恐怕福泽不深，然而我对她的倾情爱慕之心难以释怀，因此我告诉母亲："如果要为儿子选择媳妇，儿子非淑姐不娶！"母亲也喜欢芸柔和的性情，当即摘下手上的金戒指交给芸，作为缔结婚姻之约。这一天正是乾隆四十年（1775年）七月十六日。

当年冬天，恰逢芸的堂姐出嫁，我又随母亲同往舅母家。芸与我同龄，而且大我十个月，我们自幼以姐弟相称，所以我仍叫她淑姐。当时满屋的客人都穿着鲜艳的服装，唯独芸全身衣着朴素淡雅，仅鞋子是新鞋而已。那双新鞋绣得十分精巧，询问芸后得知是她亲手所做，我这才知道她的聪慧不仅仅体现在笔墨上。芸的身形削肩长颈，瘦不露骨，眉清目秀，顾盼神飞。唯两颗门齿稍稍外露，看起来不是福相，却有一种缠绵娇柔之态，令人爱恋之意难消。

我向她索要诗稿观看，发现有的仅有一联，有的只有三四句，多数是未完成的。我问她是什么原因，她笑着说："这些都是没有老师指导完成的，想要得到一个能当老师的知己，为我把这些句子推敲成篇呢！"我便戏弄她，在诗签上题了"锦囊佳句"四个字。殊不知，她的短命之机已经潜伏了啊！

当晚我送亲戚出城外，返回时已是半夜三更了。我饥肠辘辘，便让仆妇拿些吃的，仆妇拿出枣脯，我嫌太甜不吃。这时，芸偷偷地扯着我的衣袖，示意我跟随她去她的房间。进去一看，里面竟藏有热粥和小菜呢！当我高兴地举起了筷子准备吃时，忽然听到芸的堂哥玉衡在外边大声叫着："淑妹快出来！"芸急忙紧闭房门说："我已经很累了，要睡觉啦！"玉衡连忙将门推开，挤身而入，看见我在吃粥，便斜着眼笑着对芸说："刚才我来索要粥饭，你却说吃完了，原来是藏了粥饭专门招待你的夫婿呀！"芸窘得躲避出去了。玉衡将这件事告诉长辈，全家上下都笑话芸。我也赌气，拉着老仆的手先回家了。自从吃粥的事被嘲笑后，我再去舅母家时，芸都会故意躲避，我知道她是怕再惹人笑话。

到了乾隆四十五年（1780年）正月二十二日我和芸的洞房花烛之夜，我见她瘦弱的身材依然如旧，揭去红盖头，我俩四目相视，嫣然一笑。喝过合卺酒之后，我俩并肩而坐，共食晚餐。这时我偷偷地在桌子下握着她的手腕，她的手指温暖润滑，我的心突然怦怦跳动起来。我让她吃菜，适逢她的斋期，已经坚持数年了。暗中计算她当年吃斋之初，正是我出天花的时候，因此我笑着对她说："如今我皮肤光洁，安然无恙，淑姐从此可以开戒了吧？"芸微笑着眨了眨眼，点了点头。

二十四日是我姐姐出嫁的日子，二十三日是国忌（皇室忌日）不能办喜事，因此选在二十二日我与芸结婚的当晚，为我姐姐宴请宾客。芸到堂屋陪宴，我便在洞房内与伴娘猜拳喝酒，我屡战屡败，最后大醉卧倒在床上睡着了。等我醒来时，芸已经起床正在梳妆。

这一天亲朋好友络绎不绝，晚上上灯后才开始办喜事。二十四日半夜十二点整，我作为新舅陪送新娘到婆家，凌晨三点才回来，房内早已灯残人静。我悄悄走进卧室内，见老仆妇正在床下打盹，芸已经卸妆但尚未卧床。高高的银烛下，她正低垂着脖子，不知在看什么书看得如此出神呢！我走过去抚摩着她的肩膀说："淑姐连日来辛苦了，为何还如此孜孜不倦呀？"芸急忙回头站起来说："刚才正想睡觉呢，可是打开书柜看到这本书，读着读着倒忘了疲倦了。《西厢记》的大名很早就已听说，今天才看到此书，真

卷一 闺房记乐

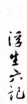

不愧为才子之作，不过书里的描写未免太尖酸刻薄些了！"我笑着对她说："正因其为才子，描写才能尖酸刻薄哩。"

这时候，老仆妇在一旁催促我俩早点睡，我便叫她关闭门窗先去歇息。而我与芸则并肩说笑，恍惚间如同密友重逢。我伸手去戏探她的胸怀，发觉她的心也在怦怦作跳，因此我俯在她耳边问："淑姐的心为何跟舂米似的呢？"芸只是回眸微笑，并不说话。此时我便觉得一缕情丝飘摇融入魂魄，我拥着她进入床帐，不知东方已白，天已放亮了。

芸作为新媳妇，刚开始的时候不怎么爱说话，也从来不发脾气，跟她说话也只是微笑应对。侍奉公公婆婆等长辈十分尊敬，对待仆人也很和睦，一切都做得井然有序没有一点差错。每天晨曦刚照在窗户上，芸便急忙穿衣起床，仿佛有人在急忙叫她似的。我笑着说："如今又不是当初吃粥的时候了，为什么还怕人嘲笑呢？"芸说："当初煮粥藏起来招待郎君，已经传为笑料了。如今却不是怕别人嘲笑，唯恐公公婆婆说新娘懒惰而已！"我虽然留恋她睡卧在旁，却也有感于她的高尚品德，知道她的做法是对的，因此也随她早起了。自此，我们恩爱相处，耳鬓厮磨，亲密无间，形影不离，爱恋之意无法用语言来表达。

然而欢娱的时光总是过得很快，转眼我们结婚已经一个月了。当时我父亲稼夫公在浙江会稽官府做幕僚，专门派人来接我。我之前师从在会稽开馆授业的杭州赵省斋先生。赵先生循循善诱，我今天之所以能执笔写作，全是赵先生着力栽培的结果。我原来打算与芸完婚后就继续回到会稽完成学业，可是收到父亲的信后，心里还是怅然若失，唯恐芸会因为离别而对人垂泪。芸反而强装笑脸对我劝导勉励，并且为我整理行李，只是当天晚上觉得她神色稍有异常而已。临走时她小声对我说："出门无人照顾，自己要多多保重！"登上小船解开缆绳时，正值桃李争妍的季节，而我恍惚如同林鸟失群，感到天地也因此而变色了。到了杭州后，父亲却又渡江而去。

我在学馆居住了三个月，觉得如同有十年之久。芸时有来信，我则接两封信才回一封，芸的来信多半为勉励之语，我的回信却都是些客套话，所以我心里有些怏怏不乐。每当风吹得院里的竹子沙沙作响，月光从长着芭蕉的窗前散落时，我对景怀人，梦魂颠倒。赵先生知道实情后，立即写信给我父亲，出了十道题遣我暂时回家写文章。当时我兴奋得如同守卫边疆的壮丁得到赦放一样。登上返家的小船后，反而觉得一刻钟有如一年一样漫长。回到家中，我去母亲那里问安完毕，就立即来到自己的房间，芸起身相迎。我们手握着手，激动得说不出只言片语。两人的魂魄已飘飘然化成烟雾，只觉得耳中忽然轰然一响，好像都不是自己的身子了。

当时正是六月，屋内炎热如蒸笼，幸好我们住在沧浪亭爱莲居西间隔壁，板桥院内有一个小轩临水而建，轩名"我取"，含义取自孔子语"清斯濯缨，浊斯濯足"，意思是说水清则洗冠带，水浊则洗足。屋檐前有一棵老树，树荫浓密覆盖住窗户，连人的脸都映成绿色了。隔岸游人往来不绝。这就是我父亲款待宾客的地方。我禀告母亲得到允许后，便带着芸来此地消夏。芸也因为太热而放下了刺绣活，终日伴我读书论古，品月评花。芸不善饮酒，勉强可饮三杯，我便教她玩射覆的游戏。当时我以为人间之乐，没有比这更美好的了。

清·徐扬 《姑苏繁华图》（局部）

卷一 闺房记乐

闺房记乐（二）

一日，芸问曰："各种古文，宗何为是？"余曰："《国策》《南华》取其灵快，匡衡、刘向取其雅健，史迁、班固取其博大，昌黎取其浑，柳州①取其峭，庐陵②取其宕，三苏取其辩，他若贾、董策对，庾、徐骈体，陆贽奏议，取资者不能尽举，在人之慧心领会耳。"芸曰："古文全在识高气雄，女子学之恐难入彀③，唯诗之一道，妾稍有领悟耳。"余曰："唐以诗取士，而诗之宗匠必推李、杜，卿爱宗何人？芸发议曰："杜诗锤炼精纯，李诗潇洒落拓；与其学杜之森严，不如学李之活泼。"余曰："工部为诗家之大成，学者多宗之，卿独取李，何也？"芸曰："格律谨严，词旨老当，诚杜所独擅；但李诗宛如姑射仙子④，有一种落花流水之趣，令人可爱。非杜亚于李，不过妾之私心宗杜心浅，爱李心深。"余笑曰："初不料陈淑珍乃李青莲知己。"芸笑曰："妾尚有启蒙师白乐天先生，时感于怀，未尝稍释。"余曰："何谓也？"芸曰："彼非作《琵琶行》者耶？"余笑曰："异哉！李太白是知己，白乐天是启蒙师，余适字三白，为卿婿，卿与'白'字何其有缘耶？"芸笑曰："白字有缘，将来恐白字连篇耳（吴音呼别字为白字）。"相与大笑。余曰："卿既知诗，亦当知赋之弃取。"芸曰："《楚辞》为赋之祖，妾学浅费解。就汉、晋人中，调高语炼，似觉相如为最。"余戏曰："当日文君之从长卿，或不在琴而在此乎？"复相与大笑而罢。

余性爽直，落拓不羁；芸若腐儒，迂拘多礼。偶为之披衣整袖，必连声道"得罪"；或递巾授扇，必起身来接。余始厌之，曰："卿欲以礼缚我耶？语曰'礼多必诈'。"芸两颊发赤，曰："恭而有礼，何反言诈？"余曰："恭敬在心，不在虚文⑤。"芸曰："至亲莫如父母，可内敬在心而外肆狂放耶？"余曰："前言戏之耳。"芸曰："世间反目多由戏起，后勿冤妾，令人郁死！"余乃挽之入怀，抚慰之，始解颜为笑。自此"岂敢""得罪"竟成语助词矣。鸿案相庄⑥廿有三年，年愈久而情愈密。家庭之内，或暗室相逢，窄途邂逅，必握手问曰："何处去？"私心怵怵，如恐旁人见之者。实则同行并坐，初犹避人，久则不以为意。芸或与人坐谈，见余至，必起立偏挪其身，余就而并焉。彼此皆不觉其所以然者，始以为惭，继成不期然而然。独怪老年夫妇相视如仇者，不知何意？或曰："非如是，焉得白头偕老哉？"斯言诚然欤？

是年七夕，芸设香烛瓜果，同拜天孙⑦于我取轩中。余镌"愿生生世世为夫妇"图章二方；余执朱文，芸执白文，以为往来书信之用。

是夜月色颇佳，俯视河中，波光如练，轻罗小扇，并坐水窗，仰见飞云过天，变态万状。芸曰："宇宙之大，同此一月，不知今日世间，亦有如我两人之情兴否？"余曰："纳凉玩月，到处有之。若品论云霞，或求之幽闺绣闼⑧，慧心默证者固亦不少。若夫妇同观，所品论者恐不在此云霞耳。"未几，烛烬月沉，撤果归卧。

七月望，俗谓之鬼节。芸备小酌，拟邀月畅饮。夜忽阴云如晦，芸愀然曰："妾能与君白头偕老，月轮当出。"余亦索然。但见隔岸萤光明灭万点，梳织于柳堤蓼渚⑨间。

余与芸联句以遣闷怀，而两韵之后，逾联逾纵，想入非夷⑩，随口乱道。芸已漱涎涕泪，笑倒余怀，不能成声矣。觉其鬓边茉莉浓香扑鼻，因拍其背，以他词解之曰："想古人以茉莉形色如珠，故供助妆压鬓，不知此花必沾油头粉面之气，其香更可爱，所供佛手当退三舍矣。"芸乃止笑曰："佛手乃香中君子，只在有意无意间；茉莉是香中小人，故须借人之势，其香也如胁肩谄笑。"余曰："卿何远君子而近小人？"芸曰："我笑君子爱小人耳。"

卷一　闺房记乐

011

正话间，漏已三滴，渐见风扫云开，一轮涌出，乃大喜，倚窗对酌。酒未三杯，忽闻桥下哄然一声，如有人堕。就窗细瞩，波明如镜，不见一物，惟闻河滩有只鸭急奔声。余知沧浪亭畔素有溺鬼，恐芸胆怯，未敢即言。芸曰："噫！此声也，胡为乎来哉？"不禁毛骨皆栗。急闭窗，携酒归房。一灯如豆，罗帐低垂，弓影杯蛇，惊神未定。剔灯入帐，芸已寒热大作。余亦继之，困顿两旬。真所谓乐极灾生，亦是白头不终之兆。

中秋日，余病初愈。以芸半年新妇，未尝一至间壁之沧浪亭，先令老仆约守者勿放闲人。于将晚时，偕芸及余幼妹，一妪一婢扶焉，老仆前导，过石桥，进门折东，曲径而入。叠石成山，林木葱翠，亭在土山之巅。循级至亭心，周望极目可数里，炊烟四起，晚霞灿然。隔岸名"近山林"，为大宪行台[11]宴集之地，时正谊书院犹未启也。携一毯设亭中，席地环坐，守者烹茶以进。少焉，一轮明月已上林梢，渐觉风生袖底，月到波心，俗虑尘怀，爽然顿释。芸曰："今日之游乐矣！若驾一叶扁舟，往来亭下，不更快哉！"时已上灯，忆及七月十五夜之惊，相扶下亭而归。吴俗，妇女是晚不拘大家小户皆出，结队而游，名曰"走月亮"。沧浪亭幽雅清旷，反无一人至者。

吾父稼夫公喜认义子，以故余异姓弟兄有二十六人，吾母亦有义女九人。九人中王二姑、俞六姑与芸最和好。王痴憨善饮，俞豪爽善谈。每集，必逐余居外，而得三女同榻，此俞六姑一人计也。余笑曰："俟妹于归后，我当邀妹丈来，一住必十日。"俞曰："我亦来此，与嫂同榻，不大妙耶？"芸与王微笑而已。

时为吾弟启堂娶妇，迁居饮马桥之仓米巷。屋虽宏畅，非复沧浪亭之幽雅矣。

吾母诞辰演剧，芸初以为奇观。吾父素无忌讳，点演《惨别》[12]等剧，老伶刻画，见者情动。余窥帘见芸忽起去，良久不出，入内探之，俞与王亦继至。见芸一人支颐独坐镜奁之侧，余曰："何不快乃尔？"芸曰："观剧原以陶情，今日之戏徒令人断肠耳。"俞与王皆笑之。余曰："此深于情者也。"俞曰："嫂将竟日独坐于此耶？"芸曰："俟有可观者再往耳。"王闻言先出，请吾母点《刺梁》《后索》^⑬等剧，劝芸出观，始称快。

余堂伯父素存公早亡，无后，吾父以余嗣焉。墓在西跨塘福寿山祖茔之侧，每年春日，必挈芸拜扫。王二姑闻其地有戈园之胜，请同往。芸见地下小乱石有苔纹，斑驳可观，指示余曰："以此叠盆山，较宣州白石为古致。"余曰："若此者恐难多得。"王曰："嫂果爱此，我为拾之。"即向守坟者借麻袋一，鹤步而拾之。每得一块，余曰"善"，即收之；余曰"否"，即去之。未几，粉汗盈盈，拽袋返曰："再拾则力不胜矣。"芸且拣且言曰："我闻山果收获，必藉猴力，果然。"王愤撮十指作哈痒状，余横阻之，责芸曰："人劳汝逸，犹作此语，无怪妹之动愤也。"

归途游戈园，稚绿娇红，争妍竞媚。王素憨，逢花必折，芸叱曰："既无瓶养，又不簪戴，多折何为！"王曰："不知痛痒者何害？"余笑曰："将来罚嫁麻面多须郎，为花泄忿。"王怒余以目，掷花于地，以莲钩^⑭拨入池中，曰："何欺侮我之甚也！"芸笑解之而罢。

芸初缄嘿^⑮，喜听余议论。余调其言，如蟋蟀之用纤草，渐能发议。其每日饭必用茶泡，喜用茶泡食芥卤乳腐，吴俗呼为臭乳腐，又喜食虾卤瓜。此二物余生平所最恶者，因戏之曰："狗无胃而食粪，以其不知臭秽；蜣螂团粪而化蝉，以其欲修高举也。卿其狗耶？蝉耶？"芸曰："腐取其价廉而可粥可饭，幼时食惯，今至君家已如蜣螂化蝉，犹喜食之者，不忘本也。至卤瓜之味，到此初尝耳。"余曰："然则我家系狗窦耶？"芸窘而强解曰："夫粪，人家皆有之，要在食与不食之别耳。然君喜食蒜，妾亦强啖之。腐不敢强，瓜可扼鼻略尝，入咽当知其美，此犹无盐^⑯貌丑而德美也。"余笑曰："卿陷我作狗耶？"芸曰："妾作狗久矣，屈君试尝之。"以箸强塞余口。余掩鼻咀嚼之，似觉脆美，开鼻再嚼，竟成异味，从此亦喜食。芸以麻油加白糖少许拌卤腐，亦鲜美。以卤瓜捣烂拌卤腐，名之曰"双鲜酱"，有异味。余曰："始恶而终好之，理之不可解也。"芸曰："情之所钟，虽丑不嫌。"

余启堂弟妇，王虚舟先生孙女也，催妆[17]时偶缺珠花，芸出其纳采[18]所受者呈吾母，婢妪旁惜之。芸曰："凡为妇人，已属纯阴，珠乃纯阴之精，用为首饰，阳气全克矣，何贵焉？"

而于破书残画，反极珍惜。书之残缺不全者，必搜集分门，汇订成帙，统名之曰"断简残编"；字画之破损者，必觅故纸粘补成幅，有破缺处，倩[19]予全好而卷之，名曰"弃余集赏"。于女红中馈[20]之暇，终日琐琐，不惮烦倦。芸于破笥烂卷中，偶获片纸可观者，如得异宝。旧邻冯妪每收乱卷卖之。其癖好与余同，且能察眼意，懂眉语，一举一动，示之以色，无不头头是道。

■注释

①柳州：即柳宗元。因辛时任柳州刺史，故称。

②庐陵：即欧阳修。庐陵人，故称。

③入彀：本指进入弓箭射程之内，比喻合呼规范。此处指入门。

④姑射仙子：典出《庄子·逍遥游》："姑射之山，有神人居焉。肌肤若冰雪，绰约若处子。不食五谷，吸风饮露，乘云气，御飞龙，而游乎四海之外。"后以"姑射仙子"比喻超凡脱俗。

⑤虚文：虚礼。

⑥鸿案相庄：指东汉书生梁鸿与妻孟光相敬如宾之事。据《后汉书·梁鸿传》记载，梁鸿妻孟光每食必对梁鸿举案齐眉。

⑦天孙：即织女星。典出《汉书·天文志》："织女，天帝孙也。"

⑧绣阁：古代女子刺绣的屋子。

⑨蓼渚：长满蓼草的水中陆地。

⑩非夷：不合常情。

⑪大宪行台：大宪，旧时府吏对上司的称呼；行台，地方大吏的官署与住所。大宪行台指地方高官的住所。

⑫《惨别》：戏曲名，讲述的是明初建文帝因城被攻陷而被迫出走的故事。

⑬《刺梁》《后索》：《刺梁》，清戏曲家朱佐朝《渔家乐》传奇中的一出；《后索》，清戏曲家姚子懿《后寻亲记》传奇中的一出。

⑭莲钩：旧时妇女所缠的小脚。

⑮缄嘿：沉默。嘿通"默"。

⑯无盐：指战国时期齐国女子钟离春，无盐人，故称。相传她貌丑而有德，40岁未出嫁。自从奏谒斥责齐宣王奢侈腐败后，齐宣王倍受感动，将她立为王后。

⑰催妆：即催妆礼。旧时婚前前三日，男方向女方赠送梳妆用品。

⑱纳采：即纳彩。古婚制六礼的第一礼。男方在媒人通辞得允之后，具送求婚礼物。
⑲倩：请。
⑳中馈：古时指妇女操持家中饮食之事。

■译文

一天，芸问我："各种古文，尊崇哪一家才是正确的？"我说："《战国策》《南华经》取其灵动明快，匡衡、刘向取其高雅雄健，司马迁、班固取其博大精深，韩愈取其浑厚渊博，柳宗元取其奇峭，欧阳修取其飘逸不羁，三苏父子取其言辞犀利，其他如贾谊、董仲舒的对策文，庾信、徐陵的骈文，陆贽的奏议，可以吸取和凭借的地方无法全部列举，关键靠各人的慧心去领会了。"芸说："写古文全在见识高超而意气雄发，女子学习起来恐怕难以入门。唯有诗歌这一门，我稍微有些领悟呢！"我说："唐代以诗来选拔人才，而诗人中的宗师必推李白、杜甫，你崇拜谁呢？"芸评判道："杜甫的诗锤炼精纯，李白的诗潇洒落拓，与其学格律严谨的杜诗，不如学活泼洒脱的李诗。"我说："杜甫是诗家之集大成者，后人写诗大多以他为榜样，你唯独偏爱李白，这是为什么呢？"芸答道："论格律严谨、词旨老练，杜诗的确独步海内，但是李白的诗宛如姑射山上的仙子一样，有一种落花随流水的清新之趣，令人喜爱。并非杜甫逊于李白，只不过是我私心崇拜李诗多于杜诗罢了。"我笑着说："以前还真不知道陈淑珍是李青莲（李白）的知己呢！"芸也笑了，说："我还有个启蒙老师白乐天（白居易）先生呢，他时常令我有感于心，从来没有放下。"我问："这话怎么说呢？"芸说："他不是《琵琶行》的作者吗？"我笑着说："这也怪了！李太白是你的知己，白乐天是你的启蒙老师，我表字'三白'，是你的夫君，你与'白'字是多么有缘啊！"芸也笑着说："与'白字有缘'，将来恐怕会'白字连篇'呢（吴语别字读白）。"说完，我们互视大笑起来。我说："你既然知道诗，也应当知道赋的可弃可取之处吧。"芸说："《楚辞》为赋之祖先，我学识浅薄，难以理解。汉、晋两代的赋，若论格调高雅、语言精练，觉得司马相如的赋最好。"我戏笑她说："当初卓文君之所以嫁给司马相如，或许不在那一曲《凤求凰》，而在于他的赋呢？"说完我们又相视大笑。

我性格直爽，行为放荡不受拘束；而芸则像老夫子，迂腐拘谨，极其多礼。我偶尔为她披衣整袖，她必连声道"得罪"；或是为她递送毛巾和扇子，她非要站起来相接。开始的时候我很厌烦这样，就对她说："你是要用礼节来束缚我吗？俗语说'礼多必诈'呀！"芸闻此言，红着脸反问："对你恭敬且有礼貌，为什么反说我欺诈呢？"我解释道："恭敬存在内心就好，不在于这些表面的虚礼。"芸说："世间最亲莫如父母，难道对他们也可以内心恭敬，外表则狂妄放肆吗？"我自知惹恼了她，就赶紧赔罪说："我前面

卷一　闺房记乐

说的话都是开玩笑呢！"芸说："世间争吵反目的事情，多数是由玩笑话引起的，以后不准你随便冤枉我，让我委屈而死！"我将她搂在怀里抚慰起来，她这才露出笑容。从此，"岂敢""得罪"竟成我们说话时常用的词了。我们夫妻相敬如宾，举案齐眉二十三年，时间越长感情越深厚。在家中的时候，不管是在屋内相逢，还是在狭窄的路上相遇，我们必定握住对方的手问："你去什么地方？"我们这么做的时候总是小心翼翼，好像生怕旁人看见一样。实际上，当初两人同行并肩还特意避开别人，时间长了则不以为意了。芸有时与别人聊天，看见我到来，就会站起来挪挪身子，我则紧挨着她坐下，彼此都不知道怎么会变得这样自然随意了。从开始的有所羞愧，逐渐变为自然而然了。我甚至对老年夫妇像仇人一样憎恶对方感到奇怪，不知道究竟是为了什么。有人说："如果不是这样，夫妻之间怎么能白头偕老？"这句话是不是对的呢？

这一年七夕，芸置备了香烛瓜果，同我一起在"我取"轩内拜织女星。我篆刻了两枚印有"愿生生世世为夫妇"的图章，我拿朱字阳文的那枚，芸拿白字阴文的那枚，作为彼此以后往来书信所用。

当夜月色明亮，俯视水中，波光如练。我们两人轻摇着小扇，并排坐在临水窗前。仰头见空中彩云飞驰，变幻多端。芸说："宇宙那么浩瀚，同享这一轮明亮，不知今日世间，还有没有像我们两人这样饶有情致的夫妻？"我说："夜里纳凉赏月的人到处都有，如说到品论云霞，或求之于深幽闺房，独具慧心又能参悟其中道理的人固然也不少。若是夫妻共同观赏，我想他们讨论的恐怕不是云霞呢！"不久，蜡烛燃尽，月亮西落，我们就撤掉瓜果回房休息了。

七月十五日，俗称"鬼节"。芸准备了一些酒菜，打算晚上时邀月共饮。谁知到了夜间，忽然阴云弥漫，芸很沮丧地说："我若能与郎君白头偕老的话，明月应当出来相伴才是啊！"我也失去了赏月的兴趣。这时，只见河对岸萤火明灭闪烁，穿梭于柳堤和长满蓼草的陆地之间。

我便与芸对联句以消除胸中郁闷。对完了两韵之后，越对越没有章法，竟然奇思怪想，随口乱说起来。芸听了笑得眼泪都流出来了，最后笑倒在我怀里语不成声了。这时，我忽然觉得她鬓角的茉莉花香味扑鼻，因此拍着她的背调侃说："想古人因为茉莉花形状颜色如珍珠，所以用来插在头发上作为化妆压鬓之用，岂不知此花沾染上油头粉面之气后，其香味更加可爱，连你所供奉的佛手的香味也要退避三舍了。"芸于是止住笑说："佛手是香中君子，它的香味只在不经意间才能闻到；茉莉花是香中小人，必须借人之势才能显示它的魅力，所以它的香味就如讨好别人时的献媚之笑。"我问："那么，你为什么疏远君子而亲近小人呢？"芸说："我是在笑你这个君子怎么爱小人啊！"

正说话间，已是三更时刻了，但见风渐渐拨开乌云，一轮明月随之而出。我俩非常高兴，倚窗对酌。还没喝几杯，忽然听见桥下扑通一声响，好像有人落水了。我们趴在窗边仔细一看，水面却平静得像面镜子，没有看见其他东西，只听见河滩上一只鸭子急忙奔跑的声音。我听说沧浪亭旁向来有淹死鬼出没，担心芸会胆怯害怕，所以没敢立即说给她听。芸问："噫！这声音是从哪里传来的？"说完我们都感到毛骨悚然，急忙关闭门窗，带上酒回房了。此刻房内烛火小如豆，罗帐低垂着。见此景，如杯弓蛇影，吓得我们惊魂未定。我立即将烛光拨亮，准备入帐休息。芸这时已经在发高烧，我也跟着发热了，因此在床上躺了一个月。这真可谓乐极生悲，也可能是我们不能白头偕老的前兆吧。

中秋节那天，我刚刚大病初愈。想到芸嫁入我家已有半年，却没有去过一次隔壁的沧浪亭，所以我准备带她去看看，事先叫老仆跟守亭者说好不准闲人进去。傍晚时分，我带着芸和我小妹，一个老妈子和一个丫鬟搀着她俩。老仆为我们带路，过了石桥进了门向东拐，沿着曲径小路向前走。里面岩石堆叠成山，树木葱绿苍翠。沧浪亭在土山顶上，我们顺着台阶到达亭中央，向四周举目远眺，可以看见数米远的风景，炊烟四起，晚霞灿烂。隔岸名叫"近山林"，是地方长官们集聚宴饮的地方。这个时候，正谊书院还没有开门。我们将带来的毯子铺在亭中央，大家席地围坐一团，叫守亭者烹茶倒水。不一会儿，一轮明月升上树梢，凉风渐渐吹进衣袖，月亮映照在河心，顿觉那些凡尘忧虑一扫而光。芸说："今日之游真是高兴啊！假如能驾一艘小船往来于亭下，不是更快乐吗？"这时天已经黑了，回忆起七月十五日晚受到惊吓的事，我没有满足她的要求，便扶她下亭回去了。按照吴地风俗，妇女在当夜不管大家小户都可结队游玩，叫作"走月亮"。沧浪亭幽雅清静，反倒没有一人来玩。

我父亲稼夫公喜欢认义子，所以我的异姓兄弟有二十六人，我母亲也有义女九人，其中王二姑、俞六姑与芸的关系最为要好。王二姑生性憨直善于饮酒，俞六姑性格豪爽能说会道。她们每次聚在一起，定要把我赶到卧室外去，而她们三人则同床而睡，这是俞六姑一个人出的主意。因此我笑着对她说："等到小妹俞六姑回家后，我就邀请妹夫来，同榻一住就是十天。"俞六姑说："那我也来这里住，与芸嫂子同榻，不是更好吗？"芸与王二姑听后在一旁微笑。

后来，因为我弟弟启堂娶媳妇，我们只好迁居到饮马桥的仓米巷。仓米巷的房屋虽然宽敞，却比不上沧浪亭的清静幽雅。

我母亲的寿辰请了戏班子来演戏，芸刚开始因为好奇所以兴致很高。我父亲向来无忌讳，点了《惨别》等剧目。老演员表演得十分精彩，观者看了无不动情。我偷偷向窗帘外看，发现芸忽然离座进房，很久都没出来。我急忙进房探视，王二姑和俞六姑也相

卷
一
闺
房
记
乐

继跟了进来。只见芸托着下巴独自坐在梳妆镜旁。我问道："有什么不愉快吗？"芸说："看戏本来是为了陶情，今日看戏却让人伤心断肠呀！"王、俞两人都笑她痴。我说："莫怪她，她就是个多愁善感的人。"俞六姑问："嫂嫂要整天独自坐在这里吗？"芸说："等到有可看的剧目再去吧！"王二姑听了先出去，请我母亲点了《刺梁》《后索》等剧，劝芸出去看戏，芸这才展颜称快。

我的堂伯父素存公去世得早，没有子嗣，所以我父亲就将我过继给他家继承香火。他的墓地在西跨塘福寿山祖坟附近，每年春天，我都会带着芸去祭拜。王二姑听说那有一个叫"戈园"的好地方，便请求与我们一同去。到了以后，芸看见地上的乱石上有类似青苔的斑纹，斑驳好看，便指着石头对我说："用这些石头来堆叠盆景假山，会比宣州的白石更古朴别致。"我叹道："像这样的石头恐怕不多。"王二姑说："嫂嫂若真喜爱这石头，我就为你拾些吧！"说着便向守坟者借了一个麻袋，弯着腰像仙鹤似的捡了起来。每捡一块，我说"好"，便收起来；我说"不行"，则丢下。不久，王二姑累得大汗淋漓，提着麻袋回来，说："不行了，再拾可就没有力气了。"芸一边捡一边对她说："我听说山中果子收获时，一定要借助猴子的力气，现在看来果然是这样呢！"王二姑听了气愤得弯起十指，作势要给芸挠痒，我立马过去阻拦王二姑，并责怪芸说："人家为你辛苦，你还故意说这种俏皮话，难怪王妹妹要生气呢！"

回家的路上我们游览了戈园，园内嫩绿娇红的百花争艳竞媚。王二姑向来憨直，看见花朵便折。芸斥责她道："既无花瓶可插，又不用戴在头上，你折这么多做什么用？"王二姑说："花儿又感觉不到痛痒，多折了又有什么关系？"我笑着对王二姑说："将来罚你嫁给一个满脸麻子、多胡须的郎君，好为花儿泄愤出气！"王二姑生气地怒视我，随后把花扔在地上，再用金莲小脚踢入水池中，并说道："为何这么欺负我呀！"芸赶紧笑着帮忙调解，她这才作罢。

芸刚嫁过来的时候比较沉默，喜欢听我高谈阔论。我常常逗她说话，如同用纤草逗弄蟋蟀一样，渐渐地她也能发表些议论了。芸每天吃饭必用茶水泡着吃，喜欢用茶水泡着吃芥卤腐乳——吴地俗称臭腐乳，又喜欢吃虾卤瓜。这两样东西是我平生最讨厌的，因此我对她开玩笑说："狗没有胃才喜欢食粪，因为它不知道臭味污秽；屎壳郎滚粪球而化为蝉，因为它想到高处飞翔。所以你是狗，还是蝉呢？"芸说："臭腐乳价格便宜，又可配粥饭，我小时候吃惯了，如今嫁到你家，我就像由屎壳郎化为蝉了。现在仍然喜欢吃这臭东西，是因为我不忘本呢！至于卤瓜的味道，我是嫁到你家才开始尝的呢。"我说："这么说，你是把我家当狗洞了？"芸感到有点难为情，强辩道："粪便人人家里都有，只在于吃与不吃的区别。你喜欢吃大蒜，我不是也勉强吃些。臭腐乳我不敢强逼你吃，但是你可以捏着鼻子尝点卤瓜，咽下去才知道它味道鲜美呢！这就好比无盐女钟离春相貌丑而品德美啊！"我笑着说："你这是想让我做狗吗？"芸说："我做了那么久，委屈郎君也试着尝一尝吧！"说完她便用筷子夹起一块卤瓜硬塞到我口中。我捂着鼻子细细咀嚼，觉得其清脆味美，松开鼻子再嚼，发觉味道确实很独特，从此也喜欢上吃卤瓜了。芸用香油加少许白糖拌臭腐乳，味道也很鲜美。她还将卤瓜捣碎拌臭腐乳，美其名曰为"双鲜酱"，味道也很特别。我对芸说："起初厌恶的，后来却变为喜欢，这其中的道理真是不可理解呀！"芸答道："情之所钟，即使丑陋也不会嫌弃的。"

我弟弟启堂的妻子是王虚舟先生的孙女，下催妆礼时临时缺少珠花。芸即将自己纳彩时我家送给她的珠花拿出来，交给我母亲，奴婢丫鬟们在一旁感到十分惋惜。芸说："作为妇人，已经属于纯阴了。珍珠是纯阴的精华，用作首饰，把阳气全都克掉了，有什么珍贵的呀？"

然而，对一些破书残画芸反倒极其珍惜。残缺不全的书籍，芸必定搜集起来分门别类，然后汇订成册，统一命名为"断简残编"；破损的字画，她必定找来旧纸张粘补成完整的一幅，字画破损的地方，就请我补画好，再小心地卷起来，名为"弃余集赏"。在做女红和操持饮食之事的空闲之时，她便忙着这些零碎小事，不厌其烦。在破箱子烂书卷中，偶尔得到一两张值得一看的纸张，芸也如获至宝。旧邻居冯老太婆常常收购一些破烂书卷卖给她。芸的癖好与我相同，而且能够读懂我的眉目之语，一举一动，只要我使个眼色，她都能做得头头是道。

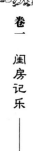

卷一　闺房记乐

闺房记乐（三）

　　余尝曰："惜卿雌而伏，苟能化女为男，相与访名山，搜胜迹，遨游天下，不亦快哉！"芸曰："此何难，俟妾鬓斑之后，虽不能远游五岳，而近地之虎阜、灵岩，南至西湖，北至平山，尽可偕游。"余曰："恐卿鬓斑之日，步履已艰。"芸曰："今世不能，期以来世。"余曰："来世卿当作男，我为女子相从。"芸曰："必得不昧①今生，方觉有情趣。"余笑曰："幼时一粥犹谈不了，若来世不昧今生，合卺之夕，细谈隔世，更无合眼时矣。"芸曰："世传月下老人专司人间婚姻事，今生夫妇已承牵合，来世姻缘亦须仰借神力，盍绘一像祀之？"

　　时有苕溪戚柳堤，名遵，善写人物。倩绘一像：一手挽红丝，一手携杖悬姻缘簿，童颜鹤发，奔驰于非烟非雾中。此戚君得意笔也。友人石琢堂为题赞语于首，悬之内室，每逢朔望②，余夫妇必焚香拜祷。后因家庭多故，此画竟失所在，不知落在谁家矣。"他生未卜此生休"③，两人痴情，果邀神鉴耶？

　　迁仓米巷，余颜④其卧楼曰"宾香阁"，盖以芸名而取如宾意也。院窄墙高，一无可取。后有厢楼，通藏书处，开窗对陆氏废园，但有荒凉之象。沧浪风景，时切芸怀。

　　有老妪居金母桥之东、埂巷之北，绕屋皆菜圃，编篱为门。门外有池约亩许，花光树影，错杂篱边，其地即元末张士诚王府废基也。屋西数武⑤，瓦砾堆成土山，登其巅可远眺，地旷人稀，颇饶野趣。

　　妪偶言及，芸神往不置，谓余曰："自别沧浪，梦魂常绕，今不得已而思其次，其老妪之居乎？"余曰："连朝秋暑灼人，正思得一清凉地以消长昼。卿若愿往，我先观其家可居，即襆被而往⑥，作一月盘桓何如？"芸曰："恐堂上不许。"余曰："我自请之。"

越日至其地，屋仅二间，前后隔而为四，纸窗竹榻，颇有幽趣。老妪知余意，欣然出其卧室为赁，四壁糊以白纸，顿觉改观。于是禀知吾母，挈芸居焉。

邻仅老夫妇二人，灌园⑦为业，知余夫妇避暑于此，先来通殷勤⑧，并钓池鱼、摘园蔬为馈。偿其价，不受，芸作鞋报之，始谢而受。

时方七月，绿树阴浓，水面风来，蝉鸣聒耳。邻老又为制鱼竿，与芸垂钓于柳阴深处。日落时，登土山观晚霞夕照，随意联吟，有"兽云吞落日，弓月弹流星"之句。少焉，月印池中，虫声四起，设竹榻于篱下。老妪报酒温饭熟，遂就月光对酌，微醺而饭。浴罢则凉鞋蕉扇，或坐或卧，听邻老谈因果报应事。三鼓归卧，周体清凉，几不知身居城市矣。

篱边倩邻老购菊，遍植之。九月花开，又与芸居十日。吾母亦欣然来观，持螯对菊，赏玩竟日。芸喜曰："他年当与君卜筑⑨于此，买绕屋菜园十亩，课仆妪，植瓜蔬，以供薪水。君画我绣，以为持酒之需。布衣菜饭，可乐终身，不必作远游计也。"余深然之。今即得有境地，而知己沦亡，可胜浩叹！

离余家半里许，醋库巷有洞庭君祠，俗呼水仙庙。回廊曲折，小有园亭。每逢神诞，众姓各认一落，密悬一式之玻璃灯，中设宝座，旁列瓶几，插花陈设，以较胜负。日惟演戏，夜则参差高下插烛于瓶花间，名曰"花照"。花光灯影，宝鼎香浮，若龙宫夜宴。司事者或笙箫歌唱，或煮茗清谈，观者如蚁集，檐下皆设栏为限。

余为众友邀去插花布置，因得躬逢其盛。归家向芸艳称之。芸曰："惜妾非男子，不能往。"余曰："冠我冠，衣我衣，亦化女为男之法也。"于是易髻为辫，添扫蛾眉；加余冠，微露两鬓，尚可掩饰；服余衣，长一寸又半，于腰间折而缝之，外加马褂。芸曰："脚下将奈何？"⑩余曰：

"坊间有蝴蝶履，大小由之，购亦极易，且早晚可代撒鞋[11]之用，不亦善乎？"芸欣然。及晚餐后，装束既毕，效男子拱手阔步者良久，忽变卦曰："妾不去矣，为人识出既不便，堂上闻之又不可。"余怂恿曰："庙中司事者谁不知我，即识出亦不过付之一笑耳。吾母现在九妹丈家，密去密来，焉得知之。"芸揽镜自照，狂笑不已。余强挽之，悄然径去。

遍游庙中，无识出为女子者。或问何人，以表弟对，拱手而已。最后至一处，有少妇、幼女坐于所设宝座后，乃杨姓司事者之眷属也。芸忽趋彼通款曲[12]，身一侧，而不觉一按少妇之肩，旁有婢媪怒而起曰："何物狂生，不法乃尔！"余欲为措词掩饰，芸见势恶，即脱帽翘足示之曰："我亦女子耳。"相与愕然，转怒为欢，留茶点，唤肩舆[13]送归。

■注释
① 不昧：不忘。
② 朔望：农历每月初一和十五。
③ 他生未卜此生休：语出李商隐《马嵬》诗："海外徒闻更九州，他生未卜此生休。"
④ 颜：门上的匾额。此指在匾额上题字。
⑤ 武：半步。
⑥ 襆被而往：包好衣服，打点行李前去。
⑦ 灌园：浇灌园圃，指种植瓜菜。
⑧ 通殷勤：表示友好。
⑨ 卜筑：择地建屋。
⑩ "脚下"一句：古代女子多小脚，此句陈芸的意思是问如何掩饰自己的小脚，以防止被别人识破。
⑪ 撒鞋：拖鞋。
⑫ 通款曲：搭话。
⑬ 肩舆：轿子。

■译文
我曾对芸说："可惜你是个女子，不便在大庭广众前露面。如果能化为男子，与我一同访遍名山，搜寻名胜古迹，畅游天下，岂不是件很快乐的事！"芸答道："这有什么难的，等我头发斑白时，虽然不能远游三山五岳，但近处的虎丘、灵岩山，南至西湖，北到扬州平山堂，我都可以陪你去游玩呢！"我说："恐怕等你头发斑白时，我们都已经走不动了。"芸说:"今生不能，还可以期待来世嘛!"我说:"好，下辈子由你投生为男子，我则投生为女子跟随你。"芸说:"来世若对今生的事情没有忘记，那才觉得有情趣呢!"我笑着说:"小时候连吃一碗粥的事现在都说不完，来世要是不忘记今生之事，等洞房花烛之夜喝完合卺酒，我们就细谈这两辈子的事情，恐怕整夜连合眼睡觉的时间也没有了呢。"芸说:"人们都说月老专门掌管人间婚姻大事，今生我们能成为夫妻已承蒙他的撮合，来世姻缘也需要仰仗他的神力，咱们为何不绘一幅月老的画像来供奉呢?"

当时苕溪有个画家戚柳堤，字遵，擅长画人物。我便请他为我们画了一幅月老像:月老童颜鹤发，一手挽着红绳，一手拄着仙杖，仙杖上悬挂着姻缘簿，好似奔驰在非烟非雾之中。这真是戚先生的得意之作呀!我的好友石琢堂在画像上题写了赞语。画像悬挂在室内，每月逢初一、十五，我们夫妇必焚香拜祷。可惜后来因家里出了很多变故，这幅画像竟然丢失，不知遗失在何处。李商隐的诗句"他生未卜此生休"，是说来世结为夫妻的命运尚不可知，此生的恩爱却已先停止了。我们夫妻两人的痴情，果真能够得到神仙的庇佑吗?

迁居到仓米巷之后，我在卧室的门楣上题上了"宾香阁"三个字，取自芸的名字，同时含有相敬如宾的意思。仓米巷院子狭窄，围墙却很高，一无可取。院子后面有个厢楼，可以通往藏书的地方，打开窗子正对着陆氏废园，但见一片荒凉之景。沧浪亭的风景，还时时令芸怀念。

那时有个老妇居住在金母桥东、埂巷之北的地方。她房子的四周都是菜园，以篱笆为门。门外有个一亩大小的池塘，花光树影交错于篱笆旁边。这块地是元末张士诚的王府旧地。在房屋西边数步远的地方，有瓦砾堆成的土山，登上山顶可以远眺。这里地旷人稀，颇有野趣。

老妇偶然说起这个地方，芸便神往不已，对我说:"自从离开旧居沧浪亭，常常令我魂牵梦萦，既然不能回去，今日不得已退而求其次，这位老妇住的地方怎么样?"我回答道:"连日来秋暑天气炎热，正想找一块清凉地方避暑。你若是想去，我先去看看她家能否居住，可以的话再打点好行李搬过去，在那儿住上一个月怎么样?"芸说:"恐怕父母大人不会答应。"我说:"我亲自去和他们说。"

隔了一天，我到老妇家里一看，发现屋子仅有两间，但前后隔开为四个小房间，且纸窗竹榻，别有一番雅趣。老妇知道我的意思，欣然腾出她的卧室租给我们，还在墙壁上糊上白纸，室内顿时明亮许多。我在禀告母亲后，便带着芸搬到了这里。

我们的邻居只有一对老夫妇，他们靠种菜为生。知道我们夫妻来此地避暑，先过来与我们打招呼，并且将从池子里钓来的鱼和从园子里摘来的蔬菜送给我们。我们按照价

卷一 闺房记乐

格给钱，他们不肯接受，芸便做了新鞋子作为回报，他们这才感谢接受。

当时正值七月，绿树成荫，时有凉风从池塘边吹来，蝉鸣声不绝于耳。邻居老人又为我们制作了鱼竿，我便与芸坐在树荫浓密处垂钓。日落的时候登上土山山顶，欣赏晚霞夕照，随意联句对对，有"兽云吞落日，弓月弹流星"这样的句子。不一会儿，明月倒映在水池中，到处都是唧唧的虫声，我们又将竹榻搬到篱笆下。这时老妇告诉我们酒饭已经准备好了，我们便在月光下对酌，喝到有点醉时才开始吃饭。夜里沐浴完毕后就穿着拖鞋，摇着芭蕉扇，或坐或卧，听邻居老人讲因果报应的事，直到三更时分才回去睡觉。这时只觉得浑身清凉，几乎察觉不出是在城市里生活呢！

后来，我们又请邻居老人买来菊花，沿着篱笆栽种。九月菊花盛开之时，我与芸又来住了十天。我母亲也高兴地前来观赏，大家边吃螃蟹边观赏菊花，一整天都沉醉其中。芸兴奋地对我说："将来咱们在这里择地建屋，买下绕着房子的十亩菜园，让仆人种植瓜果蔬菜，以维持日常的开支。你作画，我刺绣，以此来满足饮酒的开销。粗布衣服、粗茶淡饭，却可以快乐一生，不必再考虑到外面谋生了。"我非常赞同芸的想法。但是如今即使得到这块土地，我的知己却早已不在，这真是令人遗憾惆怅啊！

离我家半里左右有个叫醋库巷的地方，那里有个洞庭君祠堂，俗称"水仙庙"。里面有曲折的回廊，有立在园中的小亭。每逢洞庭君诞辰日，老百姓都在祠中寻一角落，密密地挂上统一样式的玻璃灯，然后在祠堂中央设一宝座，旁边排列几案，几案上面放些花瓶，再在花瓶中插上鲜花，以此来一较高低。白天只是演戏，夜间则在花瓶的周围放置高高低低的蜡烛，叫作"花照"。花与灯光相互映照，宝鼎中暗香浮动，好像置身于龙宫夜宴一般。掌事人有的以笙箫奏乐歌唱，有的煮茶聊天，参观者多如蚂蚁，好在屋檐下设有栏杆，以防止人们过分拥挤。

友人邀请我去布置插花，我因而有幸亲自参加这种盛大之事。回家后我极力向芸渲染一番。芸说："可惜我不是男子，不能去啊！"我说："你戴上我的帽子，穿上我的衣服，就可以扮作男子呢！"于是我让她把盘起的发髻编成长辫子，再稍抹粗眉毛，戴上我的帽子，虽然微微露出两鬓角，但基本上可以掩饰过去；我的衣服穿在她身上长了一寸半，她就在腰间将过长的部分折起来缝上，外边再套上马褂遮掩。芸又问："脚该怎么办？"我说："外边有卖蝴蝶履的，各种大小都有，也很容易买到，而且早晚可作拖鞋用，岂不是很好吗？"芸高兴地同意了。吃完晚饭，芸打扮完毕后，便模仿男子的动作拱手阔步练习了好一会儿。忽然她变卦说："我还是不去了，若是叫人认出来就不方便了，而且让父母大人知道了也不好。"我怂恿她说："庙里掌事人都认识我，即使认出你来，也不过一笑置之罢了。母亲现在在九妹夫家，我们偷偷去偷偷回，她不会知道的。"芸拿来镜子照了又照，大笑不已。我硬挽着她的胳膊，悄悄去了庙会。

　　在庙里逛了个遍，没有一个人认出她是女子。有人问起她是何人，我便说是我表弟，大家互相拱手回礼，也没再多问了。最后到了一处地方，有年轻妇女和幼女坐在宝座后面，她们是杨掌事的家眷。芸忽然跑过去想和她们搭话，身体一侧，便不自觉地拍了一下年轻妇女的肩膀。旁边的奴婢立刻站起来生气地说："哪里来的小子，怎么这么不讲礼法？"我正酝酿措辞为芸解围，芸见势不妙，立即摘下帽子，伸了伸脚对众人展示道："我也是女子呀！"大家相视一番，先是一愣，继而转怒为喜，留下我们喝茶吃点心，还特意唤轿子送我们回家。

闺房记乐（四）

　　吴江钱师竹病故，吾父信归，命余往吊。芸私谓余曰："吴江必经太湖，妾欲偕往，一宽眼界。"余曰："正虑独行踽踽，得卿同行固妙，但无可托词耳。"芸曰："托言归宁①。君先登舟，妾当继至。"余曰："若然，归途当泊舟万年桥下，与卿待月乘凉，以续沧浪韵事。"时六月十八日也。

　　是日，早凉，携一仆先至胥江渡口，登舟而待，芸果肩舆至。解维②出虎啸桥，渐见风帆沙鸟，水天一色。芸曰："此即所谓太湖耶？今得见天地之宽，不虚此生矣！想闺中人有终身不能见此者！"闲话未几，风摇岸柳，已抵江城。

　　余登岸拜奠毕，归视舟中洞然，急询舟子。舟子指曰："不见长桥柳阴下观鱼鹰捕鱼者乎？"盖芸已与船家女登岸矣。余至其后，芸犹粉汗盈盈，倚女而出神焉。余拍其肩曰："罗衫汗透矣！"芸回首曰："恐钱家有人到舟，故暂避之。君何回来之速也？"余笑曰："欲捕逃耳。"

　　于是相挽登舟，返棹至万年桥下，阳乌③犹末落山。八窗尽落，清风徐来，纨扇罗衫，剖瓜解暑。少焉，霞映桥红，烟笼柳暗，银蟾④欲上，渔火满江矣。命仆至船梢与舟子同饮。

　　船家女名素云，与余有杯酒交，人颇不俗，招之与芸同坐。船头不张灯火，待月快酌，射覆为令。素云双目闪闪，听良久，曰："觞政⑤侬颇娴习，从未闻有斯令，愿受教。"芸即譬其言而开导之，终茫然。余笑曰："女先生且罢论，我有一言作譬，即了然矣。"芸曰："君若何譬之？"余曰："鹤善舞而不能耕，牛善耕而不能舞，物性然也。先生欲反而教之，无乃劳乎？"素云笑捶余肩曰："汝骂我耶！"芸出令曰："只许动口，不许动手。违者罚大觥。"素云量豪，满斟一觥，一吸而尽。余曰："动手但准摸索，不准捶人。"芸笑挽素云置余怀，曰："请君摸索畅怀。"余笑曰："卿非解人，摸索在有意无意间耳，拥而狂探，田舍郎之所为也。"

时四鬓所簪茉莉，为酒气所蒸，杂以粉汗油香，芳馨透鼻。余戏曰："小人臭味充满船头，令人作恶。"素云不禁握拳连捶曰："谁教汝狂嗅耶？"芸呼曰："违令，罚两大觥！"素云曰："彼又以小人骂我，不应捶耶？"芸曰："彼之所谓小人，益有故也。请干此，当告汝。"素云乃连尽两觥，芸乃告以沧浪旧居乘凉事。素云曰："若然，真错怪矣，当再罚。"又干一觥。芸曰："久闻素娘善歌，可一聆妙音否？"素即以象箸击小碟而歌。芸欣然畅饮，不觉酩酊，乃乘舆先归。余又与素云茶话片刻，步月而回。

时余寄居友人鲁半舫家萧爽楼中。越数日，鲁夫人误有所闻，私告芸曰："前日闻若婿挟两妓饮于万年桥舟中，子知之否？"芸曰："有之，其一即我也。"因以偕游始末详告之，鲁大笑，释然而去。

乾隆甲寅七月，余自粤东归。有同伴携妾回者，曰徐秀峰，余之表妹婿也。艳称新人之美，邀芸往观。芸他日谓秀峰曰："美则美矣，韵犹未也。"秀峰曰："然则若郎纳妾，必美而韵者？"芸曰："然。"从此痴心物色，而短于资。

时有浙妓温冷香者，寓于吴，有《咏柳絮》四律，沸传吴下，好事者多和之。余友吴江张闲憨素赏冷香，携柳絮诗索和。芸微其人而置之，余技痒而和其韵，中有"触我春愁偏婉转，撩他离绪更缠绵"之句，芸甚击节。

明年乙卯秋八月五日，吾母将挈芸游虎丘，闲憨忽至曰："余亦有虎丘之游，今日特邀君作探花使者。"因请吾母先行，期于虎丘半塘相晤。拉余至冷香寓，见冷香已半老；有女名憨园，瓜期未破，亭亭玉立，真"一泓秋水照人寒"者也。款接间，颇知文墨。有妹文园，尚雏。

余此时初无痴想，且念一杯之叙，非寒士所能酬，而既入个中，私

卷一 闺房记乐

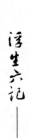

心忐忑，强为酬答。因私谓闲憨曰："余贫士也，子以尤物玩我乎？"闲憨笑曰："非也，今日有友人邀憨园答我，席主⑦为尊客拉去，我代客转邀客，毋烦他虑也。"余始释然。

至半塘，两舟相遇，令憨园过舟叩见吾母。芸、憨相见，欢同旧识，携手登山，备览名胜。芸独爱千顷云高旷，坐赏良久。返至野芳滨，畅饮甚欢，并舟而泊。及解维，芸谓众曰："子陪张君，留憨陪妾可乎？"余诺之。返棹至都亭桥，始过船分袂。

归家已三鼓，芸曰："今日得见美丽而韵者矣。顷已约憨园明日过我，当为子图之。"余骇曰："此非金屋不能贮，穷措大⑧岂敢生此妄想哉？况我两人伉俪正笃，何必外求？"芸笑曰："我自爱之，子姑待之。"

明午，憨果至。芸殷勤款接，筵中以猜枚⑨（赢吟输饮）为令，终席无一罗致语。及憨园归，芸曰："顷又与密约，十八日来此结为姊妹，子宜备牲牢以待。"笑指臂上翡翠钏曰："若见此钏属于憨，事必谐矣。顷已吐意，未深结其心也。"余姑听之。

十八日大雨，憨竟冒雨至。入室良久，始挽手出，见余有羞色，盖翡翠钏已在憨臂矣。焚香结盟后，拟再续前饮，适憨有石湖之游，即别去。芸欣然告余曰："丽人已得，君何以谢媒耶？"余询其详，芸曰："向之秘言，恐憨意另有所属也，顷探之无他。语之曰：'妹知今日之意否？'憨曰：'蒙夫人抬举，真蓬篙倚玉树⑩也，但吾母望我奢，恐难自主耳，愿彼此缓图之。'脱钏上臂时，又语之曰：'玉取其坚，且有团圞不断之意，妹试笼之以为先兆。'憨曰：'聚合之权，总在夫人也。'即此观之，憨心已得，所难必者，冷香耳。当再图之。"余笑曰："卿将效笠翁⑪之《怜香伴》⑫耶？"芸曰："然。"自此无日不谈憨园矣。

后憨为有力者夺去，不果。芸竟以之死。

■注释
①归宁：古时已出嫁的女子回娘家看望父母。

②解维：解缆起航。

③阳乌：指太阳。

④银蟾：指月亮。

⑤觞政：酒令。

⑥瓜期未破：未满十六岁。古时文人拆"瓜"字为二八以记年，谓女子十六岁为瓜期。

⑦席主：做东的人。

⑧穷措大：贫穷的读书人。

⑨猜枚：行酒令的一种。其玩法是把一些小物件如棋子、铜钱等握在手心里，让人猜单双、数目或颜色，猜中者为胜，不中者罚酒。

⑩蓬篙倚玉树：比喻高攀。

⑪笠翁：指明末清初的著名戏曲家、文学家李渔。

⑫《怜香伴》：李渔戏曲集《笠翁十种曲》其中一篇，讲述了崔笺云与曹语花两名女子以诗文相会，互生倾慕，想方设法争取长相厮守的故事。

■译文

吴江的钱师竹先生病故，我父亲来信让我前往吊唁。芸私下里对我说："去吴江必然经过太湖，我也想与你一同去，开开眼界。"我说："正忧愁一个人去显得孤单，如果能与你同行，那实在是太好了，只是不知道该如何向父母大人说。"芸说："不妨托词说我要回娘家。你先上船等待，我稍后跟上。"我说："假如能一起去，那么回来的时候可以将船停泊在万年桥下，我与你赏月乘凉，重温当时在沧浪亭的美事。"那一天是六月十八日。

这天早上比较凉快，我带着一个仆人先到胥江渡口登船等待。不久芸果然乘坐轿子来了。我们解开缆绳出发，穿过虎啸桥，渐渐可以看见湖面上风帆竞渡，沙鸥点点，水天混为一色。芸说："这就是太湖吗？今天见到了天地间的广阔，真是不虚此生啊！想想许多深闺中的妇人一辈子也见不到这样的景色。"我们闲聊着，没过多久，就看见风吹着岸边的柳枝，已经抵达江城了。

我登岸去钱家拜奠完毕后，回到船上见船中空无一人，急忙询问艄公。艄公用手指了指说："看见长桥柳荫下那个正在观看鱼鹰捕鱼的女子了吗？那就不是了。"原来芸与船家女已经上岸了。我悄悄走到芸身后，见她热得满头大汗，正依靠在船家女身上，出神地看着水里的鱼鹰扑腾。我拍着她的肩膀说："你的罗衫都被汗水浸湿了！"芸回过头来对我说："我是怕钱家会有人到船上来，所以暂时来这里躲避。你怎么这么快就回来了？"我笑着说："我这不是着急来追捕逃跑的人吗！"

我们互相挽着重新登上小船，让艄公掉过船头返航。船行到万年桥下时，太阳还没落山。打开船上的八扇窗户，清风徐徐地吹了进来。我们轻摇蒲扇，身着罗衫，剖瓜解暑。不一会儿，晚霞映红桥面，烟雾笼罩着岸边的柳树，明月缓缓升起，渔火已经布满江上。

卷一　闺房记乐

我叫仆人与艄公到船头共同饮酒。

　　船家女名叫素云，我曾和她喝过酒，知她是个不俗气的人，便招呼她过来与芸同坐。船头没有点灯，我们三人在月光下愉快地对酌畅饮，并以射覆行酒令。素云眨着眼睛专注地听了许久，说："行酒令我特别熟悉，可是从来没听过你们这种酒令，请你们教教我。"芸便举例子为她讲解，可惜她还是一脸茫然。我便笑着说："女先生暂且停一停，我用一句话来打比方，即可让素云听明白。"芸说："你拿什么打比方？"我说道："仙鹤擅长跳舞却不能耕地，水牛擅长耕地却不能跳舞，事物的天性本就如此。女先生试图违反天性来教导，这难道不是白费力气吗？"素云笑着捶我的肩膀说："你是在骂我！"芸急忙发出口令说："君子动口不动手，违者罚酒一大杯。"素云向来酒量大，她斟满了一大杯酒，一饮而尽。我又说："动手也行，但只准在身上摸索，不准捶人！"芸笑着挽起素云推到我怀里说："那就请你痛痛快快地摸索个够吧。"我笑着说："你真是个不解风情的人，摸索在于有意无意间的碰触，拥抱着一个女子狂摸，那可是粗鄙的田家汉所为呢！"

　　此时，素云鬓发上所插的茉莉花香为酒气所熏，又杂着粉汗油香，香气直扑进我的鼻子内。我戏弄她说："小人臭味充斥船头，令人厌恶！"素云忍不住又握起拳头连连捶我，边捶边说："谁让你闻个不停？"芸立即喊道："素云又违令了，罚两大杯酒！"素云急忙说道："他骂我是小人，难道我还不该捶他吗？"芸说："他之所以叫你小人，是有缘故的。等你先干了这两杯酒，我便将这其中缘故告诉你。"素云连干了两大杯酒，芸这才将我们当初在沧浪亭旧居里谈论茉莉花是小人之事告诉了她。素云听后说："如果是这样，那我还真是错怪他了，我当再受罚！"说完又干了一大杯酒。芸又说："我早就听说素云姑娘歌唱得好听，能不能让我们听一听你美妙的歌声呢？"素云即刻用象牙筷敲打小碟唱起来。芸听得很尽兴，酒也喝得很畅快，不知不觉间已酩酊大醉了，我便让她先乘轿回去。我又与素云喝着茶聊了片刻，才踏着月光散步回家。

　　当时我们寄宿在好友鲁半舫家的萧爽楼中。过了几日，鲁夫人误听了外边的传闻，私下对芸说："我听说你夫婿前几天带着两个妓女，夜间在万年桥下的小船上喝酒，你知不知道？"芸回答说："是有这么回事，其中一个就是我。"于是就将我们偕伴出游之事的详细经过告诉了她，鲁夫人听了大笑起来，放心地回去了。

　　乾隆五十九年（1794年）七月，我从广东回来。跟我同路回来的徐秀峰，也就是我的表妹夫，带回一个新纳的小妾，四处炫耀新人的漂亮，也邀请芸去瞧了。芸看过之后对秀峰说："美确实美，可惜就是韵味不足！"秀峰急忙问："这么说你的郎君若要纳妾，必须选个既漂亮又有风雅韵味的女子了？"芸说："那当然。"从此，芸便一心一意地为我物色小妾，可惜家中资产不足难以如意。

当时，浙江有一名妓叫温冷香，居住在吴地。她作了四首《咏柳絮》的律诗，在吴地广为传唱，许多好事者都争相写诗相和。我的朋友张闲憨一直很欣赏温冷香，便带着那四首《咏柳絮》来请我和诗。芸看不起他的为人便将温诗搁置在一旁，我看到后有些技痒，便和其韵和诗，其中有"触我春愁偏婉转，撩他离绪更缠绵"的句子，芸看到后赞赏叫好。

第二年秋天八月五日，母亲要带芸去虎丘游玩。张闲憨忽然过来找我，说："我也打算去虎丘游玩，今日特意邀请你来做个探花使者。"于是我请母亲她们先行，约好在虎丘半塘会合。张闲憨拉着我来到温冷香的寓所，不曾想温冷香已经是个半老徐娘；她有个女儿名叫憨园，未满十六岁，长得亭亭玉立，真称得上是个"一泓秋水照人寒"的美人。言语闲聊之间，更发现她颇知文墨。她还有个妹妹叫文园，年纪还很小。

我当时并没有什么非分之想，而且在这种场合喝酒聊天，其消费也不是我这种寒门子弟所能承担得了的。可是既然已经置身其中，纵然内心忐忑，也只好勉强应酬对答。为此，我私下里问张闲憨："我是个贫穷书生，你莫非想拿个美艳尤物耍弄我？"张闲憨笑着说："不是这样的，今日本来有个朋友回请我，邀请憨园来作陪的，可惜中途他被一个尊客叫走了，我这是代表他转而邀请你这个客人，你不要有什么其他忧虑哪！"我这才放下心来。

之后我们乘船到了半塘，与母亲她们的船相遇了，我就让憨园过船来拜见我母亲。芸与憨园相见后，如同旧日好友相见般高兴，两人携手登山，备览名胜景色。芸独爱千顷白云的高远空旷，坐在那儿欣赏了很久。返回野芳滨后，我们将两船并靠停泊，大家开怀畅饮，甚是高兴。等到船解缆回程时，芸对我说："你陪闲憨同上一条船吧，留下憨园陪伴我，行吗？"我答应了。两船一直行到都亭桥，我这才回到自己的船上与他们告别。

回到家已经是三更时分了。芸说："今日终于见到了既美丽又有风韵的女子了。刚才我已经和憨园约好，让她明日来探望我，我想为你考虑纳妾的事。"我听后大吃一惊，说："这样艳丽的女子，若非家财万贯，是绝对养不起的。我这样的穷书生怎么能妄想呢？何况你我夫妻恩爱有加，伉俪情深，何必再寻另外的女子呢？"芸笑着说："是我自己很喜欢她，你就姑且等着吧！"

第二天中午，憨园果然如约前来。芸殷勤地迎接款待她，宴席上以猜枚行酒令，赢的人吟诗，输的人则饮酒，直到宴席结束也没有听芸说一句招纳憨园的话。等到憨园回去后，芸对我说："刚才我又与她密约，要她在这个月的十八日来我们家与我结拜为姐妹，你要为我们准备结拜时的祭品啊。"说着，她又笑着指了指手臂上的翡翠玉镯说："到时，你要是看见这只翡翠玉镯戴在了憨园的手臂上，就表示纳妾之事八九不离十了。刚才我

卷一 闺房记乐

已经向她表露过这层意思了，只是暂且还不知道她内心深处的真实想法。"我姑且听从了。

　　十八日那天下起了大雨，憨园竟然冒着大雨前来赴约。她与芸进入卧室后待了很久才手挽手出来。看到我时她面露羞涩，大概是翡翠玉镯已经戴在她的手臂上了吧。她俩焚香结拜为姐妹后，打算像上次那样再继续饮酒，却碰巧憨园已经与人有约要去石湖游玩，只好先离开了。芸得意地告诉我："佳人已得，你该拿什么来感谢我这个媒人呢？"我马上询问详细情况，芸说："之前我一直没有明说，是怕憨园心有所属呢，刚才试探她，她说还没有意中人。我就对她说：'妹妹知道今天叫你来是什么意思吗？'她说：'承蒙夫人厚爱，这真是我高攀呢。只是我母亲对我期望很高，恐怕我自己难以做主，希望彼此慢慢考虑这件事吧。'我脱下玉镯给她戴上时，又对她说：'玉取其坚，而且有团圆不断的意思，妹妹先戴上这个，就当是个见证吧。'憨园说：'聚合之权全凭夫人做主呢。'由此看来，憨园是愿意嫁你的，现在所有困难的关键，便是她的母亲温冷香。咱们还得再想想办法。"我笑着说："你这是要效仿李渔《怜香伴》中崔笺云和曹语花的故事吗？"芸说："正是。"从此以后，芸没有一天不谈论憨园的。

　　后来，憨园被有权有势的人夺去，纳妾之事最终也没了结果。而芸也因为这件事郁郁而逝。

卷二　闲情记趣

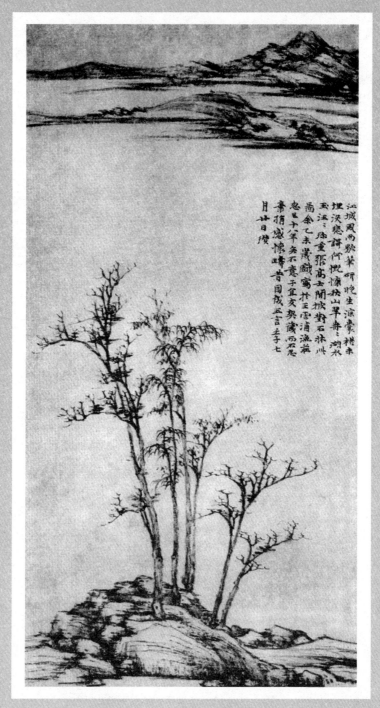

江城風雨歇筆研晚生涼囊槧來
埋汶憶誹仰憮愴秋山草舟三湖水
玉淒淒珠重張高士開牂對石林州
高余乙未歲戲寫枝王雲浦漁莊
忽已十年矣石意子宜交契藏而石忘
章指慫慂崢昔因成五言壬子七
月廿日瓚

元·倪瓚 《渔庄秋霁图》

闲情记趣（一）

　　余忆童稚时，能张目对日，明察秋毫。见藐小微物，必细察其纹理，故时有物外之趣[①]。

　　夏蚊成雷，私拟[②]作群鹤舞空，心之所向，则或千或百果然鹤也。昂首观之，项为之强[③]。又留蚊于素帐中，徐喷以烟，使其冲烟飞鸣，作青云白鹤观，果如鹤唳云端，怡然称快。于土墙凹凸处、花台小草丛杂处，常蹲其身，使与台齐；定神细视，以丛草为林，以虫蚁为兽，以土砾凸者为丘，凹者为壑，神游其中，怡然自得。

　　一日，见二虫斗草间，观之正浓，忽有庞然大物拔山倒树而来，盖一癞蛤蟆也，舌一吐而二虫尽为所吞。余年幼，方出神，不觉呀然[④]惊恐。神定，捉蛤蟆，鞭数十，驱之别院。年长思之，二虫之斗，盖图奸不从[⑤]也，古语云"奸近杀"，虫亦然耶？

　　贪此生涯，卵为蚯蚓所哈[⑥]（吴俗称"阳"曰"卵"），肿不能便，捉鸭开口哈之，婢妪偶释手，鸭颠其颈作吞噬状，惊而大哭，传为语柄。此皆幼时闲情也。

　　及长，爱花成癖，喜剪盆树。识张兰坡，始精剪枝养节之法，继悟接花叠石之法。花以兰为最，取其幽香韵致也，而瓣品之稍堪入谱者不可多得。兰坡临终时，赠余荷瓣素心春兰一盆，皆肩平心阔，茎细瓣净，可以入谱者。余珍如拱璧，值余幕游于外，芸能亲为灌溉，花叶颇茂。不二年，一旦忽萎死，起根视之，皆白如玉，且兰芽勃然，初不可解，以为无福消受，浩叹而已，事后始悉有人欲分不允，故用滚汤灌杀也。

卷二　闲情记趣

从此誓不植兰。次取杜鹃，虽无香而色可久玩，且易剪裁。以芸惜枝怜叶，不忍畅剪，故难成树。其他盆玩皆然。

惟每年篱东菊绽，积兴成癖。喜摘插瓶，不爱盆玩。非盆玩不足观，以家无园圃，不能自植，货于市者，俱丛杂无致，故不取耳。其插花朵，数宜单，不宜双。每瓶取一种不取二色。瓶口取阔大不取窄小，阔大者舒展不拘。自五七花至三四十花，必于瓶口中一丛怒起，以不散漫、不挤轧、不靠瓶口为妙，所谓"起把宜紧"也。或亭亭玉立，或飞舞横斜。花取参差，间以花蕊，以免飞铍耍盘⑦之病。叶取不乱，梗取不强。用针宜藏，针长宁断之，毋令针针露梗，所谓"瓶口宜清"也。视桌之大小，一桌三瓶至七瓶而止，多则眉目不分，即同市井之菊屏矣。几之高低，自三四寸至二尺五六寸而止，必须参差高下互相照应，以气势联络为上。若中高两低，后高前低，成排对列，又犯俗所谓"锦灰堆"矣。或密或疏，或进或出，全在会心者得画意乃可。

若盆碗盘洗⑧，用漂青、松香、榆皮面和油，先熬以稻灰，收成胶，以铜片按钉向上，将膏火化，粘铜片于盘碗盆洗中。俟冷，将花用铁丝扎把，插于钉上，宜偏斜取势，不可居中，更宜枝疏叶清，不可拥挤。然后加水，用碗沙少许掩铜片，使观者疑丛花生于碗底方妙。

若以木本花果插瓶，剪裁之法（不能色色自觅，倩人攀折者每不合意），必先执在手中，横斜以观其势，反侧以取其态。相定之后，剪去杂枝，以疏瘦古怪为佳。再思其梗如何入瓶，或折或曲，插入瓶口，方免背叶侧花之患。若一枝到手，先拘定其梗之直者插瓶中，势必枝乱梗强，花侧叶背，既难取态，更无韵致矣。折梗打曲之法，锯其梗之半而嵌以砖石，则直者曲矣。如患梗倒，敲一二钉以管⑨之。即枫叶竹枝，乱草荆棘，均堪入选。或绿竹一竿配以枸杞数粒，几茎细草伴以荆棘两枝，苟位置得宜，另有世外之趣。若新栽花木，不妨歪斜取势，听其叶侧，一年后枝叶自能向上，如树树直栽，即难取势矣。

至剪裁盆树，先取根露鸡爪者，左右剪成三节，然后起枝。一枝一节，七枝到顶，或九枝到顶。枝忌对节如肩臂，节忌臃肿如鹤膝。须盘旋出枝，不可光留左右，以避赤胸露背之病；又不可前后直出。有名"双起""三起"者，一根而起两三树也。如根无爪形，便成插树，故不取。然一树剪成，至少得三四十年。余生平仅见吾乡万翁名彩章者，一生剪成数树。又在扬州商家见有虞山游客携送黄杨、翠柏各一盆，惜乎明珠暗投，余未见其可也。若留枝盘如宝塔，扎枝曲如蚯蚓者，便成匠气矣。

点缀盆中花石，小景可以入画，大景可以入神。一瓯清茗，神能趋入其中，方可供幽斋之玩。种水仙无灵璧石，余尝以炭之有石意者代之。黄芽菜心其白如玉，取大小五七枝，用沙土植长方盆内，以炭代石，黑白分明，颇有意思。以此类推，幽趣无穷，难以枚举。如石菖蒲结子，用冷米汤同嚼喷炭上，置阴湿地，能长细菖蒲，随意移养盆碗中，茸茸可爱。以老莲子磨薄两头，入蛋壳使鸡翼之，俟雏成取出，用久年燕巢泥加天门冬十分之二，捣烂拌匀，植于小器中，灌以河水，晒以朝阳，花发大如酒杯，叶缩如碗口，亭亭可爱。

若夫园亭楼阁，套室回廊，叠石成山，栽花取势，又在大中见小，小中见大，虚中有实，实中有虚，或藏或露，或浅或深。不仅在"周回曲折"四字，又不在地广石多徒烦工费。或掘地堆土成山，间以块石，杂以花草，篱用梅编，墙以藤引，则无山而成山矣。大中见小者，散漫处植易长之竹，编易茂之梅以屏之。小中见大者，窄院之墙宜凹凸其形，饰以绿色，引以藤蔓；嵌大石，凿字作碑记形。推窗如临石壁，便觉峻峭无穷。虚中有实者，或山穷水尽处，一折而豁然开朗；或轩阁设厨处，一开而通别院。实中有虚者，开门于不通之院，映以竹石，如有实无也；设矮栏于墙头，如上有月台而实虚也。贫士屋少人多，当仿吾乡太平船后梢之位置，再加转移。其间台级为床，前后借凑，可作三塌，间以板而裱以纸，则前后上下皆越绝，譬之如行长路，即不觉其窄矣。余夫妇乔寓扬州时，曾仿此法，屋仅两椽⑩，上下卧室、厨灶、客座皆越绝，而绰然有余。芸曾笑曰："位置虽精，终非富贵家气象也。"是诚然欤！

卷二 闲情记趣

余扫墓山中，检有峦纹可观之石。归与芸商曰："用油灰①叠宣州石于白石盆，取色匀也。本山黄石虽古朴，亦用油灰，则黄白相间，凿痕毕露，将奈何？"芸曰："择石之顽劣者，捣末于灰痕处，乘湿糁之，干或色同也。"乃如其言，用宜兴窑②长方盆叠起一峰，偏于左而凸于右，背作横方纹，如云林③石法，嶙岩凹凸，若临江石矶状。虚一角，用河泥种千瓣白萍。石上植茑萝，俗呼云松。经营数日乃成。至深秋，茑萝蔓延满山，如藤萝之悬石壁，花开正红色，白萍亦透水大放，红白相间。神游其中，如登蓬岛。置之檐下，与芸品题：此处宜设水阁，此处宜立茅亭，此处宜凿六字曰"落花流水之间"，此可以居，此可以钓，此可以眺。胸中丘壑若将移居者然。一夕，猫奴争食，自檐而堕，连盆与架顷刻碎之。余叹曰："即此小经营，尚干造物忌耶！"两人不禁泪落。

■注释

①物外之趣：世俗之外的雅趣。物外，超越实物之外。晁补之《书鲁直题高求父扬清亭诗后》："陶渊明泊物然外，故其语言多物外意。"

②私拟：心中想象。

③项为之强：脖子为此而僵硬。项，脖子的后部；强，僵硬。

④呀然：通"讶然"，惊貌。

⑤图奸不从：此处指图谋交配而未达成一致。

⑥哈：用嘴吸吮。

⑦飞钹耍盘：指一种类似杂技的表演形式。这里形容起把不紧而乱转。

⑧洗：洗笔的器皿。

⑨管：此处指固定。

⑩两椽：两间房。

⑪油灰：用桐油与石灰或石膏调拌而成的黏合剂。

⑫宜兴窑：江苏省宜兴市，是著名的陶都，以产紫砂陶器闻名于世。

⑬云林：指元代画家倪瓒，号云林居士、云林子、云林散人，工诗画。

■译文

我回忆小时候，可以张开眼睛直视太阳，明察秋毫。发现藐小细微的东西，必详细观察它的纹理结构，所以时常能获得事物本身之外的乐趣。

夏季，蚊子的鸣叫声就像打雷一样，我便在内心把它们看作是在天空中飞舞的仙鹤。

由于内心这样想着，那成千上万的蚊子在我眼里果然成了仙鹤。因为抬起头看的时间久了，导致脖子都僵硬了。此外，我还千方百计将蚊子留在帐子内，对着它们慢慢地喷烟，让它们在烟雾中飞鸣冲撞，就好像看白鹤飞翔于青云之中的景观一般。而蚊子的样子也果然像鹤唳云端般，我看了后高兴地拍手称快。在土墙的凹凸不平处或花台下的杂草丛生中，我常常蹲下身子，使自己与台阶一般高，然后聚精会神仔细观察，把草丛当作树林，把蚂蚁当作野兽，把瓦砾凸起的地方当作丘陵，凹陷的地方当作深沟，自己神游其中，怡然自得。

有一天，我看见两只小虫在草丛中打斗，看得入神之时，忽然有个庞然大物如拔山倒树般扑了过来，仔细一看，原来是只癞蛤蟆，只见它舌头一伸就将两只小虫都吞进肚里去了。我那时尚年幼，正在出神地看着两虫打斗，不禁吓得惊叫了起来。等我静下心神之后，便将癞蛤蟆捉住，用鞭子鞭打它十几下，然后将它驱赶到别的院子里去了。后来长大了，再回过头来思考这件事却有了新的想法，两只小虫相斗，大都是因为一方图谋交配，而另一方不服从的原因。古话说"奸近杀"，就是说奸邪不正则接近杀身之祸，虫子的世界应该也是这个道理吧？

后来我贪恋这种玩闹的乐趣，便将自己的蛋蛋（吴地的方言将男子的睾丸称为蛋）给蚯蚓吸吮，结果肿得无法小便。家里人便捉来一只鸭子准备让它开口吸我的蛋蛋以化解疼痛（当时人迷信，认为鸭子和蚯蚓相克），婢女突然一松手，鸭子便扑腾着伸直脖子做吞咽状，吓得我大哭起来。后来，这件事就被众人传为笑料了。这些都是幼年时的闲情逸事啊！

等到长大了，我爱上了养花，几乎成了癖好，尤其喜欢修剪盆景花木。我认识了一位叫张兰坡的朋友，开始跟他学习修剪盆景的各种方法，后来自己慢慢摸索精通了嫁接花木、堆叠山石的技巧。花草中我认为兰花最好，因为它有着清淡的香味和脱俗的风韵，不过要得到上品兰花并不是一件容易的事情。张兰坡临终的时候，曾赠给我一盆十分稀有的荷瓣素心春兰。这株兰花叶子平整舒展，花茎细长，花瓣素净，是兰花中的上品。我像珍惜珍宝一样精心呵护着它。后来我去外地做幕僚，无暇顾及它，还好有芸亲自照看浇水，将它养得花繁叶茂。不料不到两年，这盆兰花突然枯萎死了。我将其连根拔出，想看看究竟是怎么回事，却发现花根白如玉，并未损坏，且还有一些新芽正欲长出。刚开始的时候我百思不得其解，以为是自己无福消受这上品的兰花，整日为此长叹不已。后来才知道，原来是有人曾向我索要兰花分株栽植，我没有答应，他便故意用滚烫的开水浇花，将其烫死。这件事后，我发誓不再栽植兰花。兰花虽为最好，杜鹃也不弱。杜鹃虽然没有香味，但它花期较长，花色耐看，适合长期欣赏，而且容易修剪。因为芸怜

卷二 闲情记趣

惜枝叶，使我不忍把枝叶剪得七零八落，所以难以成型。其他的盆景也大致是这样，随其自然生长。

每年秋天菊花盛开的时候，我便大发秋兴。喜欢采摘菊花插入花瓶里，不喜欢用菊花做盆景赏玩。这并不是因为菊花做盆景不好看，只因家中没有花圃，不能自己栽种菊花，只能到市场上去购买，但是市场上的菊花品种良莠不齐，因此不用菊花做盆景。瓶中插花，花数宜单不宜双。每个花瓶只插同一品种的同一颜色。选择插花的花瓶时，瓶口要阔大，不宜窄小，因为瓶口阔大花才能舒展开来。每瓶插花，花数不限，根据瓶口大小，插五枝、七枝到三四十枝都行，一定要使它们在瓶口一齐怒放，太过散漫、太过紧密或太靠近瓶口都不好，这就是所谓的"起把宜紧"原则。在瓶中插花可以插得亭亭玉立，也可以插得飞舞横斜，全凭个人的喜好习惯。花朵间摆放的位置不能太齐整，要有所差别，花枝花蕊穿插进行，使其错落有致，避免把不紧而乱转。花叶不能杂乱，花梗不能太僵直。使用别针固定花束的时候，别针不要显露出来，如果别针太长了，可以把它折断，不要让别针从花梗中露出。这就是"瓶口宜清"的原则。摆放这些花的时候，要根据桌子的大小布置，一般一张桌子摆放三瓶至七瓶不等，摆太多就显得杂乱无章，如同在集市上售卖的菊屏一样。桌子的高度要在三四寸到二尺五六寸之间，摆放的时候要注意参差错落，相互照应，使花瓶气势流畅。假如摆放成中间高两边低，或者后排高前排低，或者摆成一排左右对称，那就犯了俗称的"锦灰堆"的忌讳了。摆放时，哪里要摆得紧密一些，哪里要摆得稀疏一些，哪里要摆得靠前一些，哪里要摆得靠后一些，都在于摆放者自己的布局心思了。

要是用盆、碗、盘、洗等浅口类的器皿作为容器插花，则可以将漂青、松香、榆皮面以及油混合在一起，再加上稻草灰一起熬，熬成胶状，然后把钉子钉在铜片上，使钉尖朝上，再将之前熬制成的胶加热熔化，使其涂在铜片的背部，再将铜片粘在盘、碗、盆、洗的底部。等胶冷却后，再把用铁丝扎好的花束插在钉子上。插花时最好插得有点倾斜，不要插在容器的正中央，枝叶更要修剪得简洁，不能太过拥挤杂乱。然后向容器内加水，在碗底铺上一层细沙来掩盖铜片，这样做是为了让观花者觉得这花宛如从碗底自然生长而成。

假如选用木本花果为材料插瓶，剪裁的方法是这样的（不可能每一种花木都由自己亲自找寻，请别人帮忙，结果又常常不太满意），先把需要裁剪的木本花果拿在手里，分别从横、斜两处对比观察它的长势，再从反侧观看确定它的姿态。确定之后，剪掉杂枝，剪成稀疏、清瘦、古朴、奇特为最佳。然后考虑花梗或果梗怎样插进瓶中，可以弯折一下再插入瓶口，这样能使花和叶子以最好的角度展现出来。假如随便拿一枝花木也不打理就随意选定其直梗插入花瓶中，势必枝乱叶杂，花梗太硬，花被遮挡，叶被掩盖，既难以突出它原有的姿态，又难以体现其风韵雅趣。折梗打曲的方法是：把花木的梗部锯开一半，然后在梗中塞入小石子，原本笔直的梗就能变得弯曲了。假如担心梗倒下，可以钉一两枚钉子进去将其固定好。如此，就算是枫叶竹枝、小草荆棘等普通草木都可以作为材料了。比如，选用一竿绿竹配上几粒红色的枸杞，或者用几株青翠的小草配上两根荆棘，如果搭配得恰当，当别有一番世外野趣。如果是新栽花木，则不妨取其倾斜的态势，任凭其叶侧着生长，一年之后枝叶自然能向上伸展。若每枝花木都笔直地栽培，以后再想要其变成别致的姿态就会比较困难。

讲到修剪盆景，选材相当重要。首先选取根须外露像鸡爪一样的树木，然后根据树木原有的枝干走向修剪，分左中右三个部分修剪大的枝杈，再在大枝上剪取小枝。每根小枝作为一个节点，一根大枝一般有七节或九节小枝。修剪枝节最忌讳的是把小节修剪得像人的肩膀一样整齐，小节太过臃肿了也不行，会像鹤腿上的关节一样突出。最好的做法是向四面八方留出枝条，所以修剪时不能只顾及两侧，以免给人前胸后背裸露之感，但也不能让枝叶从前后两侧直接伸出。人称"双起""三起"的盆景，一般是同一棵树根上生出两到三枝分叉。假如树根不是像鸡爪一样露出地面，而是全部埋在土里，那就变成插树了，这种不可取。然而要剪成一棵好树，没有三四十年的工夫是做不到的，更别说精品了。我这一生中只知道我们家乡的万彩章老先生花了一辈子的时间，也仅仅剪成寥寥数棵好树而已。后来我在扬州一户商人家中见到两盆上好的盆栽，那是虞山的游客赠送给他的黄杨树和翠柏各一盆，都是十分稀有的品种。但我为这两盆盆栽感到惋惜，落在了这个不懂欣赏的商人手中，真是明珠暗投啊！除此之外，我还真没见过比较上档次的盆栽了。假如一个盆景的树枝盘曲向上成宝塔形，或者其虬枝盘曲像蚯蚓，就显得庸俗造作，沾染了些匠气。

在盆景中点缀些许花草山石，小盆景可以构筑画面，大盆景则可以营造悠远的意境。沏上一壶清茶，边品茶边观赏，能让人神游其中的盆景，才可以放入幽居雅室做品鉴之用。栽种水仙有灵璧石点缀为最佳，我们没有，便用外观像石头而造型精致的木炭代替。黄芽菜的菜心白如玉，可以找来大小不同的五到七株，然后用沙土栽到长方形的盆子中，用炭代替石块将其固定。看上去黑白分明，很有意思。以此类推，我想出了很多种布置盆景的方法，趣味无穷，不胜枚举。比如石菖蒲结子的时候，可以用冷米汤和上石菖蒲子同嚼，然后喷到木炭上，再将木炭放在阴凉潮湿的地方。不久后木炭上就能长出一丛丛细小的石菖蒲。随意将其移植到盆或碗中，绿茸茸的煞是可爱。还有，将老莲子的两头磨薄，嵌入生鸡蛋的蛋壳中，然后将其放入鸡窝里让母鸡孵化。等到孵出小鸡的时候，再把莲子取出，然后用陈年的燕巢泥加上少量的天门冬，捣碎搅拌均匀，放入一个小容器内。将已经发芽的莲子栽植其中，用河水浇灌，且令其沐浴朝阳。这样，当莲子开花的时候，花朵如酒杯大小，叶子则小巧如碗口，看上去亭亭玉立，十分可爱。

　　说到园亭楼阁、套室回廊的布置，堆叠假山、栽花种草的技巧，一般讲求大中见小，小中见大，虚中有实，实中有虚，或藏或露，或浅或深。景物的隐显藏露、深浅曲折，只"周回曲折"这四个字是无法涵盖的，而且园林布置的好坏不在于占地面积广大、山石丰富齐全，这只会白白地耗费建筑成本。可以在地上挖起一座土山，在山中放置一些精致的石块，再种植些花草杂于其中，用梅树作为篱笆，以青藤蔓爬满墙壁，则于无山处有了山的意境。若想大中见小，则可在宽阔空旷的地方种上生长迅速、容易成林的竹子，以树枝比较繁茂的梅树当作屏障。若想小中见大，狭窄院子的墙壁可以布置成凸凹起伏的形状，以绿色颜料装饰，并种上藤蔓，使其爬满墙头；镶嵌大石块，可在石上镌字做碑铭。推开窗子看到墙壁，给人感觉窗下就像是一面石壁一般，似有一种峻峭之美。若想虚中有实，在看似景色穷尽的地方设置一道屏障，使人转过屏障便觉豁然开朗；或在轩阁内设置壁橱一样的小门，轻轻推开，就能通到其他院落，给人意料之外的惊喜。若想实中有虚，则可在封闭的院墙上开设一扇小门，旁边栽种竹子或添置山石加以掩映，令人看起来好像这儿另有景致，实际上并没有；或者在墙头设置比较低矮的围栏，让人看起来好像上面有一个月台，实际上也是虚像。穷苦人家往往是房屋少，人口多，居住环境相对较拥挤，这种情况可以仿照我们家乡太平船后梢的布置，将有限空间内的布置稍加转化调整。可以将台阶做成床，前后借凑一下，则可形成三个榻，然后在各个床位之间用木板加以阻隔，木板挡不住的地方糊上白纸，从而使前后上下形成既相互贯通又有所隔断的小房间。打个比方，你若走上一段远路，自然就不会觉得路面狭窄了。我和芸在扬州租房暂住的时候，就曾经仿效此法。当时只有两间房子，卧室、厨房以及客厅都是隔出来的，仍然感觉空间很大。芸曾经笑着说："这样布置虽然很精巧，但终究不是富贵人家的气象呢。"的确如此。

　　后来我到山中扫墓时，曾拣来一些带有山峦纹理的好看的小石头。回来与芸商量说："用油灰把宣州石粘连固定起来，叠在白石盆内，色彩显得光泽均匀。而我们山上的这种黄色山石虽然古朴，但是用油灰粘连起来则显得黄白相间，而且敲凿的痕迹很明显，你看怎么办才好呢？"芸说："我们从中选择几块劣等的石头捣成粉末，趁油灰还未干时将粉末抹上去，干了以后也许会与石头颜色一致。"我照着芸的说法去做，用宜兴窑出产的长方盆作为盆基，在其中堆叠起一座假山，山峰向左偏斜，山脊则向右凸起，背面描画横方纹，就像元代画家倪瓒所画的山石的风格，峻岩凹凸，如同临江石矶之状。盆内虚留一角，用河中的泥种植细小的白浮萍。石头上再种些茑萝，俗称为云松。经过几天的努力，终于大功告成了。等到了深秋，茑萝蔓延满山，就像藤萝般悬挂在石壁之上，开出大红色的花朵。白萍也在水中盛开，山上红色山下白色，相间成趣。神游其中，仿佛遨游于蓬莱仙岛。我将它放在屋檐下，与芸共同评论品赏：这里适合设置水阁，那里适合设置茅亭；这里适宜凿上"落花流水之间"六个字，那里适宜居住；这里可以垂钓，那里可以登高远眺。脑中对其构思设计，就好像它们真的都移到我家里来了一样。有一天傍晚，两只小猫因为争食从屋檐上掉下来，顷刻间便把盆景和盆架砸碎了。我不禁感叹道："即便这样小的工艺品，难道也触犯了造物者的禁忌了吗？"夫妻两人不禁潸然落泪。

清·朱耷《瓶兰图》

卷二 闲情记趣

闲情记趣（二）

静室焚香，闲中雅趣。芸尝以沉速①等香，于饭镬蒸透，在炉上设一铜丝架，离火半寸许，徐徐烘之，其香幽韵而无烟。佛手忌醉鼻嗅，嗅则易烂；木瓜忌出汗，汗出，用水洗之；惟香圆无忌。佛手、木瓜亦有供法，不能笔宣。每有人将供妥者随手取嗅，随手置之，即不知供法者也。

余闲居，案头瓶花不绝。芸曰："子之插花能备风晴雨露，可谓精妙入神。而画中有草虫一法，盍仿而效之。"余曰："虫踯躅不受制，焉能仿效？"芸曰："有一法，恐作俑②罪过耳。"余曰："试言之。"曰："虫死色不变，觅螳螂蝉蝶之属，以针刺死，用细丝扣虫项系花草间，整其足，或抱梗，或踏叶，宛然如生，不亦善乎？"余喜，如其法行之，见者无不称绝。求之闺中，今恐未必有此会心者矣。

余与芸寄居锡山华氏，时华夫人以两女从芸识字。乡居院旷，夏日逼人，芸教其家作"活花屏"法，甚妙。每屏一扇，用木梢二枝，约长四五寸，作矮条凳式，虚其中，横四挡，宽一尺许，四角凿圆眼，插竹编方眼。屏约高六七尺，用砂盆种扁豆置屏中，盘延屏上，两人可移动。多编数屏，随意遮拦，恍如绿阴满窗，透风蔽日，纡回曲折，随时可更，故曰"活花屏"。有此一法，即一切藤本香草随地可用。此真乡居之良法也。

友人鲁半舫名璋，字春山，善写松拍及梅菊，工隶书，兼工铁笔③。余寄居其家之萧爽楼，一年有半。楼共五椽，东向，余居其三。晦明风雨，可以远眺。庭中有木樨一株，清香撩人。有廊有厢，地极幽静。移居时，有一仆一妪，并挈其小女来。仆能成衣，妪能纺绩，于是芸绣、妪绩，仆则成衣，以供薪水。

余素爱客，小酌必行令。芸善不费之烹庖，瓜蔬鱼虾，一经芸手，便有意外味。同人知余贫，每出杖头钱④，作竟日叙。余又好洁，地无纤尘，且无拘束，不嫌放纵。时有杨补凡名昌绪，善人物写真；袁少迂名沛，工山水；王星澜名岩，工花卉翎毛，爱萧爽楼幽雅，皆携画具来。余则从之学画，写草篆，镌图章，加以润笔⑤，交芸备茶酒供客，终日品诗论画而已。更有夏淡安、揖山两昆季，并缪山音、知白两昆季，及蒋韵香、陆橘香、周啸霞、郭小愚、华杏帆、张闲憨诸君子，如梁上之燕，自去自来。芸则拔钗沽酒，不动声色，良辰美景，不放轻过。今则天各一方，风流云散，兼之玉碎香埋，不堪回首矣！非所谓"当日浑闲事，而今尽可怜"者乎！

萧爽楼有四忌：谈官宦升迁、公廨⑥时事、八股时文、看牌掷色，有犯必罚酒五斤。有四取：慷慨豪爽、风流蕴藉、落拓不羁、澄静缄默。长夏无事，考对为会⑦，每会八人，每人各携青蚨⑧二百。先拈阄，得第一者为主者，关防别座。第二者为誊录，亦就座。余作举子，各于誊录处取纸一条，盖用印章。主考出五七言各一句，刻香⑨为限，行立构思，不准交头私语。对就后投入一匣，方许就座。各人交卷毕，誊录启匣，并录一册，转呈主考，以杜徇私。十六对中取七言三联，五言三联。六联中取第一者即为后任主考，第二者为誊录。每人有两联不取者罚钱二十文，取一联者免罚十文，过限者倍罚。一场，主考得香钱百文。一日可十场，积钱千文，酒资大畅矣。惟芸议为官卷⑩，准坐而构思。

杨补凡为余夫妇写载花小影，神情确肖。是夜，月色颇佳，兰影上粉墙，别有幽致。星澜醉后兴发曰："补凡能为君写真，我能为花图影。"余笑曰："花影能如人影否？"星澜取素纸铺于墙，即就兰影，用墨浓淡图之。日间取视，虽不成画，而花叶萧疏，自有月下之趣。芸甚宝之，各有题咏。

苏城有南园、北园二处，菜花黄时，苦无酒家小饮。携盒而往，对花冷饮，殊无意味。或议就近觅饮者，或议看花归饮者，终不如对花热饮为快。众议未定，芸笑曰："明日但各出杖头钱，我自担炉火来。"众笑曰："诺。"众去，余问曰："卿果自往乎？"芸曰："非也，妾见市中

卷二　闲情记趣

卖馄饨者，其担锅灶无不备，盍雇之而往？妾先烹调端整①，到彼处再一下锅，茶酒两便。"余曰："酒菜固便矣，茶乏烹具。"芸曰："携一砂罐去，以铁叉串罐柄，去其锅，悬于行灶中，加柴火煎茶，不亦便乎？"余鼓掌称善。

街头有鲍姓者，卖馄饨为业，以百钱雇其担，约以明日午后，鲍欣然允议。明日，看花者至，余告以故，众咸叹服。饭后同往，并带席垫。至南园，择柳阴下团坐。先烹茗，饮毕，然后暖酒烹肴。是时风和日丽，遍地黄金，青衫红袖②，越阡度陌，蝶蜂乱飞，令人不饮自醉。既而酒肴俱熟，坐地大嚼，担者颇不俗，拉与同饮。游人见之，莫不羡为奇想。杯盘狼籍，各已陶然，或坐或卧，或歌或啸。红日将颓，余思粥，担者即为买米煮之，果腹而归。芸问曰："今日之游乐乎？"众曰："非夫人之力不及此。"大笑而散。

贫士起居服食，以及器皿房舍，宜省俭而雅洁，省俭之法曰"就事论事"。余爱小饮，不喜多菜。芸为置一梅花盒：用二寸白磁深碟六只，中置一只，外置五只，用灰漆就，其形如梅花，底盖均起凹楞，盖之上有柄如花蒂。置之案头，如一朵墨梅覆桌；启盖视之，如菜装于瓣中。一盒六色，二三知己可以随意取食，食完再添。另做矮边圆盘一只，以便放杯箸酒壶之类，随处可摆，移掇③亦便。即食物省俭之一端也。余之小帽领袜皆芸自做，衣之破者，移东补西，必整必洁，色取暗淡，以免垢迹，既可出客，又可家常。此又服饰省俭之一端也。

初至萧爽楼中，嫌其暗，以白纸糊壁，遂亮。夏月楼下去窗，无栏干，觉空洞无遮拦。芸曰："有旧竹帘在，何不以帘代栏？"余曰："如何？"芸曰："用竹数根，黝黑色，一竖一横，留出走路，截半帘搭在横竹上，垂至地，高与桌齐，中竖短竹四根，用麻线扎定，然后于横竹搭帘处，寻旧黑布条，连横竹裹缝之。既可遮拦饰观，又不费钱。"此"就事论事"之一法也。以此推之，古人所谓竹头木屑皆有用，良有以也。

夏月荷花初开时，晚含而晓放。芸用小纱囊撮茶叶少许，置花心，明早取出，烹天泉水⑭泡之，香韵尤绝。

■注释

①沉速：即沉香、速香，香木名。入水能沉叫沉香，清虚能浮叫速香。

②作俑：古时制作殉葬用的俑像。比喻倡导做不好的事。

③铁笔：篆刻以刀代笔，故称。

④杖头钱：买酒钱。《世说新语·任诞传》：阮宣子（修）常步行，以百钱挂杖头，至酒店，便独酣畅。

⑤润笔：泛指写书作画所得的酬金。

⑥公廨：官署。

⑦考对为会：以考试对句作为集会。

⑧青蚨：指钱。青蚨是古代传说中的昆虫，相传母蚨生子后，母子以后无论分离多远，都会聚到一起。人们把青蚨母子的血涂在钱上，用涂有母血或子血的钱买东西，留下对应的涂子血或是母血，而花掉的钱都会飞回，故有"青蚨还钱"之说，也因此以青蚨代指钱。

⑨刻香：以燃香计时，燃完一炷香的时间即为刻香。

⑩官卷：清代科举考试，凡高级官员的子弟参加考试，都另编号，另行考试，以人数多寡，各分定额取中。因试卷均编为"官"字，故名"官卷"。此处指受到特殊待遇的考生。

⑪端整：原指人长相端庄。这里指陈芸把各种菜肴整理好。

⑫青衫红袖：代指男女女。

⑬移掇：移动收拾。

⑭天泉水：雨水。

■译文

在清静的室内焚香默坐，是一件悠闲中别有雅趣的事情。芸曾经试着把沉香放进饭锅里蒸透，然后在火炉上设一铜丝架，铜丝架离火大约半寸，将沉香放在铜丝架上慢慢烘烤，其香味清幽且无烟。佛手最忌讳的是人在醉酒后用鼻子去闻，闻了的话则容易烂掉；木瓜最忌讳人用汗手去触摸，摸了的话则要用清水洗净。唯有香圆没有什么忌讳。佛手、木瓜各有各的供法讲究，不能用笔墨一一讲清楚。经常有人将放置好的供品随手拿来闻，随手放在一旁，这就是不懂得供奉香料的人。

我闲居在家的时候，喜欢在案头摆放许多瓶花。芸说："夫君插的瓶花，能表现这些花在风晴雨露中的各种姿态风韵，可以说精妙入神。但是画卷中常有草木与昆虫共同相处的方法，何不效仿一下呢？"我说："虫子乱爬乱动不受羁绊，如何能效仿呢？"芸说："我倒是有个方法，却恐怕始作俑而引起罪过呢！"我说："你且说说看。"芸说："虫子

卷二　闲情记趣

死后，它们的颜色形态并不会有多大的改变，寻找螳螂、蝉和蝴蝶之类的虫子，用针刺死，然后拿细丝线捆住它们的脖子，将之系在花草间，再整理它们的脚，让它们或抱在花梗上，或踏在叶子上，这样的画面宛如活生生的小虫，不是很好吗？"我听后很高兴，便按她的方法去试验了，结果来看的人无不拍手称绝。这样求之于闺中的主意，如今恐怕不会再有如此会心的人了吧。

我与芸寄居在锡山华氏家的时候，华夫人叫两个女儿跟芸学习识字。农村家居都比较空旷，没有什么遮蔽物，所以夏天的时候阳光很灼人，芸就教华家人做"活花屏"，方法非常绝妙。每扇屏风用长四五寸的木梢两枝，做成矮脚长条凳子样式，虚放在其中；横上宽一尺左右的四根木档，四角凿上圆眼，在圆眼中插进方格竹编。做成的屏风高六七尺，用砂盆栽种扁豆放在屏风下，让扁豆藤沿着屏风往上爬，两个人就可以移动屏风。如果多编几个屏风随意摆放，就好像绿荫满窗，既透风又能遮挡阳光。再加上它们构架灵活，随时可以更换，所以叫作"活花屏"。有了这种方法，一切藤本香草植物都可以随地栽种，这真是乡居的好方法啊。

我的朋友鲁半舫，名璋，字春山，擅长画松柏梅菊，精于隶书，也能篆刻。我与芸曾经寄居在他家的萧爽楼有一年半时间。萧爽楼共有五间房间，坐西朝东，我们住在第三间。天气无论是阴是晴，都可以远眺。庭院中有一棵木樨树，清香撩人。楼内有走廊有厢房，非常幽静。移居过来时我们带了一个仆人、一个老妪和他们的女儿。仆人会剪裁衣服，老妪会纺织，于是我们靠芸刺绣、老妪纺织，仆人做成衣服来维持生计。

我向来好客，饮酒时必行酒令。芸善于烹饪，普普通通的瓜果蔬菜和鱼虾一经她的手，便做得别有风味。朋友们知道我生活拮据，每次聚会时都拿出买酒钱，来萧爽楼整天饮酒聊天。我又爱好整洁，喜欢地上一尘不染，而且生性毫无拘束，喜欢无拘无束地和友人饮酒叙谈。当时有很多朋友都是萧爽楼的常客，杨补凡，名昌绪，擅长人物写真；袁少迂，名沛，善画山水；王星澜，名岩，善画花鸟。他们都非常喜欢萧爽楼的幽雅，常常带上画具来此作画，我便跟他们学习画画。他们或写草书、篆书，或篆刻印章，得到的酬金都交给芸，用来作为茶水酒菜的开销。那段日子我们只是终日品诗论画而已。此外，还有夏淡安、夏揖山两兄弟和缪山音、缪知白两兄弟，以及蒋韵香、陆橘香、周啸霞、郭小愚、华杏帆、张闲憨等君子，他们如同梁上燕子一般全凭兴致自来自去。有时候缺酒钱，芸便卖掉钗子买酒，从不声张，良辰美景，不可轻易放过。如今回忆起来，朋友们都已天各一方，风飘人散，加上芸已经亡故，当真是往事不堪回首啊！这不就是所谓的"当日浑闲事，而今尽可怜"吗？

萧爽楼有四忌：一忌谈论官宦升迁，二忌谈论官署时事，三忌谈论八股文章，四忌掷骰赌博，凡是违反此四条原则者必须罚酒五斤。有四取：一取慷慨豪爽，二取风流蕴藉，三取落拓不羁，四取澄静缄默。漫漫长夏空闲无事，我们就以考试对句作为集会。每次考试八人参加，每人各带二百文钱。先抓阄，得一号的人作为"临时主考官"坐在一旁，监考并审阅卷子；得二号的人充当誊录员，也就座。其余的人就都充当举子，到誊录员处领取一张白纸，盖上自己的印章。主考官出五言、七言的诗题各一联令考生应对，燃香计时为限制，举子允许踱步构思，但不准交头接耳。对好句后将之投入匣中，方可就座。所有人都交完卷子，便由誊录员打开匣子，将卷子合并成册交给主考官，以杜绝徇私舞弊。从十六个对句中选出五言句、七言句各三联作为中榜的答卷。再从这六联中选取第一名作为下一场的主考官，第二名为下一场的誊录员。一个人若有两联没被选取的话，就要罚二十文钱，仅被选取一联的罚十文钱，超过答题时间的加倍处罚。一场下来，主考官可得一百多文钱。一天可考十余场，积累起来约有上千文钱，作为酒钱已经相当丰足了。唯独让芸作为特殊待遇的举子享有特权，落榜了可免于处罚，也被准许坐在自己的位置上构思。

杨补凡为我们夫妇画了一幅戴花的人物肖像，神情惟妙惟肖。当天夜间，月色迷人，兰花的影子照在墙上，别有一番趣味。王星澜醉后乘兴说："杨补凡能为你们画肖像，我能为你们画墙上的兰花图影。"我笑着说："花影能和人影一样吗？"王星澜便拿出白纸铺在墙上，对着兰花的影子或浓或淡地画起来。第二日再拿出来观看，虽然不能称其为画，但花叶萧疏，独有一番月下之趣。芸对此作爱如珍宝，友人也都在上面题咏。

苏州城有南园、北园两处美景，油菜花开的时节，我们想去游玩欢聚，却苦于附近没有酒家方便饮酒。若自己携带酒壶食盒前去，对花冷饮，提不起半点兴致。我们在一起商议这件事时，有人建议在就近处寻个饮酒的地方就行，有人建议赏花返回之时再饮酒，但都不如边赏花边饮热酒来得痛快。大家商量未定，芸笑着说："明日只要各位自掏买酒钱，我亲自挑着炉火过来。"大家都笑着说："可以。"朋友们走后，我问芸："你果真要自己挑着炉火前去吗？"芸说："不必如此，我见集市上有卖馄饨的，他们都挑着锅碗、灶火，无不齐全，咱们为何不雇用他们前去？我先在家中将烹调的菜肴准备好，到了目的地后，再热一热就成了，这样趁热喝茶饮酒都很方便了。"我又说："酒菜的问题是解决了，可煮茶缺少烹煮的工具呢。"芸说："可以带一个砂罐去，用一个铁叉串在砂罐的把柄上，用的时候把锅拿走，砂罐就挂在灶火上面，再添些柴火煮茶，不也很方便吗？"我拍手称妙。

街头有个姓鲍的小贩，以卖馄饨为业，我们用一百文钱雇下他，约定第二天午后一起过去，姓鲍的小贩欣然答应了。第二天，朋友们都来到萧爽楼集合，我把芸的想法告诉了他们，大家都为芸的聪慧所叹服。饭后大家一同前往南园，并随身携带席子坐垫。

卷二　闲情记趣

到了南园，寻了一处柳荫处，团团围坐。先是烹茶，喝完茶便暖酒热菜。当时风和日丽，遍地油菜花宛如一片黄金，男男女女的赏花者，往来于田间小路间，蜂蝶乱飞，令人不觉陶醉其中。过了一会儿，酒菜都热好了，大家便坐在地上大嚼起来。姓鲍的小贩言谈举止颇为不俗，我们就拉他一同入席。游人见我们如此畅快，无不羡慕这个奇妙的想法。酒足饭饱，一片杯盘狼藉，诸位均十分喜悦，有的坐着有的躺着，有的唱歌有的长啸。太阳将要落山时，我想吃点粥，姓鲍的小贩立即买米来煮，大家吃饱了肚子才回去。回到萧爽楼，芸问我们："今日的游玩可尽兴？"大家都说："今日若没有夫人献计献策，就不可能如此畅快。"最后，大家都笑着各自回家了。

贫居人家无论是起居衣食，还是房屋器皿，都应该勤俭而雅洁，节俭的方法就叫作"就事论事"。我没事的时候喜欢小吃小饮，但不喜欢多食菜肴。芸特意为我准备了一个梅花形的食盒：用二寸大的白瓷深碟六个，中间放一个，周围放五个，再用油漆将其固定好，形状就像一朵梅花。食盒的底部和盖子上都有凹陷的棱角，盖子上还有像花蒂一样的柄手。将食盒放在案头，就像一朵梅花覆盖在上面；打开盖子看，里面的各色菜肴就像置于花瓣中一样，一个食盒内有六种颜色的菜肴，两三个知己可以随意拿来吃，吃完了再添。我们还另外做了一张矮边的圆桌，用来摆放杯子、筷子、酒壶之类的器具，可摆在任何地方，移动收拾起来也极其方便。这就是省俭食物的一个例子。我的帽子、袜子都是芸亲手缝制的。衣服破了，芸也只是东拆西补，但一定做得整洁干净。衣料的颜色暗淡一些为好，以免弄脏，既可以作为出门会客的正装穿，又可作为便服居家穿。这就是服饰省俭的一个例子。

刚住进萧爽楼时，我嫌它光线太暗了，便将白纸糊在墙壁上，室内顿时明亮起来。夏季的时候，楼下的窗户都被摘去，也没有栏杆，我觉得房间没有遮拦感觉很空。芸说："还有些旧竹帘，何不用它来代替栏杆呢？"我问："用什么方法做呢？"芸说："找几根黝黑的竹子来，一竖一横做成方形竹屏，两屏之间留出通道；将竹帘截取半截，搭在横着的竹子上，使其垂到下面与桌面持平；中间再竖立四根短竹，用麻绳固定好；然后寻来些黑布条，在横竹搭帘子的地方，连横竹一起裹起来缝好。这样既可以遮拦装饰，又不用花什么钱。"这就是我说的"就事论事"的又一个方法呢。由此可见，古人所谓的竹头木屑都有用，果真是有道理啊。

夏季荷花刚刚绽放时，一般是夜晚含苞而拂晓盛开。芸于是用小纱袋包上一点茶叶，放到荷花蕊里，第二天早晨再取出来，然后用雨水来沏泡，茶水的清香味道真是绝妙无比。

卷三

坎坷记愁

清·徐枋 《山水图》

坎坷记愁（一）

　　人生坎坷何为乎来哉？往往皆自作孽耳。余则非也。多情重诺，爽直不羁，转①因之为累。况吾父稼夫公慷慨豪侠，急人之难，成人之事，嫁人之女，抚人之儿，指不胜屈②，挥金如土，多为他人。余夫妇居家，偶有需用，不免典质。始则移东补西，继则左支右绌。谚云："处家人情，非钱不行。"先起小人之议，渐招同室之讥。"女子无才便是德"，真千古至言也！

　　余虽居长而行三，故上下呼芸为"三娘"，后忽呼为"三太太"③。始而戏呼，继成习惯，甚至尊卑长幼皆以"三太太"呼之。此家庭之变机④欤？

　　乾隆乙巳，随侍吾父于海宁官舍。芸于吾家书中附寄小函，吾父曰："媳妇既能笔墨，汝母家信付彼司之。"后家庭偶有闲言，吾母疑其述事不当，乃不令代笔。吾父见信非芸手笔，询余曰："汝妇病耶？"余即作札问之，亦不答。久之，吾父怒曰："想汝妇不屑代笔耳！"迨余归，探知委曲，欲为婉剖⑤，芸急止之曰："宁受责于翁，勿失欢于姑也。"竟不自白。

　　庚戌之春，余又随侍吾父于邗江⑥幕中，有同事俞孚亭者，挈眷居焉。吾父谓孚亭曰："一生辛苦，常在客中，欲觅一起居服役之人而不可得。儿辈果能仰体亲意，当于家乡觅一人来，庶语音相合。"孚亭转述于余，密札致芸，倩媒物色，得姚氏女。芸以成否未定，未即禀知吾母。其来也，托言邻女之嬉游者，及吾父命余接取至署，芸又听旁人意见，托言吾父

卷三　坎坷记愁

素所合意者。吾母见之曰："此邻女之嬉游者也，何娶之乎？"芸遂并失爱于姑矣。

壬子春，余馆真州。吾父病于邗江，余往省，亦病焉。余弟启堂时亦随侍。芸来书曰："启堂弟曾向邻妇借贷，倩芸作保，现追索甚急。"余询启堂，启堂转以嫂氏为多事，余遂批纸尾曰："父子皆病，无钱可偿，俟启弟归时，自行打算可也。"

未几，病皆愈，余仍往真州。芸覆书来，吾父拆视之，中述启弟邻项事，且云："令堂⑦以老人之病皆由姚姬而起，翁病稍痊，宜密嘱姚托言思家，妾当令其家父母到扬接取。实彼此卸责之计也。"吾父见书怒甚，询启堂以邻项事，答言不知，遂札饬⑧余曰："汝妇背夫借债，谗谤小叔，且称姑曰'令堂'，翁曰'老人'，悖谬之甚！我已专人持札回苏斥逐，汝若稍有人心，亦当知过！"余接此札，如闻青天霹雳，即肃书认罪，觅骑遄归⑨，恐芸之短见也。到家述其本末，而家人乃持逐书至，历斥多过，言甚决绝。芸泣曰："妾固不合妄言，但阿翁当恕妇女无知耳。"越数日，吾父又有手谕至，曰："我不为已甚！汝携妇别居，勿使我见，免我生气足矣。"乃寄芸于外家⑩，而芸以母亡弟出，不愿往依族中。幸友人鲁半舫闻而怜之，招余夫妇往居其家萧爽楼。

越两载，吾父渐知始末，适余自岭南归，吾父自至萧爽楼，谓芸曰："前事我已尽知，汝盍归乎？"余夫妇欣然，仍归故宅，骨肉重圆。岂料又有憨园之孽障耶！

芸素有血疾，以其弟克昌出亡不返，母金氏复念子病没⑪，悲伤过甚所致。自识憨园，年余未发，余方幸其得良药。而憨为有力者夺去，以千金作聘，且许养其母。佳人已属沙叱利⑫矣！余知之而未敢言也，及芸往探始知之，归而呜咽，谓余曰："初不料憨之薄情乃尔也！"余曰："卿自情痴耳，此中人何情之有哉？况锦衣玉食者，未必能安于荆钗布裙也，与其后悔，莫若无成。"因抚慰之再三。而芸终以受愚为恨，血疾大发，床席支离⑬，刀圭⑭无效，时发时止，骨瘦形销。不数年而逋负⑮日增，物议⑯日起。老亲又以盟妓一端，憎恶日甚，余则调停中立。已非生人之境矣。

■**注释**

①转：反而。

②指不胜屈：屈指难以尽数。

③三太太：按例明代中丞以上官吏之妻尚可称"太太"，文中沈复为布衣，家人称其妻芸为"太太"，语含讥讽。

④变机：发生变故的先兆。

⑤婉剖：婉转地辩白。

⑥邗江：古地名，在今江苏省扬州市东南。此处代指扬州。

⑦令堂：对对方母亲的尊称。此处用来称自己的婆婆，被视为不敬。

⑧札饬：写信告诫。札，书信；饬，通"敕"，告诫的意思。

⑨遄归：急速回家。

⑩外家：出嫁女子的娘家。

⑪病没：病亡。没通"殁"。

⑫沙叱利：许尧佐《柳氏传》载有唐代番将沙叱利以武力霸占美貌女子柳氏的故事。后人因以"沙叱利"指霸占他人妻室或强娶民妇的权贵。

⑬床席支离：指人卧病不起。

⑭刀圭：古时量取药物的器皿，借指药物。

⑮逋负：此处指债务。

⑯物议：众人的议论。

■**译文**

　　人生的坎坷到底是怎样来的呢？往往都是自作自受啊。我却不是这样的。我为人多情谊、重承诺，豪爽正直不受羁绊，反而因此受到了拖累。我父亲稼夫公是个慷慨豪侠之人，常常急人之所难，成人之事，比如帮助别家的女儿婚嫁，抚养别家的儿子，像这样的事屈指难以尽数，挥金如土，多半是为了帮助他人。我们夫妇在家里居住的时候，偶尔需要用钱时，不免要拿物品去典当。起初还能够东拼西凑，时间久了常常捉襟见肘，顾了这头顾不了那头。谚语说得好："居家过日子，应酬人情，没有钱是绝对不行的。"开始的时候，我们只是被外边多嘴的小人议论，后来渐渐竟遭到了家里人的讥笑了。"女子无才便是德"，这句话真是千古不变的真理啊！

　　我虽然是家中的长子，但在族中排行第三，所以家里上上下下都称呼芸为"三娘"，后来，有人忽然改叫她"三太太"了。开始是戏称，慢慢便成了习惯，甚至无论尊卑长幼，都以"三太太"来称呼她。这些大概是家庭内部发生变故的先兆吧！

卷三　坎坷记愁

　　乾隆五十年（1785年），我服侍父亲供职于浙江海宁衙门。芸曾在家书中附夹给我的小信函，父亲知道后，说："你媳妇既然能写信，以后你母亲的家信可以吩咐她代笔。"后来家中偶尔有人说了些闲言碎语，我母亲便怀疑是芸在写家书的时候叙述不当，因此就不再让她代笔了。父亲见后面的书信不是芸的笔迹，便问我："你媳妇是不是生病了？"我即刻去信询问情况，可很长时间也没有得到芸的回信。我父亲便生气地对我说："我看是你媳妇不屑于代写家书吧。"等我回到家问明事情的原委后，才知道芸受了委屈。我本想找个机会向父亲解释一番，芸急忙制止我说："我宁可遭受公公的责备，也不愿让婆婆不高兴。"结果直到最后，也没把这件事的始末解释清楚。

　　乾隆五十五年（1790年）的春天，我又跟随父亲到了江苏扬州做幕僚，父亲的同僚中有个叫俞孚亭的，带着家眷同住在这里。有一天我父亲对俞孚亭说："我这一生十分辛苦，常客居在异地他乡。想寻找一个能照顾我生活起居的人却始终寻不到。做儿女的要是能体谅长辈的难处，就应当在家乡为我找一个熟悉乡音的人来。"俞孚亭将此事转告于我，我就悄悄写了封信给芸，请她在家乡代父亲物色一名小妾，后来找到一名姓姚的女子。芸对此事能否成功还拿不定主意，所以没有马上禀告我母亲。等这名姓姚的女子来了后，芸便对母亲托词说是邻家女过来游玩的。等父亲命令我将姚姓女子接到官署去后，芸又听了别人的意见，托言说这女子本是父亲中意的人。我母亲见了这名女子后说："这邻家女不是过来游玩的吗，为什么你爹会娶她？"为此，芸便失爱于我母亲了。

　　乾隆五十七年（1792年）春天，我在真州（今江苏仪征）官署谋到了一份差事。不料父亲在扬州病倒了，我前往探望他，结果自己也病倒了。当时我弟弟启堂正在父亲身边服侍。芸来信说："弟弟启堂曾向邻家妇女借钱，并请我做担保。现在人家来追要欠债，非常焦急。"我马上询问启堂，他反而认为是嫂子多管闲事。我随即在回信上说："我们父子俩都病倒了，暂时无钱偿还，等启堂回去后自己解决吧。"

　　过了几天，我和父亲的病都已痊愈，我仍回到了真州。不想芸还是将信寄到了扬州，信恰好被父亲收到，父亲就将信拆开来一看，信上又提到弟弟启堂向邻家妇女借贷欠债之事，并且芸还在信上说："令堂以为老人的病，都是姓姚的女子引起的。等老人的病情稍有好转后，你最好秘密地对姓姚的女子说明这件事，让她托言说思念家乡，要回苏州，我在这边就叫她的父母去扬州接她回去。这样做，可以彼此摆脱许多不必要的麻烦。"父亲看了信后怒气冲天，急忙询问启堂欠债的事，弟弟却回答不知道这件事。父亲于是来信严厉告诫我说："你媳妇背着丈夫借债，反而污蔑诽谤小叔子，甚至信上还称婆婆为'令堂'，称公公为'老人'，实在是荒谬！我已经专门派人带信回苏州，将她驱逐出去。你若是稍有点人性的话，也应当知道自己的过错！"我收到这封信后，有如晴天霹雳，马上恭敬地写信认错。同时寻找快马急速赶回苏州家中，生怕芸会寻短见。到家后，我立即向母亲解释了整件事情的缘由经过，而家人也已经拿到父亲驱逐的信，父亲在信中指责芸的多种过失，言辞异常激烈决绝。芸哭着说："我妄言胡说是不对，但请公公饶恕儿媳妇的无知呀！"过了几天，父亲又有亲笔信来，信上说："我也不想做得太过分，你带着你媳妇到别处去住吧，不要让我再看见你们，免得我生气，我也就知足了。"我只好与芸寄居在她娘家，而芸因为她母亲亡故，弟弟又离家在外，所以也不愿长期依靠族人生活。幸亏好友鲁半舫知道这件事情后可怜我们，让我们夫妻俩寄居在他家的萧爽楼中。

过了两年，我父亲慢慢明白了整件事情的经过。当我恰好从广东岭南赶回家的时候，父亲也正好来到了萧爽楼，他对芸说："以前的事我已经知道了，你们现在还不搬回家住吗？"我们夫妻俩欣然答应，仍然回到旧宅仓米巷居住，一家人也终于骨肉团圆了。岂料，又冒出了憨园这么个孽障啊！

芸一直患有血疾，是由于她弟弟克昌长期在外不回家，她母亲因过度思念儿子以致得病去世，芸为此悲伤过度才落下的病根。自从认识憨园，她有一年多未发过此病。我暗自庆幸憨园是她的一剂良药。然而不幸的是，憨园被有权有势的人夺了去。那人许以千金做聘礼，并且承诺赡养憨园的母亲，就这样，佳人已投入"沙叱利"的怀抱了。我知道这件事之后一直不敢对芸说，等芸亲自前去探望憨园后，才知道这件事，回来哭着对我说："当初真没料到憨园是如此薄情之人啊！"我说："是你自己太痴情了，像她们这种青楼女子，怎么会有什么真感情呢？何况，像她这种贪图锦衣玉食的人，未必能心甘情愿地过粗茶淡饭的日子。与其将来后悔，倒不如现在没办成为好。"我虽然再三抚慰她，但芸还是因为受到愚弄而不能释怀，致使血疾又发作起来，每天卧病在床，求医问药也没有什么效果，病情时而发作时而好转，整个人瘦骨如柴。没过几年，我们就负债累累，处境日益艰难，此时外面的闲话也多了起来。父母又因她曾和娼妓憨园结拜，更加憎恶她。我则夹在中间，尽量调停。这段日子，我已经体会不到人生在世的快乐了。

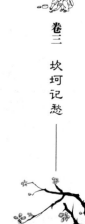

卷三 坎坷记愁

坎坷记愁（二）

　　芸生一女名青君，时年十四，颇知书，且极贤能，质钗典服，幸赖辛劳。子名逢森，时年十二，从师读书。余连年无馆，设一书画铺于家门之内，三日所进，不敷一日所出，焦劳困苦，竭蹶①时形。隆冬无裘，挺身而过。青君亦衣单股栗，犹强曰"不寒"。因是芸誓不医药。

　　偶能起床，适余有友人周春煦自福郡王幕中归，倩人绣《心经》②一部。芸念绣经可以消灾降福，且利其绣价之丰，竟绣焉。而春煦行色匆匆，不能久待，十日告成。弱者骤劳，致增腰酸头晕之疾。岂知命薄者，佛亦不能发慈悲也！

　　绣经之后，芸病转增，唤水索汤，上下厌之。有西人赁屋于余画铺之左，放利债为业，时倩余作画，因识之。友人某向渠③借五十金，乞余作保，余以情有难却，允焉，而某竟挟资远遁。西人惟保是问，时来饶舌，初以笔墨为抵，渐至无物可偿。岁底，吾父家居，西人索债，咆哮于门。吾父闻之，召余呵责曰："我辈衣冠之家，何得负此小人之债？"正剖诉间，适芸有自幼同盟姊适④锡山华氏，知其病，遣人问讯。堂上误以为憨园之使，因愈怒曰："汝妇不守闺训，结盟娼妓；汝亦不思习上，滥伍小人。若置汝死地，情有不忍。姑宽三日限，速自为计，退必首汝逆⑤矣！"

　　芸闻而泣曰："亲怒如此，皆我罪孽。妾死君行，君必不忍；妾留君去，君必不舍。姑密唤华家人来，我强起问之。"因令青君扶至房外，呼华使问曰："汝主母特遣来耶？抑便道来耶？"曰："主母久闻夫人卧病，本欲亲来探望，因从未登门，不敢造次；临行嘱咐，倘夫人不嫌乡居简亵，不妨到乡调养，践幼时灯下之言。"盖芸与同绣日，曾有疾病相扶之誓也。因嘱之曰："烦汝速归，禀知主母，于两日后放舟密来。"

其人既退，谓余曰："华家盟姊情逾骨肉，君若肯至其家，不妨同行，但儿女携之同往既不便，留之累亲又不可，必于两日内安顿之。"

时余有表兄王荩臣一子名韫石，愿得青君为媳妇。芸曰："闻王郎懦弱无能，不过守成之子，而王又无成可守。幸诗礼之家，且又独子，许之可也。"余谓荩臣曰："吾父与君有渭阳之谊⑥，欲媳青君，谅无不允。但待长而嫁，势所不能。余夫妇往锡山后，君即禀知堂上，先为童媳，何如？"荩臣喜曰："谨如命。"逢森亦托友人夏揖山转荐学贸易。

安顿已定，华舟适至，时庚申之腊二十五日也。芸曰："孑然出门，不惟招邻里笑，且西人之项无著，恐亦不放，必于明日五鼓悄然而去。"余曰："卿病中能冒晓寒耶？"芸曰："死生有命，无多虑也。"密禀吾父，亦以为然。

是夜先将半肩行李挑下船，令逢森先卧。青君泣于母侧，芸嘱曰："汝母命苦，兼亦情痴，故遭此颠沛，幸汝父待我厚，此去可无他虑。两三年内，必当布置重圆。汝至汝家，须尽妇道，勿似汝母。汝之翁姑以得汝为幸，必善视汝。所留箱笼什物，尽付汝带去。汝弟年幼，故未令知，临行时托言就医，数日即归，俟我去远，告知其故，禀闻祖父可也。"旁有旧妪，即前卷中曾赁其家消暑者，愿送至乡，故是时陪侍在侧，拭泪不已。

将交五鼓，暖粥共啜之。芸强颜笑曰："昔一粥而聚，今一粥而散，若作传奇，可名《吃粥记》矣。"逢森闻声亦起，呻曰："母何为？"芸曰："将出门就医耳。"逢森曰："起何早？"曰："路远耳。汝与姊相安在家，毋讨祖母嫌。我与汝父同往，数日即归。"

鸡声三唱，芸含泪扶妪，启后门将出，逢森忽大哭曰："噫，我母不归矣！"青君恐惊人，急掩其口而慰之。当是时，余两人寸肠已断，不能复作一语，但止以"勿哭"而已。

青君闭门后，芸出巷十数步，已疲不能行，使妪提灯，余背负之而

卷三　坎坷记愁

059

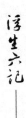

行。将至舟次⑦，几为逻者所执，幸老妪认芸为病女，余为婿，且得舟子（皆华氏工人）闻声接应，相扶下船。解维后，芸始放声痛哭。是行也，其母子已成永诀矣！

华名大成，居无锡之东高山，面山而居，躬耕为业，人极朴诚。其妻夏氏，即芸之盟姊也。是日午未之交，始抵其家。华夫人已倚门而待，率两小女至舟，相见甚欢，扶芸登岸，款待殷勤。四邻妇人孺子哄然入室，将芸环视，有相问讯者，有相怜惜者，交头接耳，满室啾啾。芸谓华夫人曰："今日真如渔父入桃源矣。"华曰："妹莫笑，乡人少所见多所怪耳。"自此相安度岁。

至元宵，仅隔两旬而芸渐能起步，是夜观龙灯于打麦场中，神情态度渐可复元。余乃心安，与之私议曰："我居此非计，欲他适而短于资，奈何？"芸曰："妾亦筹之矣。君姊丈范惠来现于靖江盐公堂司会计，十年前曾借君十金，适数不敷，妾典钗凑之。君忆之耶？"余曰："忘之矣。"芸曰："闻靖江去此不远，君盍一往？"余如其言。

时天颇暖，织绒袍哔叽短褂，犹觉其热，此辛酉正月十六日也。是夜宿锡山客旅，赁被而卧。晨起趁江阴航船，一路逆风，继以微雨。夜至江阴江口，春寒彻骨，沽酒御寒，囊为之罄。踌躇终夜，拟卸衬衣质钱而渡。

十九日，北风更烈，雪势犹浓，不禁惨然泪落，暗计房资渡费，不敢再饮。正心寒股栗间，忽见一老翁草鞋毡笠负黄包，入店，以目视余，似相识者。余曰："翁非泰州曹姓耶？"答曰："然。我非公，死填沟壑矣！今小女无恙，时诵公德。不意今日相逢，何逗留于此？"

盖余幕泰州时有曹姓，本微贱，一女有姿色，已许婿家，有势力者放债谋其女，致涉讼。余从中调护，仍归所许。曹即投入公门为隶，叩首作谢，故识之。余告以投亲遇雪之由，曹曰："明日天晴，我当顺途相送。"出钱沽酒，备极款洽。

廿日，晓钟初动，即闻江口唤渡声，余惊起，呼曹同济。曹曰："勿急，宜饱食登舟。"乃代偿房饭钱，拉余出沽。余以连日逗留，急欲赶渡，食不下咽，强啖麻饼两枚。及登舟，江风如箭，四肢发战。曹曰："闻江阴有人缢于靖，其妻雇是舟而往，必俟雇者来始渡耳。"枵腹忍寒，午始解缆。

　　至靖，暮烟四合矣。曹曰："靖有公堂两处，所访者城内耶？城外耶？"余踉跄随其后，且行且对曰："实不知其内外也。"曹曰："然则且止宿，明日往访耳。"进旅店，鞋袜已为泥淤湿透，索火烘之，草草饮食，疲极酣睡。晨起，袜烧其半，曹又代偿房饭钱。访至城中，惠来尚未起，闻余至，披衣出，见余状惊曰："舅何狼狈至此？"余曰："姑勿问，有银乞借二金，先遣送我者。"惠来以番饼⑧二圆授余，即以赠曹。曹力却，受一圆而去。余乃历述所遭，并言来意。惠来曰："郎舅至戚，即无宿逋⑨，亦应竭尽绵力，无如航海盐船新被盗，正当盘账之时，不能挪移丰赠，当勉措番银二十圆以偿旧欠，何如？"余本无奢望，遂诺之。留住两日，天已晴暖，即作归计。

　　廿五日，仍回华宅。芸曰："君遇雪乎？"余告以所苦。因惨然曰："雪时，妾以君为抵靖，乃尚逗留江口。幸遇曹老，绝处逢生，亦可谓吉人天相矣。"

　　越数日，得青君信，知逢森已为揖山荐引入店。苕臣请命于吾父，择正月二十四日将伊接去。儿女之事粗能了了，但分离至此，令人终觉惨伤耳。

　　二月初，日暖风和，以靖江之项薄备行装，访故人胡肯堂于邗江盐署。有贡局众司事公延⑩入局，代司笔墨，身心稍定。至明年壬戌八月，接芸书曰："病体全瘳⑪，惟寄食于非亲非友之家，终觉非久长之策，愿亦来邗，一睹平山之胜。"余乃赁屋于邗江先春门外，临河两椽，自至华氏接芸同行。华夫人赠一小奚奴曰阿双，帮司炊爨⑫，并订他年结邻之约。

　　时已十月，平山凄冷，期以春游。满望散心调摄，徐图骨肉重圆。不满月，而贡局司事忽裁十有五人，余系友中之友，遂亦散闲。

芸始犹百计代余筹画，强颜慰藉，未尝稍涉怨尤。至癸亥仲春，血疾大发。余欲再至靖江作将伯之呼⑬，芸曰："求亲不如求友。"余曰："此言虽是，亲友虽关切，现皆闲处，自顾不遑。"芸曰："幸天时已暖，前途可无阻雪之虑，愿君速去速回，勿以病人为念。君或体有不安，妾罪更重矣。"

时已薪水不继，余佯为雇骡以安其心，实则囊饼徒步，且食且行。向东南，两渡叉河，约八九十里，四望无村落。至更许，但见黄沙漠漠，明星闪闪，得一土地祠，高约五尺许，环以短墙，植以双柏。因向神叩首，祝曰："苏州沈某投亲失路至此，欲假神祠一宿，幸神怜佑。"于是移小石香炉于旁，以身探之，仅容半体。以风帽反戴掩面，坐半身于中，出膝于外，闭目静听，微风萧萧而已。足疲神倦，昏然睡去。

■注释

①竭蹶：竭尽全力。此处指生活艰难。

②《心经》：指佛教《般若波罗蜜多心经》。

③渠：代词，表示第三人称。

④适：出嫁。

⑤首汝逆：告你忤逆不孝之罪。

⑥渭阳之谊：指舅甥之情。典出《诗经·秦风·渭阳》："我送舅氏，曰至渭阳。"

⑦舟次：停船的地方。次，止、停留。

⑧番饼：即番银。当时对流入我国的外国银币的俗称。

⑨宿逋：久欠的债务。

⑩公延：一起推举。

⑪瘳：病愈。

⑫炊爨：烧火做饭。

⑬将伯之呼：求人帮助。典出《诗经·小雅·正月》："将伯助予。"意思是请长者帮助我。后遂以"将伯之呼"表示求助。

■译文

我和芸共育有一女一子，女儿叫青君，当时已经十四岁，读了不少书，而且贤惠能干，典当衣物首饰全靠她一个人辛苦。儿子叫逢森，当时十二岁，正从师读书。为了照顾生病的芸，我有好几年没出去谋差事了，只在家里开设了一间书画铺子。三日所进，抵不上一日的开销，焦劳困苦，艰难度日。寒冷的冬季没有裘衣御寒，只能硬撑。青君也因衣衫单薄而大腿发抖，可她还强说不冷。为此，芸发誓不再求医问药。

偶尔芸能够起床，适逢我的朋友周春煦从福郡王府归来，想请人绣一部《心经》。芸考虑到绣《心经》既可以消灾降福，而且对方给的工钱又很高，就把这刺绣的活儿揽了过来。可是因周春煦急于赶回去，不能久等，芸于是只用十天时间便完成了刺绣。而芸由于身体虚弱加之急剧劳累，又新添了腰酸头晕的毛病。芸哪里知道，佛祖也不会对薄命者发慈悲啊！

绣完《心经》后，芸的病情加重了，一会儿要人伺候吃饭，一会儿要人伺候喝水，家里上上下下的人更加厌恶她了。这时，有个欧洲人在我的画铺旁边租了间房子，以发放高利贷为业。他经常请我作画，我们因而相识。我有一个友人向这个欧洲人借了五十两银子，并且乞求我做担保，我不便推辞便答应了，不料这个友人竟然携带钱财跑到外地去了。事后，欧洲人看债款难以追回，就拿我这个担保人是问，经常来我这说闲话索债。起初我只好以笔墨字画做抵押，后来渐渐没有东西可抵偿了。年底的时候，我父亲回家了，这个欧洲人又来讨债，在我家门口大喊大叫。父亲知道这件事后，把我叫过去呵斥了一顿："我们是书香世家，你为何会欠这种小人的债？"我正辩解之时，恰好芸幼年的结拜姐姐锡山华氏得知芸生病了，特意派人前来探望。结果我父亲误认为是憨园派来的人，因此更加生气地训斥我说："你媳妇不守妇道，与娼妓结拜姐妹；你也不思上进，与小人随意结交。若将你置于死地，我又于情不忍。姑且宽限你三日，在这三日内你尽早自谋生计，迟了定告你忤逆不孝之罪！"

芸得知这件事哭着对我说："父亲如此生气，都是我的罪孽。要是我死了你离去，你必然不忍心；我活下来而你离去，你又舍不得。我看还不如把华家人秘密地叫过来，我勉强起床问问她，看能否想想别的办法。"因此我让青君扶芸到房外，叫来华家人，芸问："是你家主母特地派你来的，还是你顺道过来的？"来人说："我家主母很早就听说夫人卧病在床，她本想亲自来探望，但因从未走动，所以不敢贸然前来。临行前主母嘱咐我说，倘若夫人不嫌弃乡间居室简陋怠慢，不妨到乡下来调养一段时间，也好实现你们幼年结拜时说过的承诺。"大概当初芸和华氏姐姐幼年共同于灯下刺绣时，曾经发誓在对方遭遇困难时要互相扶持吧。因此芸嘱咐来人说："麻烦你赶快回去禀告你家主母，让她两天后秘密派小船来接我过去。"

华家来人走后，芸对我说："华家结拜姐姐与我情同骨肉，你要是肯到她家去，我们不妨一块去。但若把儿女一同带去又不方便，留下来连累家人又不好。咱们若真要一块去，必须在两日内将两个孩子安顿好。"

当时我有个表兄叫王荩臣，他有个儿子叫王韫石。表兄曾经表示愿意让我女儿青君做他儿媳妇。芸说："我听说王家的儿子懦弱无能，不过是个坐守家业的人，而王家又没有多少家业可守。但是幸亏他家是个书香之家，并且王韫石又是独生子，我看将青君许配给他也是可以的。"于是，我对王荩臣说："我父亲与你有甥舅之情，你儿子想娶青君做媳妇，我们也不会不答应。只是因形势所迫，想等青君长大了再嫁过去恐怕不行。我们夫妇到锡山后，你可先禀告我家父母，先将青君当作童养媳，怎么样？"王荩臣高兴地说："定当遵照你的安排。"儿子逢森也托朋友夏揖山推荐去学习做生意了。

等到所有事情都安顿好了，华家人派来的小船也来接我们了。这天正是嘉庆五年（1800年）腊月二十五日。芸说："这样子然一身出门，不仅容易招惹邻里笑话，而且那个欧洲人的债还没个着落，恐怕也不肯轻易放过我们，我看我们最好在明天早晨五更时悄悄离开。"我问："你正生着病，能顶得住拂晓的风寒吗？"芸说："生死有命，不必考虑太多。"我私下里将我们的安排禀告了父亲，他也同意了。

当天夜里，我先将半担行李挑上船，叫儿子逢森先睡觉。女儿青君哭着偎依在芸身边。芸嘱咐她说："你娘命苦，又加上痴情，所以才会遭遇这颠沛流离之苦。幸亏你爹对我深情意重，此去也没有什么顾虑了。两三年内，我们必然会想办法与你们团圆的。你到了王家后，必须恪守妇道，千万不要像我这样。你的公公婆婆因得到你这样的儿媳妇而感到骄傲，所以必然会善待你的。我留在家里的东西，全给你当作陪嫁之物，你全都可以带去。你弟弟年纪尚小，所以没让他知道我们这次去的地方。临走时，我会托言说是出去就医，过些日子便回来。等我们走远后，你再告诉他实情，然后去报告你祖父一声就行了。"旁边站着一个老妪，就是前卷说的到她家租赁房屋消暑度假的那个老妪，愿意送我们到乡下去，所以当时她正陪在旁边，看到如此情景，也不停地擦眼泪。

将近五更的时候，我们热了些粥共同喝着。芸强装着笑脸说："过去为了一碗粥而欢聚，如今为了一碗粥而分离，要是作传奇剧的话，可叫《吃粥记》了。"逢森听到声音爬了起来，呻吟着问："母亲要做什么去？"芸说："将要出门就医。"逢森又问："怎么起这么早？"芸回答："因为路途遥远。你与姐姐在家要听话，不要惹祖母不高兴。我与你爹一同去，过几日就回来。"

鸡叫了三遍，芸含泪扶着老妪，打开后门正准备出去，逢森忽然大哭着说："啊，我母亲不会再回来了啊！"青君害怕惊动到家里人，急忙捂住他的嘴巴安慰他。此刻我与芸悲痛得如肝肠寸断，无言以对，只是不停地劝逢森不要哭了。

青君将后门关好后，芸走出小巷十余步，已经疲惫得走不动了。我叫老妪提着灯笼，自己背起芸走。快要走到泊船的地方时，差一点被巡逻的人抓住。幸亏老妪急中生智，把芸当作生病的女儿，把我当作女婿，再加上船上都是华家的人，听到声音后过来接应，互相搀扶着上了船。解缆开船后，芸这才放声痛哭起来。想不到，这次出行，竟成了母子间的永别了。

华家的主人叫华大成，居住在无锡东面的高山附近，面山而居，以农事为业，为人极其朴实诚恳。他的妻子夏氏，就是芸的结拜姐姐。当天下午一点左右，我们就到了华家。华夫人早就在门口等待我们了，并且带着自己的两个小女儿来到船上，双方见面高兴异常。她们把芸扶上岸，到家后，殷勤地款待我们。邻里妇人小孩都闹哄哄地跑了过来，围着芸端详起来。有的来问好，有的表示怜惜之情，大家交头接耳，屋子里很是热闹。芸对华夫人说："今天真像是渔夫进入桃花源啊。"华夫人说："妹妹切莫笑话，乡下人就是这么少见多怪呢。"此后，我们便在这里平安度日了。

到元宵佳节的时候，仅隔二十来天芸渐渐能站起来走路了。那天晚上我们在打麦场上看舞龙灯表演，芸的气色已慢慢复原。我这才放下心来，私下里对她说："我们居住在这里并非长久之计，想换个地方住又缺少钱财，该怎么办？"芸说："我也在想这个问题呢。你姐夫范惠来现在正在靖江盐公堂当会计，十年前他曾向你借了十两银子，当时钱不够，是我典当了一支银钗才凑够钱借他的，你还记得吗？"我说："已经忘记了。"芸说："听说靖江离这里不远，你何不去一趟呢？"我便听从了芸的意见，去了一趟靖江。

当时正是嘉庆六年（1801年）正月十六日，那天天气较暖和，我穿着织绒袍和哔叽马褂还觉得热。当晚，我在锡山旅馆住宿，租了条被子过夜。早晨起来乘船去江阴，一路上逆风，后来又下起了小雨。夜里到了江阴江口，忽然觉得春寒刺骨，买来酒御寒，可钱袋中的钱用完了。整个晚上我辗转反侧，想来想去，打算将衬衣当掉换钱渡江。

到了十九日北风更加猛烈，雪越下越大，我情不自禁落下泪来，暗自计算住房和渡江费用，不敢再饮酒了。正在我心寒发抖间，忽然看见一个穿着草鞋、披戴蓑笠、背着个黄包袱的老翁走进旅店。他用眼光上下打量我，我也看他好像是认识的人。因此我问道："老人家，您是不是泰州姓曹的人？"老翁回答道："正是。当年若不是沈公子，恐怕我早就死了。如今我女儿平安无恙，她还时常念起你的恩情呢！没料想今日在此与你相逢，你怎么会在这里逗留？"

这个姓曹的老人，是我当初在泰州做幕僚时认识的。当时，家境贫寒的他有个女儿颇有姿色，已经许配人家。有个有势力的人却通过放债想要谋夺他的女儿，致使双方对簿公堂。我从中调解，使他女儿如愿嫁给了曾许配的人家。后来这个姓曹的老翁到衙门当了差役，还曾向我磕头表示感谢，故此相识。我将自己出门投亲，途中遇到大雪被阻的经历告诉他，曹老翁说："等明天天晴了，我顺路送送你！"接着，他又掏钱买酒，

卷三　坎坷记愁

热情地款待我。

二十日拂晓，晨钟刚敲响，就听到江边传来渡江的声音，我赶忙爬起来叫曹老翁赶快走。他却说："不用急，等吃饱饭再上船。"他于是先替我付了住店和吃饭的钱，接着又拉我去吃饭饮酒。我因为连日逗留，急着渡江，所以根本吃不下东西，只勉强吃了两个麻饼。等到登船后，江风如箭般冷冽，吹得我四肢发抖。曹老翁说："听说江阴有个人在靖江上吊自杀了，他妻子要雇此船去办理丧事，所以必须等她来了才会开船呢。"因此，我只能空着肚子忍受寒冷等待着，一直等到中午才解缆行船。

到靖江时已经是傍晚了。曹老翁问我："靖江这里共有两处公堂，你的亲戚是住在城内，还是住在城外？"我踉踉跄跄地跟在他身后，边走边说："我也不清楚他是在城内还是在城外。"曹老翁说："既然是这样，我们就先住宿一晚，等明天再去探访吧。"进了旅店，我发现鞋袜已经被淤泥浸湿了，因此向店家要来炉火烘烤。马马虎虎吃了点饭，因连日疲惫倒头便酣睡起来。次日早晨起来一看，袜子已经被火烧了半截，曹老翁又代我付了房钱饭钱。我寻访到城内时，姐夫范惠来还没有起床，听说我来了，他披着衣服就出来了。看见到我如此凄惨的样子，他惊慌地问："小舅子，你怎么狼狈到了这种地步？"我说："你暂且先别多问，有银子的话就借我二两，还给送我来的这个老人家。"惠来拿出两块番银给我，我当即还给曹老翁。可是他极力推辞，我一再坚持他才拿了一块而去。随后我将来靖江途中的艰难情况，以及此次前来的目的告诉了惠来。惠来说："小舅子是我的至亲，即使没有过去欠下的债，我也应当竭尽全力帮你。只是最近航海盐船刚被盗，现在正在盘点清账，我不能挪用公款多给你一些，先勉强凑了番银二十块，以偿还昔日欠下的旧债，怎么样？"此次前来我本就没有太大的奢望，于是就答应了。在惠来这住了两天，天气已转暖，我便准备回去了。

二十五日，我回到了华家。芸问我："你在途中遇到大雪了吗？"我便将路上遇到的所有困苦遭遇告诉了她。芸神情惨然地说："下雪时，我以为你已到达了靖江，没想到你还滞留在江口。幸亏遇到曹老翁，因他的帮助而绝处逢生，这也可谓是吉人自有天相哪。"

过了几日，我收到女儿青君的来信，得知儿子逢森已由夏揖山推荐到一家小店做学徒去了。王荩臣也将青君的事请示了我父亲，在正月二十四日将青君接了过去。儿女们的事情就这样基本有了着落，只是眼睁睁地看着家人被这样生生分离，终究让人觉得凄惨伤心啊。

二月初，风和日丽，我用姐夫惠来偿还的银两简单制备了些行李，去扬州盐署拜访故人胡肯堂。我在贡局几个人的推荐下，谋得了一份抄写文书的差事，身心才算稍微安定下来。第二年（1802 年）八月，我接到芸来信说："我的病已经全好了，只是觉得寄食于既非至亲又非密友的华家，终究不是长久之计。我也想随你去扬州，顺便看看平山的风景名胜。"我于是在扬州的先春门外租了两间房子，房子正对着河面，然后亲自到华家将芸接了过来。临别时，华夫人送给了我们一个叫阿双的小奴仆，为我们烧火做饭，且与华夫人约定来年做邻居。

芸到扬州时已十月了，平山一片荒凉之景，我们只能期待第二年开春再来游玩。我本来满心期望芸通过精心调养后，身体能够康复，再慢慢计划与儿女团聚。谁料，芸来扬州还不满一个月，贡局忽然宣布裁员十五人。我因为是朋友的朋友，于是也被裁掉了。

芸始终都在千方百计地为我出谋划策，强颜欢笑，给我安慰，没有一丝埋怨责怪的意思。到嘉庆八年（1803年）二月，芸的血疾又突然复发。我想再到靖江去找姐夫范惠来求助，芸则说："求亲戚帮忙还不如求朋友。"我说："话是这样说，但是眼前的好友大多处境与我们差不多，也是自顾不暇。"芸便说："幸亏这时天气已转暖，去靖江途中不必再担心风雪了，愿你早去早回，不要担心我的病。如果你把自己的身体弄垮了，我的罪孽就更重了！"

当时我的薪水已经不发放了，无钱再雇车马，我便假装雇乘骡子上路，使芸安心，实际上我是背着一袋干烧饼徒步出发，一路上边走边吃。一路向东南方向走，两次渡过分叉的河流，走了八九十里路，四处却没有看见一个村落。到了夜里，只见眼前黄沙一片，空中寒星闪闪。我发现了一个土地庙，约五尺高，被一堵短墙围着，外围种着一对松柏。我向土地神叩头祈祷说："苏州沈某投亲到此地不幸迷路，想借神庙住一晚，请土地神可怜可怜我。"祈祷完毕后，我便把庙内的小石香炉移到旁边，将身体硬挤进去试探一番，发现里面仅能容下半个身子。我就将风帽反过来挡住脸，将半个身子挤进庙里，再把腿伸到庙外，闭目静听，只听到萧萧的风声。由于白天行走疲乏，精神困倦，所以我很快就昏睡了过去。

卷三 坎坷记愁

坎坷记愁（三）

　　及醒，东方已白。短墙外忽有步语声，急出探视，盖土人赶集经此也。问以途，曰："南行十里即泰兴县城，穿城向东南十里一土墩，过八墩即靖江，皆康庄①也。"余乃反身，移炉于原位，叩首作谢而行。过泰兴，即有小车可附。

　　申刻抵靖，投刺②焉。良久，司阍③者曰："范爷因公往常州去矣。"察其辞色，似有推托，余诘之曰："何日可归？"曰："不知也。"余曰："虽一年亦将待之。"阍者会余意，私问曰："公与范爷嫡郎舅耶？"余曰："苟非嫡者，不待其归矣。"阍者曰："公姑待之。"越三日，乃以回靖告，共挪二十五金。

　　雇骡急返，芸正形容惨变，咻咻④涕泣。见余归，卒然⑤曰："君知昨午阿双卷逃乎？倩人大索，今犹不得。失物小事，人系伊母临行再三交托，今若逃归，中有大江之阻，已觉堪虞。倘其父母匿子图诈，将奈之何？且有何颜见我盟姊？"余曰："请勿急，卿虑过深矣。匿子图诈，诈其富有也，我夫妇两肩担一口耳，况携来半载，授衣分食，从未稍加扑责，邻里咸知。此实小奴丧良，乘危窃逃。华家盟姊赠以匪人⑥，彼无颜见卿，卿何反谓无颜见彼耶？今当一面呈县立案，以杜后患可也。"芸闻余言，意似稍释。然自此梦中呓语，时呼："阿双逃矣！"或呼："憨何负我！"病势日以增矣。

　　余欲延医诊治，芸阻曰："妾病始因弟亡母丧，悲痛过甚，继为情感，后由忿激，而平素又多过虑，满望努力做一好媳妇，而不能得，以至头眩、

068

恫怔诸症毕备。所谓病入膏肓，良医束手，请勿为无益之费。忆妾唱随二十三年，蒙君错爱，百凡体恤，不以顽劣见弃。知己如君，得婿如此，妾已此生无憾！若布衣暖，菜饭饱，一室雍雍⑦，优游泉石，如沧浪亭、萧爽楼之处境，真成烟火神仙⑧矣。神仙几世才能修到，我辈何人，敢望神仙耶？强而求之，致干造物之忌，即有情魔之扰。总因君太多情，妾生薄命耳！"

因又呜咽而言曰："人生百年，终归一死。今中道相离，忽焉长别，不能终奉箕帚，目睹逢森娶妇，此心实觉耿耿。"言已，泪落如豆。余勉强慰之曰："卿病八年，恹恹欲绝者屡矣，今何忽作断肠语耶？"芸曰："连日梦我父母放舟来接，闭目即飘然上下，如行云雾中，殆魂离而躯壳存乎？"余曰："此神不收舍，服以补剂，静心调养，自能安痊。"芸又欷歔曰："妾若稍有生机一线，断不敢惊君听闻。今冥路已近，苟再不言，言无日矣。君之不得亲心，流离颠沛，皆由妾故，妾死则亲心自可挽回，君亦可免牵挂。堂上春秋⑨高矣，妾死，君宜早归。如无力携妾骸骨归，不妨暂厝⑩于此，待君将来可耳。愿君另续德容兼备者，以奉双亲，抚我遗子，妾亦瞑目矣。"言至此，痛肠欲裂，不觉惨然大恸。余曰："卿果中道相舍，断无再续之理，况'曾经沧海难为水，除却巫山不是云'⑪耳。"

芸乃执余手而更欲有言，仅断续叠言"来世"二字，忽发喘，口噤，两目瞪视，千呼万唤已不能言。痛泪两行，涔涔流溢。既而喘渐微，泪渐干，一灵缥缈，竟尔长逝！时嘉庆癸亥三月三十日也。当是时，孤灯一盏，举目无亲，两手空拳，寸心欲碎。绵绵此恨，曷其有极！承吾友胡省堂以十金为助，余尽室中所有，变卖一空，亲为成殓。

呜呼！芸一女流，具男子之襟怀才识。归吾门后，余日奔走衣食，中馈缺乏，芸能纤悉不介意。及余家居，惟以文字相辩析而已。卒之疾病颠连，赍恨以没，谁致之耶？余有负闺中良友，又何可胜道哉！奉劝世间夫妇，固不可彼此相仇，亦不可过于情笃。语云："恩爱夫妻不到头。"如余者，可作前车之鉴也。

卷三 坎坷记愁

浮生六记

回煞之期，俗传是日魂必随煞而归，故居中铺设一如生前，且须铺生前旧衣于床上，置旧鞋于床下，以待魂归瞻顾。吴下相传谓之"收眼光"。延羽士作法，先召于床而后遣之，谓之"接眚"。邗江俗例，设酒肴于死者之室，一家尽出，谓之"避眚"。以故有因避被窃者。

芸娘眚期，房东因同居而出避，邻家嘱余亦设肴远避。余冀魄归一见，姑漫应之。同乡张禹门谏余曰："因邪入邪，宜信其有，勿尝试也。"余曰："所以不避而待之者，正信其有也。"张曰："回煞犯煞不利生人，夫人即或魂归，业已阴阳有间，窃恐欲见者无形可接，应避者反犯其锋耳。"时余痴心不昧，强对曰："死生有命。君果关切，伴我何如？"张曰："我当于门外守之，君有异见，一呼即入可也。"

余乃张灯入室，见铺设宛然而音容已杳，不禁心伤泪涌。又恐泪眼模糊失所欲见，忍泪睁目，坐床而待。抚其所遗旧服，香泽犹存，不觉柔肠寸断，冥然昏去。转念待魂而来，何遽睡耶？开目四现，见席上双烛青焰荧荧，缩光如豆，毛骨悚然，通体寒栗。因摩两手擦额，细瞩之，双焰渐起，高至尺许，纸裱顶格几被所焚。余正得借光四顾间，光忽又缩如前。此时心春股栗，欲呼守者进观，而转念柔魂弱魄，恐为盛阳所逼。悄呼芸名而祝之，满室寂然，一无所见，既而烛焰复明，不复腾起矣。出告禹门，服余胆壮，不知余实一时情痴耳。

■注释
①康庄：平坦宽阔的大道。
②投刺：递送名帖求见。
③司阍：看门，守门。
④咻咻：喘气声。
⑤辛然：突然。
⑥匪人：行为不端的人。
⑦雍雍：融洽貌。
⑧烟火神仙：指人间神仙。
⑨春秋：指人的年岁。
⑩厝：把棺材停放待葬，或浅埋以待改葬。

①曾经沧海难为水，除却巫山不是云：语出元稹诗《离思》。

■译文

　　醒来的时候，东方已白。忽然听见短墙外有脚步声和说话声，我赶紧探头一看，原来是当地人赶集路过这里。我便向他们问路，他们告诉我："往南走十里就是泰兴县城，穿过县城向东南方向，隔十里路就能看见一个土墩，走过八个土墩就到靖江了，剩下的路都是宽阔平坦的大路。"我谢过路人，又将石头香炉移到原处，再向土地神叩头赔罪后便匆匆上路了。过了泰兴，我坐上了小车赶路。

　　下午四点左右到了靖江盐署，我递上名帖要守门人前去禀告。过了许久，守门人出来说："范爷因公事到常州去了。"我观察他说话时的神色，好像是在故意推托，便问道："他什么时候回来？"守门人答："不知道。"我说："哪怕他去一年，我也在这等着他。"守门人明白我的意思，私下问我："你真的是范爷的嫡亲小舅子？"我说："如果不是嫡亲小舅子，我就不会在此等他回来了。"守门人便说："那你暂且等等吧。"等了三天，范惠来派人来告诉我他回到了靖江，并挪凑了二十五两银子给我。

　　我一拿到钱，就雇了匹骡子匆忙赶回家，一到家发现芸憔悴了许多，不停地喘气哭泣。见我回来，她急忙说："你知道昨天下午阿双卷了我们的财产逃跑了吗？我请人到处搜寻，到现在也没有找到。东西丢了是小事，可是阿双是他母亲临走时再三交代托付给我照看的，现在他想逃回家，中途一定要经过大江，就怕他发生意外，这实在太让人担忧了。再者，倘若他母亲故意将阿双藏匿起来，然后以人丢失的借口来敲诈我们，那该怎么办？而且，我哪有脸面再见华家姐姐啊？"我说："先别急，你想得太多了。他们若把阿双藏起来图谋敲诈，也应当去找富裕人家，我们夫妻俩两肩膀担一张嘴，他们能敲诈些什么？何况阿双在我们身边半年时间，我们供他吃住，从未鞭打责骂过他，这些邻居们也都知道。这事说到底是阿双丧尽天良，趁我们处境危难偷盗我们的家财偷偷逃跑。你华家姐姐送这么一个行为不端的人给我们，是她自己没有脸面见你，你怎么反而说自己没有脸面再见她呢？我们现在只要把这件事报告县衙门立案，杜绝不必要的麻烦就行了。"芸听了我的话，稍稍放宽了心。但自此之后，她常常在梦中说吃语，有时呼叫："阿双逃跑了！"有时则呼叫："憨园为何辜负我？"病情也愈发加重了。

　　我想请医生为她诊治，芸却阻止我说："我的病始于我母亲去世和弟弟出走不归，悲伤过度。后来因为感情上受到欺骗，心情激愤。而平时又思虑过重，本来满心期望努力做个好媳妇，却终究没有实现，因此患上了头晕、心悸等疾病。所谓病入膏肓，再好的医生恐怕也束手无策，请不要再因为我而浪费钱财了。回想起我嫁到沈家的这二十三年，

卷三

坎坷记愁

承蒙你的错爱和百般体恤，没有因为我的顽劣而休弃我。能有你这样的知己做丈夫，这辈子我已经没有什么遗憾了。在我们吃饱穿暖，夫妻恩爱和睦，沉醉于山水名胜间，如居住在沧浪亭、萧爽楼的那段日子，我们简直成了食人间烟火的神仙了！而神仙要靠几世修炼才能成，像我们这种无名之辈，怎么敢奢望做神仙呢！所以说，正因为我们强行追求那种神仙般的快活日子，才冒犯了造物主的忌讳，使得我们为情所困啊。说到底，这都是因为你太痴情，而我此生命太薄罢了。"

接着，芸哽咽着说："人生百年，终有一死。如今我中途离你而去，忽然就此永别，不能操持家务，侍奉你终生，也看不到儿子逢森娶媳妇，对此我始终耿耿于怀。"说完，芸的眼泪大颗大颗地落了下来。我勉强安慰她说："你患此病已经八年了，病情告急也发生过多次了，今天怎么忽然说起这些伤心断肠的话来了？"芸说："我连续几天梦见我父母派船来接我，闭上眼睛便感觉身体忽上忽下的，好像在云雾中行走，大概是魂魄已经离开，只剩下一副躯体了吧？"我抚慰她说："你这是魂不守舍，只要服用补药，静心调养一段时间，就能够痊愈的。"芸又抽泣着说："我若是还有一线生机，断不会说出这些让你惊心的话。如今我时日无多，如果现在不说，恐怕再没有机会对你说了。你得不到父母双亲的欢心，在外颠沛流离，都是我造成的。我死之后，公公婆婆的心自然可挽回，你也不必牵肠挂肚了。父母年岁已高，我死了以后，你更应该尽快回去侍奉他们。如果不能把我的遗骨带回家乡，不妨先停枢待葬或浅埋在这里，等待将来有条件了再另做安排。我希望你另找一个德貌兼备的女子，侍奉父母双亲，抚养我们的孩子，这样我就可以瞑目了。"芸说到这里，我不禁肝肠寸断，放声大哭起来。我说："如果你中途离我而去，我断不可能再续弦，何况你又不是不知道'曾经沧海难为水，除却巫山不是云'啊。"

芸忽然拉着我的手，似乎还有话要交代，但只能断断续续重复着"来世"二字。突然，她抽搐起来，紧闭着嘴不能说话，瞪起两眼紧紧看着我。我不断唤着她的名字，她却一个字也说不出来，只有两行清泪从眼角慢慢流了出来。不久，她的喘息声渐渐变弱，泪水也渐渐干了，灵魂已缥缈而去，芸永远地离我而去了！那一天，正是嘉庆八年（1803年）三月三十日。那一刻，我身边只有孤灯一盏，举目无亲，两手空空，心痛欲裂。我内心的痛苦，恐怕这一辈子也不会有个尽头。承蒙好友胡省堂资助的十两银子，我再将家中所有能变卖的都变卖一空，亲自为芸穿衣入棺。

呜呼！芸虽然是一介女流，却具有男子的胸襟和才识。自从她嫁到我家后，我整日为了生计东奔西走，她在家里经常缺衣少吃，却对这一切毫不抱怨。我在家的时候，也只知道埋头笔墨之间，不操心生计。芸最终在疾病和颠簸流离中含恨而死，这到底是谁造成的呢？我实在有愧于我的闺中良友，我的悔恨和内疚又怎么能说得完呢？因此，奉劝世间夫妇，双方彼此固然不可反目成仇，但也不可用情过深。古语说："恩爱夫妻不到头。"像我这样的，可以作为前车之鉴啊。

到了回煞那天，民间传说这一天死者的灵魂必然会跟随凶煞回家，因此房中的铺设都要像死者生前一样，还要将死者生前的旧衣服铺在死者生前睡过的床上，将旧鞋子摆在床下，以等待死者的亡魂回来看一看。吴地人将这一习俗叫作"收眼光"。请道士做法事，先把死者的亡魂招到床上，而后再送它离开，此称为"接眚"。而扬州的风俗习惯则是，在死者住过的房间内摆上一桌酒肴，一家人都要走出去，此称为"避眚"。因室内无人，因此常有盗窃之事发生。

芸"避眚"那天，房东因为以前和我们同住而出去了，邻居嘱咐我在芸住过的房间内摆设好酒肴后，也要远远避开。我本来就希望在芸的亡魂回来时见她一面，因此只是漫不经心地答应。同乡张禹门劝我："人要是信邪的话就可能撞邪，你应该相信有这回事，不要待在家里撞邪啊。"我说："我之所以不回避而等待她，正是相信她的亡魂会回来啊。"张禹门说："回煞时触犯凶煞，这对活人不利。你夫人的亡魂即使回来，与你已是阴阳两隔，恐怕你即使见到了她的亡魂，也不能见到她真实的形体。所以你应当回避，不要去触犯凶煞啊。"当时我痴心不改，硬着头皮对他说："生死由命，你若是真的关心我，晚上过来和我做个伴怎么样？"张禹门说："我就在门外守候，你要是发现情况异常，叫我一声我就进去。"

我于是点灯进入室内，看见室内的摆设还和芸生前一样，芸的容貌却永远见不到了，不禁伤心得泪如泉涌。又怕泪眼模糊而见不到芸的亡魂，只好强忍着眼泪，睁着眼睛，坐在床上等待。我抚摩着芸留下来的旧衣服，感觉她的香味仍留存在衣服上，又不禁肝肠寸断，痛苦得差点昏过去。但转念一想，我是要等待芸的亡魂回来，怎么能睡着呢？睁开双眼向四处张看，只见桌子上两根蜡烛的光亮越来越暗，最后烛光小得如黄豆那么点大，我顿时感到毛骨悚然，浑身直打寒战。我因此摩擦双手，擦了擦额头，再细细观看，这时烛火又渐渐燃烧起来，最后竟然冲到一尺多高，几乎将用纸裱糊的顶格给烧着了。我正借着亮光四处环顾，烛光忽然又缩小到之前的样子。此时，我的心剧烈地跳动着，浑身战栗着。本想呼叫张禹门进来，转念想到芸的柔弱魂魄恐怕难以接近炽盛的阳气，只好悄悄呼唤着芸的名字，并默默地祈祷再见她一面。但是，室内依然寂静无声，一无所见。不久，烛光又亮了起来，却没有再腾起一尺多高了。我这才走出门，把刚才发生的事告诉了张禹门，他佩服我胆子大，岂知这是我一时情痴所致。

卷三　坎坷记愁

坎坷记愁（四）

　　芸没后，忆和靖[1]"妻梅子鹤"语，自号梅逸。权葬芸于扬州西门外之金桂山，俗呼郝家宝塔。买一棺之地，从遗言寄于此。携木主[2]还乡，吾母亦为悲悼，青君、逢森归来，痛哭成服[3]。启堂进言曰："严君怒犹未息，兄宜仍往扬州，俟严君归里，婉言劝解，再当专札相招。"余遂拜母别子女，痛哭一场，复至扬州，卖画度日。

　　因得常哭于芸娘之墓，影单形只，备极凄凉，且偶经故居，伤心惨目。重阳日，邻冢皆黄，芸墓独青，守坟者曰："此好穴场，故地气旺也。"余暗祝曰："秋风已紧，身尚衣单，卿若有灵，佑我图得一馆，度此残年，以待家乡信息。"

　　未几，江都幕客章驭庵先生欲回浙江葬亲，倩余代庖[4]三月，得备御寒之具。封篆出署[5]，张禹门招寓其家。张亦失馆，度岁艰难，商于余，即以余资二十金倾囊借之，且告曰："此本留为亡荆扶柩之费，一俟得有乡音，偿我可也。"是年即寓张度岁，晨占夕卜，乡音殊杳。

　　至甲子三月，接青君信，知吾父有病。即欲归苏，又恐触旧忿。正趑趄[6]观望间，复接青君信，始痛悉吾父业已辞世。刺骨痛心，呼天莫及。无暇他计，即星夜驰归，触首灵前，哀号流血。呜呼！吾父一生辛苦，奔走于外。生余不肖，既少承欢膝下，又未侍药床前，不孝之罪何可逭[7]哉！吾母见余哭，曰："汝何此日始归耶？"余曰："儿之归，幸得青君孙女信也。"吾母目余弟妇，遂嘿然。余入幕守灵，至七终[8]，无一人以家事告，以丧事商者。余自问人子之道已缺，故亦无颜询问。

一日，忽有向余索逋者登门饶舌，余出应曰："欠债不还，固应催索，然吾父骨肉未寒，乘凶追呼，未免太甚。"中有一人私谓余曰："我等皆有人招之使来，公且避出，当向招我者索偿也。"余曰："我欠我偿，公等速退！"皆唯唯而去。

　　余因呼启堂谕之曰："兄虽不肖，并未作恶不端，若言出嗣降服⑨，从未得过纤毫嗣产。此次奔丧归来，本人子之道，岂为产争故耶？大丈夫贵乎自立，我既一身归，仍以一身去耳！"言已，返身入幕，不觉大恸。

　　叩辞吾母，走告青君，行将出走深山，求赤松子⑩于世外矣。青君正劝阻间，友人夏南熏字淡安、夏逢泰字揖山两昆季寻踪而至，抗声⑪谏余曰："家庭若此，固堪动忿，但足下父死而母尚存，妻丧而子未立，乃竟飘然出世，于心安乎。"余曰："然则如之何？"淡安曰："奉屈暂居寒舍，闻石琢堂殿撰⑫有告假回籍之信，盍俟其归而往谒之？其必有以位置君也。"余曰："凶丧未满百日⑬，兄等有老亲在堂，恐多未便。"揖山曰："愚兄弟之相邀，亦家君意也。足下如执以为不便，西邻有禅寺，方丈僧与余交最善，足下设榻于寺中，何如？"余诺之。青君曰："祖父所遗房产，不下三四千金，既已分毫不取，岂自己行囊亦舍去耶？我往取之，径送禅寺父亲处可也。"因是于行囊之外，转得吾父所遗图书、砚台、笔筒数件。

　　寺僧安置予于大悲阁。阁南向，向东设神像，隔西首一间，设月窗⑭，紧对佛龛，本为作佛事者斋食之地，余即设榻其中。临门有关圣提刀立像，极威武。院中有银杏一株，大三抱，阴覆满阁，夜静风声如吼。揖山常携酒果来对酌，曰："足下一人独处，夜深不寐，得无畏怖耶？"余曰："仆一生坦直，胸无秽念，何怖之有？"

　　居未几，大雨倾盆，连宵达旦三十余天，时虑银杏折枝，压梁倾屋。赖神默佑，竟得无恙。而外之墙坍屋倒者不可胜计，近处田禾俱被漂没。余则日与僧人作画，不见不闻。

　　七月初，天始霁，揖山尊人号莼芗有交易赴崇明，偕余往，代笔书

075

卷三　坎坷记愁

券得二十金。归，值吾父将安葬，启堂命逢森向余曰："叔因葬事乏用，欲助一二十金。"余拟倾囊与之，揖山不允，分帮其半。余即携青君先至墓所，葬既毕，仍返大悲阁。

九月杪[15]，揖山有田在东海永泰沙，又偕余往收其息。盘桓两月，归已残冬，移寓其家雪鸿草堂度岁。真异姓骨肉也。

乙丑七月，琢堂始自都门回籍。琢堂名韫玉，字执如，琢堂其号也，与余为总角[16]交。乾隆庚戌殿元，出为四川重庆守。白莲教之乱，三年戎马，极著劳绩。及归，相见甚欢。

旋于重九日挈眷重赴四川重庆之任，邀余同往。余即叩别吾母于九妹倩[17]陆尚吾家，盖先君故居已属他人矣。吾母嘱曰："汝弟不足恃，汝行须努力。重振家声，全望汝也！"逢森送余至半途，忽泪落不已，因嘱勿送而返。

舟出京口，琢堂有旧交王惕夫孝廉在淮扬盐署，绕道往晤，余与偕往，又得一顾芸娘之墓。返舟由长江溯流而上，一路游览名胜。至湖北之荆州，得升潼关观察之信，遂留余与其嗣君[18]敦夫眷属等，暂寓荆州，琢堂轻骑减从至重庆度岁，遂由成都历栈道之任。

丙寅二月，川眷始由水路往，至樊城登陆。途长费巨，车重人多，毙马折轮，备尝辛苦。抵潼关甫[19]三月，琢堂又升山左廉访，清风两袖。眷属不能偕行，暂借潼川书院作寓。十月杪，始支山左廉俸，专人接眷。附有青君之书，骇悉逢森于四月间夭亡。始忆前之送余堕泪者，盖父子永诀也。呜呼！芸仅一子，不得延其嗣续耶！琢堂闻之，亦为之浩叹，赠余一妾，重入春梦。从此扰扰攘攘，又不知梦醒何时耳。

■注释

①和靖：北宋初年隐逸诗人林逋，终生不仕未娶，唯爱植梅养鹤，自谓"以梅为妻，以鹤为子"，人称"梅妻鹤子"。卒谥和靖先生。

②木主：死者的灵牌。

③成服：丧服。旧时死者入棺后，亲属按照亲疏关系穿上不同的丧服。

④代庖：代理别人做事。

⑤封篆出署：封上官印离开官署，指办好交接后离开。

⑥趑趄：欲行又止，犹豫不前。

⑦逭：逃避。

⑧七终：守丧七七四十九天。

⑨出嗣降服：过继给别人的人子降低一等为父母服丧。

⑩赤松子：传说中的上古仙人，入山修道，最后羽化成仙。

⑪抗声：高声，大声。

⑫殿撰：明清时期状元的通称。

⑬"凶丧未满"一句：古时民间迷信认为，父母的丧事不满百日，子女如果去别人家会对对方的老人产生不利。

⑭月窗：寺庙中用来透光的天窗一类的缝隙。

⑮九月抄：九月末。

⑯总角：借指童年。

⑰妹倩：妹夫。

⑱嗣君：原指继承皇位的国君，也指太子，后用作对人长子的尊称。

⑲甫：刚刚。

■译文

芸病故后，我想起宋代林逋"梅妻鹤子"的话，便自号为梅逸。我暂且将芸葬在扬州西门外的金桂山，当地人俗称郝家宝塔。我在那买了一棺之地，按芸的遗言先将她埋寄在这里，然后带着她的灵牌回到家乡。我母亲也为芸的去世悲悼不已，青君、逢森赶回家后，也都穿着丧服痛哭起来。弟弟启堂对我说："父亲的怒气还没有平息，兄长仍应回到扬州去，等父亲回来后，我们再婉言劝解，父亲气消了，再写信唤你回来！"我只好向母亲、子女拜别，痛哭一场，再次回到扬州靠卖画度日。

从此，我常在芸的墓地上痛哭，一个人形单影只，极其凄凉。偶尔经过我们从前居住的房子，回想过往，悲伤不已。重阳节那天，我去芸的墓地祭拜，看见相邻坟墓上的草都是黄色的，唯独芸坟墓上的草依然是绿色的。守坟人说："这是块风水很好的坟地，所以地气旺盛啊。"我暗自祈祷："秋风已紧，我身上的衣服依然单薄，你若是在天有灵，就保佑我谋到一份差事度过剩下的半年，以等待家里的消息。"

没过多久，在江都衙门做幕僚的章驭庵先生要回浙江葬亲，请我去暂时代替他操办事务三个月，因此我才得以添置御寒的衣服。三个月的时间到了后，我办好交接离去，张禹门又请我暂时住到他家里。当时他也失业在家，度日艰难，就与我商量解决的办法。我拿出积攒下的二十两银子全部给他，告诉他："这些钱我本来打算作为护送亡妻灵柩

卷三
坎坷记愁

回乡的费用，先借给你，等到我家里传来消息时，你再还我吧。"这一年我便在张禹门家度过年岁，早晚占卜，盼望家里的消息，可是一直音信全无。

到了嘉庆九年（1804 年）三月，我接到女儿青君的来信，得知我父亲病重。我本想马上回苏州，但又怕触及他老人家旧日的怨愤，没有及时动身。正在犹豫不决之间，又接到女儿的来信，这才知道父亲已经病亡。我悲痛异常，对天哭喊。无暇做其他打算，连夜赶回了老家，回家后在父亲的亡灵前叩头哀号。呜呼！我父亲一生辛苦，常年奔波在外，生下我这个不肖子，平时没有在他身边伺候他，他病重了又没有为他端汤送药，我的不孝之罪是无法逃避的啊！母亲见我哭泣，就问我："你怎么现在才回来？"我回答："我是接到青君的来信才赶回来的。"我母亲看了看弟媳妇一眼，没有说话，似乎明白了是怎么一回事。我在灵堂守丧，至七七四十九天结束后，没有一个人把家里的事告诉我，或是与我商量丧事的安排。我自愧没有尽到为人子女的责任，所以也没脸去询问情况。

有一天，忽然有几个讨债的人登门，在我家门前大呼小叫。我出去应付说："欠债不还，催要固然无可厚非，然而我父亲尸骨未寒，你们在我家办丧事时来追讨，未免欺人太甚了。"他们中的一个人私下对我说："我们都是有人招呼才过来的，你暂时避一下，我们应当向招呼我们过来的人讨还欠债。"我愤然道："我欠下的债我自当偿还，你们赶紧回去吧！"那几人便唯唯诺诺地离开了。

我把弟弟启堂叫了出来，对他说："哥哥虽然没有本事，可也并未作恶多端。当初我过继给堂伯为后嗣，没有要他半点遗产。现在为父亲服丧，也只是为了尽人子之道，哪里是为了与你争夺遗产？大丈夫以自立自强为贵，我既然是空手而归，仍旧会空手而去！"说完，我转身回到灵堂，在父亲的灵柩旁悲恸大哭。

痛哭后，我向母亲叩头辞别，又去告诉女儿青君，说我要告别俗世，到深山里去寻找仙人赤松子求道。青君正劝阻我的时候，好友夏南熏（字淡安）、夏逢泰（字揖山）两兄弟前来探望我。他们听说我要出家，严词劝我说："家里出了这样的事情，固然让人动怒。但是你父亲虽然死了，你母亲还健在，妻子死了，儿子却还没有成年。你若这样飘然出家，于心何安哪？"我顿时感到愧疚，忙问："那我该怎么做？"淡安说："劝你暂时住到我家去，我听说状元石琢堂即将告假回乡，你何不等他回来后前去拜见他呢？到时他必然会为你谋到一份差事的。"我说："我父亲的丧期还不满一百天，你们又有老人在堂，我去的话恐怕多有不便。"揖山说："我们兄弟两人特意来邀请你，也是家里老人的意思。如果你执意不从，这儿西边有座寺庙，寺里的方丈与我关系很好，你可先到寺庙中设榻住下来，怎么样？"我答应了。青君说："祖父留下的房产，价值不少于三四千两银子，爹爹虽然分毫不取，但自己的铺盖行李总不能不要吧？我给爹爹拿来，直接送到寺庙里爹爹的住处就是了。"因此，除了自己的行李之外，我还得到了父亲遗留下来的图书、砚台、笔筒等物品。

寺庙里的僧人将我安置在大悲阁里。此阁面向南，东面设有一个神像，西面隔一间的房子内开了一扇月窗，正对着佛龛。本来这间房是供做佛事的人戒斋吃饭的地方，我便在这里放了一张床。靠近门口处有一座关公提刀站立的塑像，极其庄严威武。院中有一棵银杏树，要三个人才能合抱住，树荫覆盖整个阁院，夜深人静之时，风吹树冠，声如怒吼。揖山常常带些酒菜、水果过来与我小饮，他问我："你一个人住在这里，深夜睡不着时不会觉得害怕吗？"我说："我这一生坦坦荡荡，胸无杂念，有什么可怕的？"

住了几日，突然有一天下起倾盆大雨来，大雨日夜不停足足下了三十多天。当时我很担心银杏的树枝会被风雨折断，从而压塌房屋。幸亏神灵默默保佑，竟然安然无恙。而寺外倒塌的房子、墙壁不计其数，近处田间的庄稼也都被水淹没了。我整天与僧人作画，对外面的事情不见不闻。

七月初，天气开始转晴了。揖山的父亲夏莼芗要去崇明岛做生意，让我陪同前往。结果我帮他代笔记录账目，挣了二十两银子。回来的时候，正好我父亲将要安葬，启堂便叫逢森过来对我说："叔叔说安葬费用不足，想叫爹爹资助二十两银子。"我本打算把钱袋里的银子全都交给他，揖山却不答应，好心帮我出了一半的银两。我带着青君先到了墓地，安葬完父亲后，仍旧回到大悲阁。

九月底，揖山在东海永泰沙有田地，又带我同去收田租。在那里逗留了两个月，回来时已是残冬了，我又移居到他家的"雪鸿草堂"过年。揖山待我有如异性亲兄弟啊。

嘉庆十年（1805年）七月，石琢堂从京城回到苏州老家。琢堂名韫玉，字执如，琢堂是他的号，我们从小就是朋友。他是乾隆五十五年（1790年）的状元，后来外放到四川重庆做太守。白莲教作乱，他率军与众乱党苦战三年，立下了汗马功劳。他回来之后，我们双方见面异常高兴。

不久就到了重阳节，琢堂又要带着家眷去重庆赴任，他邀请我同他一块去。我当即前往九妹夫陆尚吾家拜别我母亲，大概我父亲留下来的房产已经被卖掉了。母亲嘱咐我说："你弟弟启堂不能依靠，你这一去要努力啊，重振沈家家风名声，就全指望你了！"逢森送我离开，半路上他忽然不停地落泪，我因此嘱咐他先回家，不要再送了。

船开出京口的时候，琢堂有个旧友王惕夫举孝廉，在淮扬盐署任职，琢堂要绕道前去看他，我也一起去了，因而又一次看望了芸的墓地。之后我们又坐船逆流而上，一路游览了山川名胜。到湖北荆州时，琢堂接到升任潼关观察使的消息，就将我和他的长子石敦夫及家眷留下，暂时安排住在荆州，他则带着一部分随从去重庆过了个年，再经由

卷三 坎坷记愁

成都过栈道去潼关上任。

　　嘉庆十一年（1806年）二月，我与琢堂的家眷才开始从水路出发，到了湖北樊城后登上陆地。这次旅程路途遥远，花费巨大，车重人多，累死了好几匹马，车轮也多次被折断，真是备尝辛苦。结果，我们刚刚到潼关三个月，琢堂又升任山东廉访使。由于他为官清廉，所以一时不能将家眷全部带去，只好把家眷暂时安置在潼川书院，我也留在了潼关。十月底，琢堂拿到俸禄后才派专人来将家眷接了过去。琢堂的来信中还附带了青君写给我的家书。我拆开信一看，骇然获悉儿子逢森已于四月份早逝。我这才回忆起当时逢森送我离开时为何流泪不止，原来那是我们父子间的永别哪。呜呼！芸只生了这么一个儿子，我们的血脉无法延续了啊！琢堂闻此噩耗，也为我的遭遇感慨长叹。后来，他送给我一个小妾，使我重温人间春梦。从此，我又陷入世事的纷纷扰扰中，不知这梦何时会醒。

清·袁耀　《邗江胜览图》

卷四　浪游记快

元·王蒙 《花溪渔隐图》

浪游记快（一）

余游幕三十年来，天下所未到者，蜀中、黔中与滇南耳。惜乎轮蹄征逐，处处随人，山水怡情，云烟过眼，不过领略其大概，不能探僻寻幽也。余凡事喜独出己见，不屑随人是非，即论诗品画，莫不存人珍我弃、人弃我取之意，故名胜所在，贵乎心得，有名胜而不觉其佳者，有非名胜而自以为妙者，聊以平生历历者记之。

余年十五时，吾父稼夫公馆于山阴赵明府①幕中。有赵省斋先生名传者，杭之宿儒②也，赵明府延教其子，吾父命余亦拜投门下。暇日出游，得至吼山，离城约十余里，不通陆路。近山见一石洞，上有片石横裂欲堕，即从其下荡舟入。豁然空其中，四面皆峭壁，俗名之曰"水园"。临流建石阁五椽，对面石壁有"观鱼跃"三字。水深不测，相传有巨鳞潜伏。余投饵试之，仅见不盈尺者出而唼食焉。阁后有道通旱园，拳石乱矗，有横阔如掌者，有柱石平其顶而上加大石者，凿痕犹在，一无可取。游览既毕，宴于水阁，命从者放爆竹，轰然一响，万山齐应，如闻霹雳声。此幼时快游之始。惜乎兰亭、禹陵未能一到，至今以为憾。

至山阴之明年，先生以亲老不远游，设帐于家③，余遂从至杭，西湖之胜因得畅游。结构之妙，予以龙井为最，小有天园次之。石取天竺之飞来峰，城隍山之瑞石古洞。水取玉泉，以水清多鱼，有活泼趣也。大约至不堪者，葛岭之玛瑙寺。其余湖心亭、六一泉诸景，各有妙处，不能尽述，然皆不脱脂粉气④，反不如小静室之幽僻，雅近天然。

苏小⑤墓在西泠桥侧，土人指示，初仅半丘黄土而已，乾隆庚子，圣

卷四　浪游记快

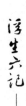

驾南巡，曾一询及，甲辰春，复举南巡盛典，则苏小墓已石筑其坟，作八角形，上立一碑，大书曰："钱塘苏小小之墓。"从此吊古骚人不须徘徊探访矣！余思古来烈魄忠魂埋没不传者，固不可胜数，即传而不久者亦不为少，小小一名妓耳，自南齐至今，尽人而知之，此殆灵气所钟，为湖山点缀耶？

桥北数武有崇文书院，余曾与同学赵缉之投考其中。时值长夏，起极早，出钱塘门，过昭庆寺，上断桥，坐石阑上。旭日将升，朝霞映于柳外，尽态极妍；白莲香里，清风徐来，令人心骨皆清。步至书院，题犹未出也。午后缴卷，偕缉之纳凉于紫云洞，大可容数十人，石窝上透日光。有人设短几矮凳，卖酒于此。解衣小酌，尝鹿脯⑥甚妙，佐以鲜菱雪藕，微酣出洞。缉之曰："上有朝阳台，颇高旷，盍往一游？"余亦兴发，奋勇登其巅，觉西湖如镜，杭城如丸，钱塘江如带，极目可数百里。此生平第一大观也。坐良久，阳乌将落，相携下山，南屏晚钟动矣。韬光、云栖路远未到，其红门局之梅花、姑姑庙之铁树，不过尔尔。紫阳洞予以为必可观，而访寻得之，洞口仅容一指，涓涓流水而已。相传中有洞天，恨不能抉门⑦而入。

清明日，先生春祭扫墓，挈余同游。墓在东岳，是乡多竹。坟丁掘未出土之毛笋，形如梨而尖，作羹供客。余甘之，尽其两碗。先生曰："噫！是虽味美而克心血，宜多食肉以解之。"余素不贪屠门之嚼⑧，至是饭量且因笋而减，归途觉烦躁，唇舌几裂。过石屋洞，不甚可观。水乐洞峭壁多藤萝，入洞如斗室，有泉流甚急，其声琅琅。池广仅三尺，深五寸许，不溢亦不竭。余俯流就饮，烦躁顿解。洞外二小亭，坐其中可听泉声。衲子⑨请观万年缸。缸在香积厨，形甚巨，以竹引泉灌其内，听其满溢，年久结苔厚尺许，冬日不冰，故不损也。

辛丑秋八月，吾父病疟返里，寒索火，热索冰，余谏不听，竟转伤寒，病势日重。余侍奉汤药，昼夜不交睫者几一月。吾妇芸娘亦大病，恹恹在床。心境恶劣，莫可名状。吾父呼余嘱之曰："我病恐不起，汝守数本书，终非糊口计，我托汝于盟弟蒋思斋，仍继吾业可耳。"越日思斋来，即于榻前命拜为师。未几，得名医徐观莲先生诊治，父病渐痊。芸亦得徐力起床。而余则从此习幕矣。此非快事，何记于此？曰：此抛书浪游之始，故记之。

思斋先生名襄，是年冬，即相随习幕于奉贤官舍。有同习幕者，顾姓名金鉴，字鸿干，号紫霞，亦苏州人也。为人慷慨刚毅，直谅不阿[10]，长余一岁，呼之为兄。鸿干即毅然呼余为弟，倾心相交。此余第一知己交也，惜以二十二岁卒，余即落落寡交，今年且四十有六矣，茫茫沧海，不知此生再遇知己如鸿干者否？

忆与鸿干订交，襟怀高旷，时兴山居之想。重九日，余与鸿干俱在苏，有前辈王小侠与吾父稼夫公唤女伶演剧，宴客吾家。余患其扰，先一日约鸿干赴寒山登高，借访他日结庐之地。芸为整理小酒榼[11]。

越日，天将晓，鸿干已登门相邀。遂携榼出胥门，入面肆，各饱食。渡胥江，步至横塘枣市桥，雇一叶扁舟，到山日犹未午。舟子颇循良，令其籴米煮饭[12]。余两人上岸，先至中峰寺。寺在支硎古刹之南，循道而上，寺藏深树，山门寂静，地僻僧闲，见余两人不衫不履[13]，不甚接待，余等志不在此，未深入。归舟，饭已熟。饭毕，舟子携榼相随，嘱其子守船，由寒山至高义园之白云精舍。轩临峭壁，下凿小池，围以石栏，一泓秋水，崖悬薜荔，墙积莓苔。坐轩下，惟闻落叶萧萧，悄无人迹。出门有一亭，嘱舟子坐此相候。余两人从石罅[14]中入，名"一线天"，循级盘旋，直造其巅，曰"上白云"，有庵已坍颓，存一危栈，仅可远眺。小憩片刻，即相扶而下。舟子曰："登高忘携酒榼矣。"鸿干曰："我等之游，欲觅偕隐地耳，非专为登高也。"舟子曰："离此南行二三里，有上沙村，多人家，有隙地。我有表戚范姓居是村，盍往一游？"余喜曰："此明末徐俟斋[15]先生隐居处也，有园闻极幽雅，从未一游。"于是舟子导往。

村在两山夹道中。园依山而无石，老树多极纡回盘郁之势，亭榭窗栏尽从朴素，竹篱茆舍[16]，不愧隐者之居。中有皂荚亭，树大可两抱。余

所历园亭，此为第一。园左有山，俗呼鸡笼山，山峰直竖，上加大石，如杭城之瑞石古洞，而不及其玲珑。旁一青石如榻，鸿干卧其上曰："此处仰观峰岭，俯视园亭，既旷且幽，可以开樽矣。"因拉舟子同饮，或歌或啸，大畅胸怀。土人知余等觅地而来，误以为堪舆^⑰，以某处有好风水相告。鸿干曰："但期合意，不论风水。"（岂意竟成谶语！）酒瓶既罄，各采野菊插满两鬓。

归舟，日已将没，更许抵家，客犹未散。芸私告余曰："女伶中有兰官者，端庄可取。"余假传母命呼之入内，握其腕而睨之，果丰颐白腻。余顾芸曰："美则美矣，终嫌名不称实。"芸曰："肥者有福相。"余曰："马嵬之祸^⑱，玉环之福安在？"芸以他辞遣之出，谓余曰："今日君又大醉耶？"余乃历述所游，芸亦神往者久之。

癸卯春，余从思斋先生就维扬^⑲之聘，始见金、焦面目。金山宜远观，焦山宜近视，惜余往来其间未尝登眺。渡江而北，渔洋^⑳所谓"绿杨城郭是扬州"一语已活现矣！平山堂离城约三四里，行其途有八九里，虽全是人工，而奇思幻想，点缀天然，即阆苑瑶池^㉑、琼楼玉宇，谅不过此。其妙处在十余家之园亭合而为一，联络至山，气势俱贯。其最难位置处，出城入景，有一里许紧沿城郭。夫城缀于旷远重山间，方可入画，园林有此，蠢笨绝伦。而观其或亭或台、或墙或石、或竹或树，半隐半露间，使游人不觉其触目，此非胸有丘壑者断难下手。

城尽，以虹园为首，折面向北，有石梁曰"虹桥"，不知园以桥名乎？桥以园名乎？荡舟过，曰"长堤春柳"，此景不缀城脚而缀于此，更见布置之妙。再折而西，垒土立庙，曰"小金山"，有此一挡，便觉气势紧凑，亦非俗笔。闻此地本沙土，屡筑不成，用木排若干，层叠加土，费数万金乃成。若非商家，乌能如是。过此有胜概楼，年年观竞渡于此。河面较宽，南北跨一莲花桥，桥门通八面，桥面设五亭，扬人呼为"四盘一暖锅"，此思穷力竭之为，不甚可取。桥南有莲心寺，寺中突起喇嘛白塔，金顶缨络，高矗云霄，殿角红墙，松柏掩映，钟磬时闻，此天下园亭所未有者。

过桥见三层高阁，画栋飞檐，五彩绚烂，叠以太湖石，围以白石栏，名曰"五云多处"，如作文中间之大结构也。过此名"蜀冈朝旭"，平坦无奇，且属附会。将及山，河面渐束，堆土植竹树，作四五曲。似已山穷水尽，而忽豁然开朗，平山之万松林已列于前矣。"平山堂"为欧阳文忠公所书。所谓淮东第五泉，真者在假山石洞中，不过一井耳，味与天泉同；其荷亭中之六孔铁井栏者，乃系假设，水不堪饮。九峰园另在南门幽静处，别饶天趣，余以为诸园之冠。康山未到，不识如何。

此皆言其大概，其工巧处、精美处，不能尽述，大约宜以艳妆美人目之，不可作浣纱溪上观也。余适恭逢南巡盛典，各工告竣，敬演接驾点缀，因得畅其大观，亦人生难遇者也。

■注释

①明府：对县令的尊称。

②宿儒：博学老成的儒士。

③设帐于家：在家里开馆授学。

④脂粉气：这里是指人工雕琢的痕迹。

⑤苏小：指苏小小，南齐钱塘名妓。

⑥鹿脯：干鹿肉。

⑦抉门：凿开门。

⑧屠门之嚼：指食肉。屠门，肉店。典出桓谭《新论》。

⑨衲子：和尚。

⑩直谅不阿：正直、诚实、不阿谀。

⑪酒榼：盛酒的容器，提携方便。此处兼指酒食和酒具。

⑫籴米煮饭：买米煮饭。

⑬不衫不履：指衣衫不整，不修边幅。

⑭石罅：石头中的缝隙。

⑮徐俟斋：徐枋，号俟斋，苏州人，书画家。坚决不出仕，为吴中高士。

⑯茆舍：茅屋。

⑰堪舆：造宅相地，察看风水。

⑱马嵬之祸：指杨贵妃之死。

⑲维扬：扬州的别称。

⑳渔洋：清初文学家王士祯，号渔洋山人，人称王渔洋。

㉑阆苑瑶池：神话传说中仙人居住的地方。

■译文

三十年来，我游历各地，在不同的地方做幕僚，全国还没去过的地方，就只剩下四川中部、贵州中部和云南南部了。遗憾的是，我虽然去过很多地方，但都是做他人的随从，行色匆匆，名山秀水之美，往往如过眼云烟，只能领略其大概，没能探寻那些僻静幽深的地方。我对于每件事都喜欢有自己的见解，不屑于人云亦云。即使是品诗论画，我也坚持别人珍爱而我遗弃，别人遗弃而我珍爱的想法。因此，所谓名胜的所在，我认为全在于自己内心的感受，有的名胜虽然名气很大，但我并不觉得它多么奇妙，有的虽然不是名胜，我却能感受到它的奇妙之处。下面我就把自己平生的游历记录下来。

我十五岁时，父亲稼夫公在山阴赵县令府中做幕僚。当时有一个赵省斋先生，名叫赵传，是杭州博学老成的儒士。赵县令请赵省斋先生做他儿子的老师，我父亲也让我拜投在赵先生门下。闲暇的时候我们常外出游玩，一次来到了吼山，该地离县城十多里远，不通陆路。走到吼山附近时，我们发现山上有一个石洞。洞口上有一块巨石，巨石中间断开似乎就要掉下来，我们便从巨石的下面摇船而入。到了洞中，发现里面非常开阔，四面都是悬崖峭壁，当地人称这儿为"水园"。临水处建造了五座石阁，石阁对面的石壁上刻有"观鱼跃"三个字。这里的水深不可测，传说水下有大鱼。我投下一些鱼饵试探，结果只发现一些不足一尺长的小鱼跃出水面抢食。石阁的后面有一条路直接通到旱园，旱园内有的石头散乱矗立着，如拳头般大小；有的石头横向摊开，如张开的手掌；有的柱石顶部被削平，上面还放上了大石头，人工雕琢的凿痕很明显，没有什么观赏价值。游览完毕，我们在水阁内设宴，让随从燃放爆竹。只听轰然一响，众山一齐回应，如听到打雷声一般。这是我年少时畅快游玩的开始。可惜没能到兰亭、禹陵去游览一番，直到现在仍感到遗憾。

到山阴的第二年，赵先生因为双亲年纪大了而不再出门远游，就在老家杭州设馆授徒，我便跟着他来到杭州，因此得以畅游西湖。西湖若论结构之精妙，我认为龙井最好，而小处之精巧，天园仅次之。若论山石，则灵隐寺前的飞来峰、城隍山的瑞石古洞最妙。若论泉水，则玉泉最妙，因为玉泉水清多鱼，有一种活泼的生气。大概最不值一看的，当数葛岭的玛瑙寺。其他像湖心亭、六一泉等景点，各有各的妙处，不能详尽描述，只是这些景点都没能摆脱脂粉气，反而不如幽雅僻静的小静室，其雅致接近于天然。

苏小小的墓在西泠桥旁边，当地人指着它告诉我们，当初那里只是半堆黄土，乾隆四十五年（1780年）皇帝南巡时，曾问及此墓。乾隆四十九年（1784年）的春天，皇帝再次举办南巡盛典时，苏小小墓已经用石头筑成坟，呈八角形，上面立了一块石牌，碑上刻着"钱塘苏小小之墓"几个大字。自此以后，文人骚客再来凭吊这一奇女子，就无须四处徘徊探寻了。我想，古往今来烈魄忠魂不被世人所知的，固然数不胜数，即便被世人所传诵，但不久就被遗忘的，也不在少数。苏小小只不过是一代名妓，从南齐到现在，却尽人皆知，莫非她为天地灵气所钟爱，成为西湖山水的点缀了？

西泠桥北面几步之外有座崇文书院，我曾和同学赵缉之在这里参加考试。当时正值长夏，我们很早便起床了，出钱塘门，经过昭庆寺，再走上断桥，坐在桥上的石栏上。旭日即将升起，朝霞透过柳枝映照出来，形态极尽娇妍。清风徐徐吹来，白莲花的清香四溢飘散，令人身心都感觉清爽不已。步行到崇文书院，考题还未公布。下午考完交卷后，我与缉之在紫云洞纳凉。紫云洞大约能容纳数十人，洞顶有孔，可以透射阳光。有人在洞内放置了小桌和矮凳，在这里卖起酒来。我们解开衣襟，就地小饮，又吃了点干鹿肉，觉得味道十分美妙，还用新鲜的菱角和雪白的藕片下酒，一直喝到微醉才走出紫云洞。缉之对我说："上面有座朝阳台，颇为高远开阔，何不前往游览一番？"我也来了兴致，奋勇登上了山顶。站在山顶上俯视四周，只觉西湖如明镜，杭州城如弹丸，钱塘江如玉带，极目远眺可以看到周围数百里之地。这是我生平看到的第一大景观。我们在山顶上坐了很久，直到太阳快要落山时才相互扶着下山。此时，南屏山的晚钟已经敲响。韬光寺、云栖寺因为路途遥远而没有去。其他像红门局的梅花、姑姑庙的铁树，个人感觉一般。我原以为紫阳洞一定值得观赏，寻访到此才发现洞口小得只能伸进去一根手指，只有涓涓流水罢了。相传洞中别有洞天，恨不能凿一道门进去观看。

清明节时，赵先生要去扫墓祭祖，带着我同游。墓地在东岳，东岳盛产竹子。守坟人挖出尚未出土的毛笋做成羹来款待客人，这些毛笋外形像梨，却比梨尖。我很喜欢吃，一口气吃了两大碗。赵先生说："哎！毛笋羹虽然好吃，但是克心血，应该多吃肉来化解。"我向来不喜欢吃肉，饭量也因吃多了毛笋羹而减少，结果在回来的路上，感觉心中烦躁不安，而且口干舌裂。经过石屋洞时，发现没什么可看的。水乐洞在石屋洞的西南方，它周围的峭壁上长有许多藤萝，进入洞中才发现里面非常狭小，泉水流得很急，水声哗哗作响。洞中有个小水池，三尺见方，深五寸左右，池中的水既不溢出，也不枯竭。我俯下身子就着流动的池水痛快地喝起来，烦躁的感觉顿时烟消云散。洞外有两座小亭子，坐在亭子里可以听见泉水的声音。和尚请我们去观万年缸。万年缸在佛寺厨房中，形状巨大，用竹筒引来泉水灌入缸中，任其缸满水溢。日子久了，缸内结上了一尺多厚的青苔，冬天时缸里不结冰，因而青苔没有受到什么损坏。

乾隆四十六年（1781年）八月，我父亲因为患疟疾而回家养病，他冷的时候就要烤

卷四　浪游记快

火，热的时候就要冰块，我的劝谏又不听，结果竟转成伤寒，病情愈发严重。我侍奉汤药日夜照顾，几乎一个月没有合眼。我妻子芸也得了重病，整天病恹恹地躺在床上。当时我的心情糟糕透顶，无法用语言来形容。父亲把我叫到床前，叮嘱我说："我这一病恐怕起不来了，你守着几本书，终究不是养家糊口的法子。我将你托付给我的盟弟蒋思斋，你继承我的事业做幕僚就行了。"过了一天，蒋思斋来了，父亲就命我在他的床榻前拜蒋为师。没多久，在得到名医徐观莲先生的诊治后，父亲的病慢慢痊愈了。芸也因得到徐先生的医治而能够起床了。而我则从此开始了学习做幕僚的生涯。这并非快意之事，为什么要记载于此呢？因为这是我丢掉书本浪游天下的开始，所以将之记录了下来。

思斋先生名襄，这一年的冬天，我即跟随他到奉贤官舍学习做幕僚。奉贤官舍内有一个同样学习做幕僚的人，姓顾名金鉴，字鸿干，号紫霞，也是苏州人。他为人慷慨刚毅、正直不阿。他比我大一岁，我就称呼他为兄长，鸿干也果断地叫我贤弟，我们两人推心置腹，倾心相交。鸿干是我生平第一个知己好友，只可惜他二十二岁就英年早逝了。从此我便很少与他人倾心相交。今年我已经四十六岁了，茫茫人海中，这辈子不知还能不能遇到像鸿干这样的知己。

回忆当时和鸿干结交，我们两人皆胸襟开阔，经常怀有归隐山林的想法。重阳节那天，我和鸿干都在苏州。前辈王小侠和我父亲请来女伶在家里搭台唱戏，宴请宾客。我担心太过吵闹，便在前一天约鸿干次日一起去寒山登高，趁机寻访他日可以结庐归隐的地方。芸为我们准备了酒食放在酒具里。

第二天天快亮的时候，鸿干已经在我家门前叫我了。我带上酒具出了胥门。我们先去了一家面馆饱饱地吃了一顿，然后渡过胥江，徒步走到横塘枣市桥，雇了一艘小船，到达寒山的时候还没到中午。船家是个老实人，便叫他为我们买米煮饭。我和鸿干一起上岸，先来到了中峰寺。中峰寺在支硎古寺的南边，我们沿着山路而上，发现寺庙隐藏在树林深处。这座寺庙的位置比较偏僻，山门寂静，寺里的僧人也比较闲散。他们见我俩穿戴得随便，接待我们时便不太热情。我和鸿干的志趣本不在这里，所以大致看了下就走了。回到船上，饭已经煮熟了。吃完午饭，船家提着酒具与我们一起游览，命他的儿子守在船上。我们从寒山出发走到了高义园的白云精舍。白云精舍紧挨着陡峭的悬崖，下边开凿了一处小水池，用石栏围着，池内蓄有一泓清水。悬崖上爬满了薜荔藤萝，墙上也覆盖着苔藓。坐在寺院的小窗下，只听见黄叶飘落的声音，周围没有其他人，非常寂静。出门有一座亭子，让船家坐在这里等候，我们则从称作"一线天"的大石缝中进入，沿着石阶盘旋而上，一直到达山顶。山顶被称为"上白云"，有一座已经坍塌的庵堂，仅存一间危棚，可作为登高远眺之用。稍稍休息了一会儿，我们就相互搀扶着下山了。

船家说："你们登高怎么忘记带上酒具呢？"鸿干说："我们此次游览，是为了寻找一块可以隐居的地方，并不是专门为了登高。"船家说："从这里向南走两三里地，有个上沙村，村里有不少人家，还有一些空地。我有一个姓范的表亲就住在这个村子里，前去一游如何？"我高兴地说："上沙村是明末徐俟斋先生隐居的地方啊，听说那里有座园子，极其清静雅致，可惜从来没有去游玩过。"于是，我们在船家的引导下，向上沙村走去。

上沙村在两座大山的夹道之间。那座园子依山而建却没有石头，园中的很多古树多呈现出盘结迂回的态势，亭榭窗栏的设计都简洁朴素，竹子编的篱笆，茅草搭成的小屋，不愧是隐者隐居的地方。园子中央有一个皂荚亭，还有棵大树有两个人合抱那么粗。在我所游玩过的园子中，这座园子最美。园子的左边有一座山，当地人称为"鸡笼山"。鸡笼山山峰挺拔，峰顶有大块岩石加在上面，倒很像杭州城的瑞石古洞那般，只是没有瑞石古洞小巧玲珑罢了。旁边有一块青色的大石头，鸿干躺在上面说："这个地方仰观可欣赏峰岭秀色，俯视可尽览园亭美景，既高旷又清幽，最适合开怀畅饮了。"于是我们拉着船家一起饮酒，时而放歌，时而长啸，真是酣畅淋漓。当地人知道我们是来寻觅土地的，误以为我们是来造宅相地，察看风水的，就来告诉我们哪块地风水好。鸿干说："只期望符合自己的心意，不管风水的好坏。"（没想到此话竟一语成谶！）酒全喝完了，我们又采来野菊花插满双鬓。

回到船上时，太阳已经快落山了，我在夜间一更左右回到家，那时家里的客人尚未散去。芸私下里告诉我："女伶中有个叫兰官的，相貌端庄可人。"我就假传母亲的命令把兰官叫入房内，握住她的手腕仔细观看，果然丰腴白皙。我回过头对芸说："漂亮是漂亮，只是她名字中的'兰'字和她的身材很不相称呢。"芸便说："丰满的人有福相。"我说："马嵬坡兵变，杨玉环的福气又在哪里呢？"芸只好借故让兰官先出去，然后对我说："你今天又喝得大醉了？"我便把自己今天的经历一一讲给芸听，她听后神往了很长一段时间。

乾隆四十八年（1783年）春天，思斋先生到扬州衙门就聘，我也跟着去了，这才见到金山、焦山的真面目。金山适合在远处观，焦山适合在近处看。可惜的是，我虽然几次经过这两处名胜，却从未登临远眺。渡江后往北走，王士禛诗句中所描述的"绿杨城郭是扬州"的景象，已活生生地呈现在我眼前了！平山堂距离扬州城大约有三四里，徒步走完这段路程约有八九里。虽然平山堂的美景是人工建造而成的，但胜在构思巧妙，浑然天成，就算是阆苑瑶池、琼楼玉宇这样的仙境也不过如此吧。平山堂妙就妙在十余处的园亭合而为一，相互连接，一直延伸到山脚下，气势恢宏。其最难布置的地方，就是城郭与景观的过渡地带，因为大约有一里左右的园亭是紧靠着城郭而建的。一般来说，城郭修建在开阔旷远的重山之间，才会给人风景如画的感觉。如果园林也按照这样的方

卷四　浪游记快

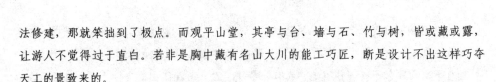

法修建，那就笨拙到了极点。而观平山堂，其亭与台、墙与石、竹与树，皆或藏或露，让游人不觉得过于直白。若非是胸中藏有名山大川的能工巧匠，断是设计不出这样巧夺天工的景致来的。

城郭的尽头，以虹园为起点，然后拐弯向北，有一座名为"虹桥"的石梁。是园子因桥而得名，还是桥因园子而得名呢？乘着小船穿过虹桥后的景致，叫"长堤春柳"。这处景观不布置在城脚而布置在这个地方，就更见布置的巧妙了。再转弯向西，可以看见一座用土垒起来的小庙，叫"小金山"，有了这座小庙对前面景观的稍加遮挡，整个布局就显得气势紧凑，所以这也不是一处庸俗之笔。听说这里本来全是沙土，修建小庙时屡屡不成功。最后还是用若干木排层层堆叠泥土，耗费数万两黄金才建成。若非富商出资，一般人怎么能做得到呢？过了小金山就是胜概楼，当地人每年都在这里举办龙舟竞赛。这个地方河面较宽阔，河上横跨一座莲花桥，桥门通向八个方向，桥面上建有五座小亭子，当地人称之为"四盘一暖锅"。这种布局是建造者才思枯竭所为，不可取。桥的南边有一座莲心寺，寺中有一座突起的喇嘛教的白塔，塔顶为金色，用缨络做装饰，高耸云霄。大殿角落的红墙与苍翠的松柏相互掩映，寺中的钟声不时传来，这是天下园亭都没有过的景观。

过莲花桥后，便可看见一座三层高的高阁，阁上画栋飞檐，绚丽多彩。高阁的周围还有由太湖石叠成的假山，再用白石栏杆围起，美其名曰"五云多处"，这处景观恰如一篇文章的大结构。走过"五云多处"，便到了"蜀冈朝旭"，这处景观平淡无奇，属于牵强附会之作。快到山脚时，河面渐渐变窄，人们在河岸旁堆上土种植竹木，布置成四五处河道弯曲的景观。本以为美景到此已穷尽，忽然又豁然开朗，原来是平山堂的万松林现于眼前。"平山堂"三个字是欧阳修亲笔书写的。所谓"淮东第五泉"，真正的泉眼位于假山石洞之中，实际上就是一口井，泉水的味道与雨水的味道差不多。其荷亭之中也有一口井，井中六孔被铁栏杆围着，是假的井泉，里面的井水根本不能喝。九峰园在南门外一处偏僻幽静的地方，别有一番天然的趣味，我认为它是各个园亭中最好的。康山没有去，不知道景色如何。

这里说的还只是扬州园林景观的大概面貌，其工艺巧妙、精美的地方，难以说尽。可将它们看成浓妆艳抹的美人来欣赏，而不能当作天生丽质、不施粉黛的美貌女子来观赏。我有幸遇上乾隆皇帝巡游江南的盛大典礼，各项工程都已竣工，正在排练接驾的各种仪式，因此可以游览各处的景观，这算是一生中难得遇上的美事了。

浪游记快（二）

甲辰之春，余随侍吾父于吴江何明府幕中，与山阴章苹江、武林①章映牧、笤溪顾蔼泉诸公同事，恭办南斗圩行宫，得第二次瞻仰天颜。一日，天将晚矣，忽动归兴。有办差小快船，双橹两浆，于太湖飞棹疾驰，吴俗呼为"出水鬐头"，转瞬已至吴门桥。即跨鹤腾空，无此神爽。抵家，晚餐未熟也。

吾乡素尚繁华，至此日之争奇夺胜，较昔尤奢。灯彩眩眸，笙歌聒耳，古人所谓"画栋雕甍②""珠帘绣幕""玉栏干""锦步障"，不啻过之③。余为友人东拉西扯，助其插花结彩，闲则呼朋引类，剧饮狂歌，畅怀游览。少年豪兴，不倦不疲。苟生于盛世而仍居僻壤，安得此游观哉？

是年，何明府因事被议④，吾父即就海宁王明府之聘。嘉兴有刘蕙阶者，长斋佞佛⑤，来拜吾父。其家在烟雨楼侧，一阁临河，曰"水月居"，其诵经处也，洁静如僧舍。烟雨楼在镜湖之中，四岸皆绿杨，惜无多竹。有平台可远眺，渔舟星列，漠漠平波，似宜月夜。衲子备素斋甚佳。

至海宁，与白门史心月、山阴俞午桥同事。心月一子名烛衡，澄静缄默，彬彬儒雅，与余莫逆，此生平第二知心交也。惜萍水相逢，聚首无多日耳。游陈氏安澜园，地占百亩，重楼复阁，夹道回廊；池甚广，桥作六曲形；石满藤萝，凿痕全掩；古木千章，皆有参天之势；鸟啼花落，如入深山。此人工而归于天然者。余所历平地之假石园亭，此为第一。曾于桂花楼中张宴，诸味尽为花气所夺，惟酱姜味不变。姜桂之性老而愈辣，以喻忠节之臣，洵⑥不虚也。

卷四　浪游记快

出南门即大海，一日两潮，如万丈银堤破海而过。船有迎潮者，潮至，反棹相向，于船头设一木招，状如长柄大刀，招一捺，潮即分破，船即随招而入，俄顷，始浮起，拨转船头，随潮而去，顷刻百里。塘上有塔院，中秋夜曾随吾父观潮于此。循塘东约三十里，名尖山，一峰突起，扑入海中，山顶有阁，匾曰"海阔天空"，一望无际，但见怒涛接天而已。

余年二十有五，应徽州绩溪克明府之召，由武林下"江山船"⑦，过富春山，登子陵钓台。台在山腰，一峰突起，离水十余丈。岂汉时之水竟与峰齐耶？月夜泊界口，有巡检署⑧，"山高月小，水落石出"，此景宛然。黄山仅见其脚，惜未一瞻面目。

绩溪城处于万山之中，弹丸小邑，民情淳朴。近城有石镜山，由山弯中曲折一里许，悬崖急湍，湿翠欲滴。渐高，至山腰，有一方石亭，四面皆陡壁。亭左石削如屏，青色，光润可鉴人形，俗传能照前生。黄巢至此，照为猿猴形，纵火焚之，故不复现。

离城十里有火云洞天，石纹盘结，凹凸巉岩⑨，如黄鹤山樵⑩笔意，而杂乱无章。洞石皆深绛色。旁有一庵甚幽静，盐商程虚谷曾招游设宴于此。席中有肉馒头，小沙弥眈眈旁视，授以四枚，临行以番银二圆为酬，山僧不识，推不受。告以一枚可易青钱七百余文，僧以近无易处，仍不受。乃攒凑青蚨六百文付之，始欣然作谢。他日余邀同人携榼再往，老僧嘱曰："曩者小徒不知食何物而腹泻，今勿再与。"可知藜藿⑪之腹不受肉味，良可叹也。余谓同人曰："作和尚者，必居此等僻地，终身不见不闻，或可修真养静。若吾乡之虎丘山，终日目所见者妖童艳妓，耳所听者弦索笙歌，鼻所闻者佳肴美酒，安得身如枯木、心如死灰哉？"

又去城三十里，名曰"仁里"，有花果会，十二年一举，每举各出盆花为赛。余在绩溪适逢其会，欣然欲往，苦无轿马，乃教以断竹为杠，缚椅为轿，雇人肩之而去，同游者惟同事许策廷，见者无不讶笑。至其地，有庙，不知供何神。庙前旷处高搭戏台，画梁方柱极其巍焕，近视则纸扎彩画，抹以油漆者。锣声忽至，四人抬对烛，大如断柱，八人抬一猪，大若牯牛，盖公养十二年始宰以献神。策廷笑曰："猪固寿长，神亦齿利。我若为神，乌能享此。"余曰："亦足见其愚诚也。"

入庙，殿廊轩院所设花果盆玩，并不剪枝拗节，尽以苍老古怪为佳，大半皆黄山松。既而开场演剧，人如潮涌而至，余与策廷遂避去。未两载，余与同事不合，拂衣归里。

余自绩溪之游，见热闹场中卑鄙之状不堪入目，因易儒为贾。余有姑丈袁万九，在盘溪之仙人塘作酿酒生涯，余与施心耕附资合伙。袁酒本海贩，不一载，值台湾林爽文之乱，海道阻隔，货积本折，不得已仍为"冯妇"[12]。馆江北四年，一无快游可记。

迨居萧爽楼，正作烟火神仙，有表妹倩徐秀峰自粤东归，见余闲居，慨然曰："足下待露而爨[13]，笔耕而炊，终非久计，盍偕我作岭南游？当不仅获蝇头利也。"芸亦劝余曰："乘此老亲尚健，子尚壮年，与其商柴计米而寻欢，不如一劳而永逸。"余乃商诸交游者，集资作本。芸亦自办绣货及岭南所无之苏酒、醉蟹等物。禀知堂上，于小春十日，偕秀峰由东坝出芜湖口。

长江初历，大畅襟怀。每晚舟泊后，必小酌船头。见捕鱼者罾[14]幂不满三尺，孔大约有四寸，铁箍四角，似取易沉。余笑曰："圣人之教，虽曰'罟不用数'，而如此之大孔小罾，焉能有获？"秀峰曰："此专为网鳊鱼设也。"见其系以长绳，忽起忽落，似探鱼之有无。未几，急挽出水，已有鳊鱼枷罾孔而起矣。余始喟然曰："可知一己之见，未可测其奥妙。"

一日，见江心中一峰突起，四无依倚。秀峰曰："此小孤山也。"霜林中，殿阁参差。乘风径过，惜未一游。

至滕王阁，犹吾苏府学之尊经阁移于胥门之大马头，王子安序[15]中所云不足信也。即于阁下换高尾昂首船，名"三板子"，由赣关至南安登陆。值余三十诞辰，秀峰备面为寿。

卷四 浪游记快

越日，过大庾岭，出巅一亭，匾曰"举头日近"，言其高也。山头分为二，两边峭壁，中留一道如石巷。口列两碑，一曰"急流勇退"，一曰"得意不可再往"。山顶有梅将军祠，未考为何朝人。所谓岭上梅花，并无一树，意者以梅将军得名梅岭耶？余所带送礼盆梅，至此将交腊月，已花落而叶黄矣。

过岭出口，山川风物便觉顿殊。岭西一山，石窍玲珑，已忘其名，舆夫曰："中有仙人床榻。"匆匆竟过，以未得游为怅。至南雄，雇老龙船，过佛山镇，见人家墙顶多列盆花，叶如冬青，花如牡丹，有大红、粉白、粉红三种，盖山茶花也。

腊月望，始抵省城，寓靖海门内，赁王姓临街楼屋三椽。秀峰货物皆销与当道，余亦随其开单拜客，即有配礼者络绎取货，不旬日而余物已尽。除夕蚊声如雷。岁朝贺节，有棉袍纱套者。不惟气候迥别，即土著人物，同一五官而神情迥异。

正月既望，有署中同乡三友拉余游河观妓，名曰"打水围"，妓名"老举"。于是同出靖海门，下小艇，如剖分之半蛋而加篷焉。先至沙面，妓船名"花艇"，皆对头分排，中留水巷，以通小艇往来。每帮约一二十号，横木绑定，以防海风。两船之间钉以木桩，套以藤圈，以便随潮长落。鸨儿呼为"梳头婆"，头用银丝为架，高约四寸许，空其中而蟠发于外，以长耳挖插一朵花于鬓，身披玄青短袄，着玄青长裤，管拖脚背，腰束汗巾，或红或绿，赤足撒鞋，式如梨园旦脚[16]。登其艇，即躬身笑迎，搴[17]帏入舱。旁列椅杌[18]，中设大炕，一门通艄后。妇呼"有客"，即闻履声杂沓而出，有挽髻者，有盘辫者，傅粉如粉墙，搽脂如榴火，或红袄绿裤，或绿袄红裤，有着短袜而撮绣花蝴蝶履者，有赤足而套银脚镯者，或蹲于炕，或倚于门，双瞳闪闪，一言不发。余顾秀峰曰："此何为者也？"秀峰曰："目成之后，招之始相就耳。"余试招之，果即欢容至前，袖出槟榔为敬。入口大嚼，涩不可耐，急吐之，以纸擦唇，其吐如血。合艇皆大笑。又至军工厂，妆束亦相等，惟长幼皆能琵琶而已。与之言，对曰："咪?""咪"者,"何"也。余曰:"'少不入广'者,以其销魂耳,若此野妆蛮语,谁为动心哉?"一友曰:"潮帮妆束如仙,可往一游。"

至其帮,排舟亦如沙面。有著名鸨儿素娘者,妆束如花鼓妇。其粉头衣皆长领,颈套项锁,前发齐眉,后发垂肩,中挽一鬏[19]似丫髻,裹足者着裙,不裹足者短袜,亦着蝴蝶履,长拖裤管,语音可辩。而余终嫌为异服,兴趣索然。秀峰曰:"靖海门对渡有扬帮,皆吴妆,君往,必有合意者。"一友曰:"所谓扬帮者,仅一鸨儿,呼曰'邵寡妇',携一媳曰'大姑',系来自扬州,余皆湖广、江西人也。"

因至扬帮。对面两排仅十余艇,其中人物皆云鬟雾鬓,脂粉薄施,阔袖长裙,语音了了[20],所谓邵寡妇者,殷勤相接。遂有一友另唤酒船,大者曰"恒艎",小者曰"沙姑艇",作东道相邀,请余择妓。余择一雏年者,身材状貌有类余妇芸娘,而足极尖细,名喜儿。秀峰唤一妓,名翠姑。余皆各有旧交。放艇中流,开怀畅饮。至更许,余恐不能自持,坚欲回寓,而城已下钥久矣。盖海疆之城,日落即闭,余不知也。

及终席,有卧吃鸦片烟者,有拥妓而调笑者,伻头[21]各送衾枕至,行将连床开铺。余暗询喜儿:"汝本艇可卧否?"对曰:"有寮可居,未知有客否也。"(寮者,船顶之楼。)余曰:"姑往探之。"招小艇渡至邵船,但见合帮灯火相对如长廊,寮适无客。鸨儿笑迎曰:"我知今日贵客来,故留寮以相待也。"余笑曰:"姥真荷叶下仙人哉!"遂有伻头移烛相引,由舱后梯而登。宛如斗室,旁一长榻,几案俱备。揭帘再进,即在头舱之顶,床亦旁设,中间方窗嵌以玻璃,不火而光满一室,盖对船之灯光也。衾帐镜奁,颇极华美。喜儿曰:"从台可以望月。"即在梯门之上叠开一窗,蛇行而出,即后梢之顶也。三面皆设短栏,一轮明月,水阔天空。纵横如乱叶浮水者,酒船也;闪烁如繁星列天者,酒船之灯也;更有小艇梳织往来,笙歌弦索之声杂以长潮之沸,令人情为之移。余曰:"'少不入广',当在斯矣!"惜余妇芸娘不能偕游至此,回顾喜儿,月下依稀相似,因挽之下台,息烛而卧。天将晓,秀峰等已哄然至,余披衣起迎,皆责以昨晚之逃。余曰："无他，恐公等掀衾揭帐耳！"遂同归寓。

■注释

①武林：杭州的别称，因武林山而得名。

②甍：屋脊。

③不啻过之：有过之而无不及。不啻，不止。

④被议：被弹劾。

⑤长斋佞佛：长年吃斋，笃信佛教。

⑥洵：确实。

⑦江山船：相传陈友谅兵败后，其部属逃至浙东，以捕鱼为业，其船号称"江山船"。后亦以其船装载客货，遂用作浙东游船的通称。

⑧巡检署：明清时多设于离州县城稍远的管理当地治安等事的机构。

⑨巉岩：高而险的山峰。

⑩黄鹤山樵：指元代画家王蒙，他曾隐居黄鹤山，故号黄鹤山樵。

⑪藜藿：两种野菜。这里指粗茶淡饭。

⑫冯妇：人名。《孟子·尽心下》里记载，有晋国人冯妇，善搏虎，后成为读书人，偶然看见老虎，情不自禁前去搏虎。这里比喻重操旧业。

⑬待露而爨：用露水做饭。形容生活没有保障。

⑭罾：一种用木棍或者竹竿做支架的方形渔网。

⑮王子安序：指王勃的《滕王阁序》。王勃，字子安。

⑯旦脚：指传统戏曲中的女性形象，分为青衣、花旦等类别。

⑰搴：提起，撩起。

⑱杌：矮凳子。

⑲髻：头发盘成的结。

⑳语音了了：说话清楚明白。

㉑伴头：仆人。

■译文

乾隆四十九年（1784年）春天，我跟随父亲在吴江何县令府中做幕僚，和山阴的章苹江、杭州的章映牧、苕溪的顾蔼泉几位先生一起共事。我们受命修建南斗圩行宫，因而我得以第二次瞻仰皇帝的天颜。一天，天将黑时，我忽然动了回家的念头，正好有办理公务用的小快船，双橹双桨，能在太湖上飞速疾驰，吴地人俗称其为"出水缆头"。我坐上小快船，转眼间便到了吴门桥。即使是骑鹤在空中飞，也无法像这样快意潇洒吧。回到家的时候，晚饭还没煮熟。

我的家乡苏州向来崇尚繁华，皇帝驾临这天更是争奇斗胜，比往日更加奢华。缤纷彩灯看得人眼花缭乱，笙箫歌舞刺激着人的耳朵，古人所称道的"画栋雕甍""珠帘绣幕""玉栏干""锦步障"等奢华场面，我想也有过之而无不及吧。我被朋友东拉西扯，帮他们插瓶花、结彩绸。闲下来的时候就与几个朋友豪饮狂歌，纵情游玩。年轻气盛，不知疲倦。假若生在康乾盛世却居住在偏僻之处，又怎么能观看到这样的盛景呢？

这一年，何县令因事而遭弹劾，我父亲就接受了海宁王县令的聘请。嘉兴有个叫刘蕙阶的人，常年吃斋，笃信佛教，一天他来拜访我父亲。他家在烟雨楼旁边，有一阁楼临水而建，称为"水月居"，是他念经诵佛的地方，干净得像僧人住的禅屋。烟雨楼就在镜湖的中间，四面都栽着杨柳，可惜没有竹子。有一个可以站在上面远眺的平台，渔舟零星地停泊在湖面上，湖面宽阔，水波不兴，这种景色似乎更适宜在月光下观赏。和尚为我们准备的斋饭味道十分好。

到了海宁，和白门的史心月、山阴的俞午桥同事。史心月有一个儿子叫史烛衡，为人安静沉默，彬彬儒雅，是我的莫逆之交，也是我平生第二个至交好友。只可惜萍水相逢，聚在一起的日子不多。我在海宁游览了陈氏的安澜园。这座园子占地百亩，楼台亭阁、夹道回廊众多；园中有一个很大的水池，池子上建有一座六曲形的小桥；假山的石头上爬满了藤萝，将人工雕凿的痕迹全都掩盖了起来；千年古树，都有参天之势；鸟鸣花落，如同进入幽静的深山。这座园子虽然是人工布置而成，却浑然天成。在我所见过的假山园林中，这座园子是最好的。我们曾在桂花楼设席摆宴，食物的味道都被桂花的香气所掩盖，只有酱姜的味道没有改变。姜越老越辣，用它来比喻忠节之臣，的确不是虚言。

出了南门就是大海，大海一天涨潮两次，潮起的时候，就像万丈长的银色堤坝冲破海面滔滔而过。有迎着潮水的船，等潮水涌来时，反而掉转船桨相向而行，在船头设置一块木招，其形状像一把长柄大刀。木招往水中一按，潮水即被分开，船则立即随着木招进入潮水中。不久，船浮起，再次掉转船头随着大潮行驶，一眨眼工夫就能行驶上百里。堤塘上有一座塔院，中秋节那天晚上我曾陪父亲在这里观潮。顺着堤塘向东走约三十里，就能到一个叫尖山的地方，一座山峰拔地突起，扑到海中。山顶上有座阁楼，阁上的牌匾上写着"海阔天空"四字。登阁远眺，一望无际，只见怒涛接天而已。

我二十五岁那年，应徽州绩溪县克县令的聘请，到其府上做幕僚。从杭州出发，乘"江山船"，经富春山时，登上子陵钓台。子陵钓台在富春山的山腰，一峰突起，距离江面有十几丈的距离。难道汉朝的时候这里的江水就与山峰持平吗？夜晚时将船停泊在界口，界口设有巡检署。"山高月小，水落石出"就是此景的真实写照。可惜我只在黄山山脚匆匆观看了一下，没能见到黄山的全貌。

卷四 浪游记快

绩溪地处群山之间，是个弹丸大的小县城，民风淳朴。靠近县城的地方有座石镜山，在一条弯弯曲曲的山路上走一里多路，便看到两侧悬崖峭壁、飞流急瀑，树木茂盛、青翠欲滴。慢慢往高处走，到了山腰，有一座方形的石亭，亭子四面都是陡峭石壁。亭子左边的石壁形状像屏风，呈青色，青亮光滑可以照见人影，传说这面石壁能照出人前世的模样。黄巢曾至这里一照，却照出猿猴的形状，于是命人放火焚烧这面石壁，所以它再也不能照出人的前世了。

　　离县城十里有个叫火云洞天的地方，那儿的岩石凸凹不平，岩石上的纹路盘曲错结，很有元代画家王蒙山水画的意境，只是有点杂乱而无章法。洞中的岩石都是深绛色的。旁边有一座非常幽静的庵堂，盐商程虚谷曾在此地设宴招待我们。宴席上有肉馒头，一个小沙弥一直盯着，我们便给了他四个。临走的时候，我们用两块番银作为酬金，但山里的和尚都没见过，推辞不接受。我们告诉他一块番银可以换得七百多枚铜钱，和尚却说附近没有换钱的地方，仍不接受。我们只好凑齐六百文铜钱给他，他这才高兴地收下了。改日，我邀请同事带着酒具再去庵中游玩，老和尚叮嘱我们说："上次你们来的时候，我的小徒弟不知道吃了什么东西，腹泻不止。今天你们不要再给他吃了。"由此才知道，吃惯了山中野菜的肚子，经不起荤腥的刺激，实在可叹啊！我就对同事说："做和尚的人，一定要来这样的地方，一辈子不见不闻，只有这样才能真正的修身养性。像我家乡的虎丘山，整天眼睛见到的是妖艳动人的人，耳朵听到的是丝竹笙歌，鼻子闻到的是佳肴美酒的香味，怎么能做到身如枯木、心如死灰呢？"

　　离县城三十里，有个叫仁里的地方，每十二年举办一次花果会，每次举办时每人都要拿出盆花进行比赛。我在绩溪的时候正好碰上了花果会，很想前往观看，却苦于既没有轿子可坐，又没有马匹可骑。有人教我砍来几根竹子为杠，绑上一把椅子，做成轿子后雇人抬着去。和我同去的只有同事许策廷，路上的行人见到我们的样子，都惊讶地笑了。到了仁里，看见了一座庙，庙里不知供奉的是什么神仙。庙前空旷的地方已经搭建起高高的戏台子，方形的柱子，彩绘的房梁，很是巍峨壮观。走近一看，才发现这些都是纸扎的彩画，再涂上一层油漆做成的。锣鼓声忽然响起，只见四个人抬着一对蜡烛徐徐走来，这对蜡烛有折断的柱子那么粗，后面还跟着八个人，抬着一头猪，猪有牛犊那么大。这头猪是公养了十二年才宰杀用来祭祀神灵的。策廷笑着说："这头猪固然长寿，然而神仙的牙齿也要够锋利才行。我要是神灵的话，估计是享用不了它的。"我说："但也足以体现村民的憨厚虔诚。"

　　进入庙中，发现摆在大殿、走廊、阁楼、院子中的花果盆玩，并没有剪节去枝，全都以苍老古怪为佳，大半都是黄山松。不久便开场演戏了，观者蜂拥而至，我和策廷便离开了。来到绩溪不到两年，因为与同事不和，我遂拂袖而去，回归家乡。

绩溪的两年幕僚生涯，让我见到了官场中不堪入目的丑事，因此弃儒从商。我有个姑父袁万九，在盘溪的仙人塘做酿酒生意。我和施心耕便凑钱入伙。袁姑父的酒主要是在海上贩卖，我们合伙不到一年，就碰上台湾林爽文叛乱，海路被阻断，货物大量积压，赔了老本。为了糊口，我只得重操旧业。在江北做了四年幕僚，期间没有一件值得记载的游乐之事。

后来，我与芸住进了萧爽楼，过着人间神仙般的日子。一天，我的表妹夫徐秀峰从广东东部回到老家，见我赋闲在家，就感慨地说："你靠着笔墨养家，生活没有保障，终究不是长久之计，何不与我一起去岭南游商？应该不止赚点蝇头小利。"芸也劝我："趁着现在父母身体还健康，孩子也正强壮，与其一天到晚在柴米上精打细算，不如一劳永逸。"于是，我向各位朋友商量借钱，筹措资本。芸也亲自准备了一些刺绣和岭南地区所没有的苏酒、醉蟹等特产。我禀告了父母后，于十月十日和秀峰一起从东坝出发，出芜湖口进入长江。

这是我第一次游长江，不禁大畅胸怀。每天夜晚船停泊后，必定会到船头喝上两杯。看见捕鱼人拿着不到三尺长，网孔却有四寸大小的渔网网鱼，渔网的四个角上都箍上了铁块，似乎是为了让渔网更好地沉下去。我笑着说："虽然圣人曾教导我们'渔网不能太密'，但这样小的网弄这么大的网孔，能捕到鱼吗？"秀峰告诉我："这是专门用来捉鳊鱼的渔网。"只见捕鱼人用一根长绳系住渔网，然后在水里一会儿提起，一会儿沉下，好像是在试探有没有鱼。不一会儿，捕鱼人猛地提起渔网，已有鳊鱼被夹在网孔上了。我这才感慨地说："由此可知一己之见，是无法知道事物的奥妙的。"

一天，看到江心中有一座孤峰突起，周围没有与它相连的山石。秀峰说："这就是小孤山啊。"山中霜叶如火，殿阁楼台错落其中。只可惜我们乘着小船疾风而过，未能登岸一游。

到了南昌的滕王阁，觉得很像是把苏州府学的尊经阁移到胥门的大码头上，王勃在《滕王阁序》中所描述的并不足信。我们就在滕王阁下换乘船头和船尾都很高的一种大船，名叫"三板子"。从赣关出发，在南安上岸。上岸那天正好是我三十岁的生日，秀峰为我准备了寿面祝寿。

第二天，我们翻过大庾岭，山顶上有一座亭子，亭上的匾上写着"举头日近"，是说此山很高。山头被一分为二，两边都是悬崖峭壁，中间留有一条像石头小巷一样的过道。道口立着两座石碑：一座上刻着"急流勇退"，另一座上刻着"得意不可再往"。山顶有座梅将军祠，没有考证这梅将军是哪个朝代的人物。人们所称道的"岭上梅花"，

卷四 浪游记快

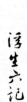

我连梅树都没见一棵，心想难道是因为梅将军姓梅才将此岭叫作梅岭的吗？到这里时快腊月了，我带来的用来送礼的梅花盆景已经花落而叶子枯黄了。

过了梅岭出口，便觉得山川精物截然不同。岭西有一座山，山上的石洞精巧玲珑，已经忘记它的名字，车夫说："此洞中有神仙的床榻。"我们急着赶路，所以没有到洞中一游，为此我倍感惆怅。到了南雄，我们雇了一条老龙船走水路，经过佛山镇时，看见当地各家各户的墙顶上都摆放着盆花，花叶像冬青，花朵像牡丹，有大红、粉白、粉红三种颜色，应该是山茶花吧。

腊月十五日，我们终于到达省城广州，在靖海门内租了王姓人家临街的三间楼房，暂时客居在这里。秀峰把货物都卖给当地的权贵人物，我也跟着秀峰开货单，拜访不同的商客。随即就有许多要送礼的人络绎不绝地前来取货，不到十天，我们带来的货物就销售一空。到了除夕，蚊子的嗡嗡声像打雷一样叫个不停。新年拜年祝贺，有的人就在棉袍外套上加一层纱衣。我发现这里不仅气候不同于其他地方，即使是当地居民，同样的五官面貌却与我们有着迥然相异的气质神态。

正月十六日，在当地衙门供职的三位同乡拉我去游河观妓，这在当地叫作"打水围"，妓女则称为"老举"。于是我们从靖海门出发，坐上小艇，小艇就像把一个鸡蛋切成两半，然后加上篷顶。先来到沙面，妓女乘坐的船称为"花艇"，都是头对头地分排在河道的两边，中间留出一条水巷供小船往来行使。每帮约有一二十条小船，用横木绑定，以防海风把它们吹散。两条小船之间钉上木桩，套上藤圈，以便和潮水同涨同落而不被冲散。老鸨被称为"梳头婆"，头上戴着用银丝做成的发架，发架高四寸左右，中间空着而把头发盘在外面，还用很长的挖耳勺把一朵花插在鬓角上。老鸨上身穿深黑色短袄，下身穿深黑色长裤，裤管一直拖到脚背上，腰上系着汗巾，或红或绿，赤着脚跐着拖鞋，样子就像戏园子里唱旦角的。我们登上一条花艇，老鸨立即躬身弯腰，笑脸相迎，撩开帘子将我们引入船舱内。只见船舱两旁放着桌椅矮凳，中间设有一张大炕，有一扇小门直通船尾。老鸨喊"有客人来"，就听见阵阵脚步声杂沓而至，出来一群姑娘，有的在脑后挽个髻，有的盘着辫子，脸上涂的粉厚得像粉墙，胭脂擦得像红石榴，有的穿绿袄红裤，有的穿红袄绿裤，有的穿短袜跐着绣花蝴蝶履，有的赤着脚，脚上套着银脚镯。她们或者蹲在炕上，或者靠着门，双目发光，一句话都不说。我回头对秀峰说："她们这是在做什么呢？"秀峰说："这是在等人挑选呢！相中了，招下手，她就会过来跟你走。"我尝试着招了一个，果然她笑容满面地走到我面前，从衣袖里拿出槟榔敬我。我把槟榔放进嘴里大嚼，涩得受不了，急忙吐了出来。用纸擦了擦嘴唇，吐出来的东西像血一样。见我的狼狈样，整条艇上的人都大笑起来。之后，我们又到了军工厂，这里姑娘的装束也大致相同，只是她们不论年龄大小都会弹琵琶。和她们说话，回答："咩？""咩"就是"什么"的意思。我说："俗话说'少不入广'，是因为那里的美女让人销魂。但看眼前这样粗俗的装扮，听她们说蛮语，谁会动心呢？"一个朋友说："潮州帮那边的姑娘装扮得像仙女一样，可以过去看看。"

到了潮州帮，船的停靠排列跟沙面并无二致。有个有名的老鸨名叫素娘，其装束就像唱花鼓戏的妇女。而其他的姑娘都穿高领的上衣，脖子上佩戴着项锁，额前留着齐眉的刘海，后面的头发垂到肩膀，中间还挽了个像丫鬟的发髻。裹脚的穿着长裙，没裹脚的穿着短裤，也穿着蝴蝶履，拖着长长的裤管，她们说话我似乎能听懂一点。但我终究嫌他们穿着怪异，所以兴致不高。秀峰说："靖海门对岸的渡口有个扬帮，姑娘们都是吴地装束，你去，应该会有合意的。"一个朋友说："所谓的扬帮，仅有一个老鸨，人称'邵寡妇'，带着名叫'大姑'的媳妇，只有她们是从扬州过来的，其余的都是湖南、湖北、广东、江西等地人。"

因此我们就去了扬帮。那里只有十几条花艇，面对面地排成两行。其中的姑娘都是云鬟雾鬓，脸上涂着薄薄的脂粉，衣袖宽阔，长裙拖曳，说话清楚明白。被称作邵寡妇的老鸨接待我们很是殷勤。有一个朋友另外叫了酒船，酒船大的叫"恒艓"，小的叫"沙姑艇"，说今天他做东邀请我们玩，请我们在这些姑娘中间挑一个自己喜欢的。我挑了一个年纪比较小的，身材长相有点像我的妻子芸，只是她的脚又尖又细，名叫喜儿。秀峰选了一个名叫翠姑的。其余的人都有自己的相好。我们把花艇停在河中心，然后开怀畅饮。到打更时分，我怕自己把持不住，坚持要回寓所，而城门此时早已关闭。原来海滨城市太阳落山城门便关闭，我不知道这一规定。

等到喝完酒散场，朋友们有的躺着吸鸦片，有的搂着妓女调笑，仆人给每个人送来被子枕头，准备将床连在一块。我悄悄地问喜儿："你们的花艇上有休息的地方吗？"喜儿说："有寮房可以睡，只是不知道现在有没有客人。"（寮房，指船顶上的阁楼。）我说："姑且去看看。"叫来小船将我们送到邵寡妇的花艇上去，但见整个扬帮的花船灯火通明，两排船相对，就像一条长廊。寮房里恰好没有客人。老鸨笑脸相迎说："我知道今天有贵客要来，特意把这间寮房留下了。"我笑着说："您可真是荷叶下的仙人啊！"船上的仆人拿着灯烛领我们到寮房去，我们从船舱后面登梯进去。进去后，我发现寮房就像一间斗室，旁边设有一张长榻，桌椅板凳也都齐全。掀开帘子再进去，这才知道寮房就在头舱的顶上，床也设在旁边，中间方形的窗子上嵌有玻璃，不用点灯房内也一片明亮，原来是对面船上的灯光映照了过来。房内的被子、蚊帐、梳妆台、柜子都十分华贵美丽。喜儿对我说："从台子上可以看到月亮。"我们便在梯门上打开一扇窗子，像蛇一样爬

卷四 浪游记快

了出去，来到船尾的顶部。台子的三面都设有比较短的护栏，抬眼望去，只见水天开阔，一轮明月照映着江面。纵横排列如乱叶漂浮在水面上的，是酒船；闪烁发光像漫天的星星挂在天空中的，是酒船上的灯光；还有许多小艇穿梭往来，笙歌弦索之音掺杂着潮水的奔涌之声，令人的心情变化不定。我说："所谓的'少不入广'，应该是指这般吧！"只可惜妻子芸不能和我一起到此一游，回头看看喜儿，在朦胧的月光下和芸倒有几分相似，于是挽着她走下台子，吹灯睡下了。天快亮的时候，秀峰他们哄然而至，我连忙穿上衣服起身相迎，他们都怪我昨晚中途落跑。我说："没别的原因，就是怕你们揭我的帐子掀我的被子啊！"之后便与他们一起回到了寓所。

南宋·刘松年《西湖四景山水图》（冬）

浪游记快（三）

越数日，偕秀峰游海幢寺。寺在水中，围墙若城。四周离水五尺许，有洞，设大炮以防海寇，潮长潮落，随水浮沉，不觉炮门之或高或下，亦物理之不可测者。十三洋行①在幽兰门之西，结构与洋画同。对渡名花地，花木甚繁，广州卖花处也。余自以为无花不识，至此仅识十之六七，询其名，有《群芳谱》②所未载者，或土音之不同欤？海幢寺规模极大，山门内植榕树，大可十余抱，阴浓如盖，秋冬不凋。柱槛窗栏皆以铁梨木为之。有菩提树，其叶似柿，浸水去皮，肉筋细如蝉翼纱，可裱小册写经。

归途访喜儿于花艇，适翠、喜二妓俱无客。茶罢欲行，挽留再三。余所属意在寮，而其媳大姑已有酒客在上，因谓邵鸨儿曰："若可同往寓中，则不妨一叙。"邵曰："可。"秀峰先归，嘱从者整理酒肴。余携翠、喜至寓。正谈笑间，适郡署王懋老不期来，挽之同饮。酒将沾唇，忽闻楼下人声嘈杂，似有上楼之势，盖房东一侄素无赖，知余招妓，故引人图诈耳。秀蜂怨曰："此皆三白一时高兴，不合③我亦从之。"余曰："事已至此，应速思退兵之计，非斗口时也。"懋老曰："我当先下说之。"余即唤仆速雇两轿，先脱两妓，再图出城之策。

闻懋老说之不退，亦不上楼。两轿已备，余仆手足颇捷，令其向前开路，秀挽翠姑继之，余挽喜儿于后，一哄而下。秀峰、翠姑得仆力已出门去，喜儿为横手所拿，余急起腿，中其臂，手一松而喜儿脱去，余亦乘势脱身出。余仆犹守于门，以防追抢。急问之曰："见喜儿否？"仆曰："翠姑已乘轿去，喜娘但见其出，未见其乘轿也。"余急燃炬，见空

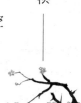

轿犹在路旁。急追至靖海门，见秀峰侍翠轿而立，又问之，对曰："或应投东，而反奔西矣。"急反身，过寓十余家，闻暗处有唤余者，烛之，喜儿也，遂纳之轿，肩而行。秀峰亦奔至，曰："幽兰门有水窦可出，已托人贿之启钥，翠姑去矣，喜儿速往！"余曰："君速回寓退兵，翠、喜交我！"至水窦边，果已启钥，翠先在。余遂左掖喜，右挽翠，折腰鹤步，跟跄出窦。

天适微雨，路滑如油，至河干④沙面，笙歌正盛。小艇有识翠姑者，招呼登舟。始见喜儿首如飞蓬，钗环俱无有。余曰："被抢去耶？"喜儿笑曰："闻此皆赤金，阿母物也，妾于下楼时已除去，藏于囊中。若被抢去，累君赔偿耶。"余闻言，心甚德之，令其重整钗环，勿告阿母，托言寓所人杂，故仍归舟耳。翠姑如言告母，并曰："酒菜已饱，备粥可也。"时寮上酒客已去，邵鸨儿命翠亦陪余登寮。见两对绣鞋泥污已透。三人共粥，聊以充饥。剪烛絮谈，始悉翠籍湖南，喜亦豫产，本姓欧阳，父亡母醮⑤，为恶叔所卖。翠姑告以迎新送旧之苦，心不欢必强笑，酒不胜必强饮，身不快必强陪，喉不爽必强歌。更有乖张其性者，稍不合意，即掷酒翻案，大声辱骂，假母不察，反言接待不周。又有恶客彻夜蹂躏，不堪其扰。喜儿年轻初到，母犹惜之。不觉泪随言落。喜儿亦嘿然涕泣。余乃挽喜入杯，抚慰之。嘱翠姑卧于外榻，盖因秀峰交也。

自此或十日或五日，必遣人来招，喜或自放小艇，亲至河干迎接。余每去必邀秀峰，不邀他客，不另放艇。一夕之欢，番银四圆而已。秀峰今翠明红，俗谓之"跳槽"，甚至一招两妓；余则惟喜儿一人。偶独往，或小酌于平台，或清谈于寮内，不令唱歌，不强多饮，温存体恤，一艇怡然，邻妓皆羡之。有空闲无客者，知余在寮，必来相访。合帮之妓无一不识，每上其艇，呼余声不绝，余亦左顾右盼，应接不暇，此虽挥霍万金所不能致者。

余四月在彼处，共费百余金，得尝荔枝鲜果，亦生平快事。后鸨儿欲索五百金强余纳喜，余患其扰，遂图归计。秀峰迷恋于此，因劝其购一妾，仍由原路返吴。明年，秀峰再往，吾父不准偕游，遂就青浦杨明府之聘。及秀峰归，述及喜儿因余不往，几寻短见。噫！"半年一觉扬帮梦，赢得花船薄幸名"矣！

余自粤东归来，馆青浦两载，无快游可述。未几，芸、憨相遇，物议沸腾，芸以激愤致病。余与程墨安设一书画铺于家门之侧，聊佐汤药之需。

中秋后二日，有吴云客偕毛忆香、王星澜邀余游西山小静室，余适腕底无闲，嘱其先往。吴曰："子能出城，明午当在山前水踏桥之来鹤庵相候。"余诺之。

越日，留程守铺，余独步出阊门，至山前，过水踏桥，循田塍而西。见一庵南向，门带清流，剥琢⑥问之，应曰："客何来？"余告之。笑曰："此'得云'也，客不见匾额乎？'来鹤'已过矣！"余曰："自桥至此，未见有庵。"其人回指曰："客不见土墙中森森多竹者，即是也。"余乃返，至墙下，小门深闭。门隙窥之，短篱曲径，绿竹猗猗，寂不闻人语声，叩之亦无应者。一人过，曰："墙穴有石，敲门具也。"余试连击，果有小沙弥出应。

余即循径入，过小石桥，向西一折，始见山门，悬黑漆额，粉书"来鹤"二字，后有长跋，不暇细观。入门经韦驮殿，上下光洁，纤尘不染，知为好静室。忽见左廊又一小沙弥奉壶出，余大声呼问，即闻室内星澜笑曰："何如？我谓三白决不失信也！"旋见云客出迎，曰："候君早膳，何来之迟？"一僧继其后，向余稽首，问知为竹逸和尚。入其室，仅小屋三椽，额曰"桂轩"，庭中双桂盛开。星澜、忆香群起嚷曰："来迟罚三杯！"席上荤素精洁，酒则黄白俱备。余问曰："公等游几处矣？"云客曰："昨来已晚，今晨仅到得云、河亭耳。"欢饮良久。饭毕，仍自得云、河亭共游八九处，至华山而止。各有佳处，不能尽述。华山之顶有莲花峰，以时欲暮，期以后游。桂花之盛，至此为最，就花下饮清茗一瓯，即乘山舆，径回来鹤。

卷四　浪游记快

桂轩之东，另有临洁小阁，已杯盘罗列。竹逸寡言静坐，而好客善饮。始则折桂催花[7]，继则每人一令，二鼓始罢。余曰："今夜月色甚佳，即此酣卧，未免有负清光，何处得高旷地，一玩月色，庶不虚此良夜也？"竹逸曰："放鹤亭可登也。"云客曰："星澜抱得琴来，未闻绝调，到彼一弹何如？"乃偕往，但见木樨香里，一路霜林，月下长空，万籁俱寂。星澜弹《梅花三弄》，飘飘欲仙。忆香亦兴发，袖出铁笛，呜呜而吹之。云客曰："今夜石湖看月者，谁能如吾辈之乐哉？"盖吾苏八月十八日石湖行春桥下，有看串月胜会，游船排挤，彻夜笙歌，名虽看月，实则挟妓哄饮而已。未几，月落霜寒，兴阑归卧。

明晨，云客谓众曰："此地有无隐庵，极幽僻，君等有到过者否？"咸对曰："无论未到，并未尝闻也。"竹逸曰："无隐四面皆山，其地甚僻，僧不能久居。向年曾一至，已坍废，自尺木彭居士重修后，未尝往焉，今犹依稀识之。如欲往游，请为前导。"忆香曰："枵腹去耶？"竹逸笑曰："已备素面矣，再令道人[8]携酒榼相从也。"

面毕，步行而往。过高义园，云客欲往白云精舍，入门就坐。一僧徐步出，向云客拱手，曰："违教两月，城中有何新闻？抚军[9]在辕否？"忆香忽起曰："秃！"拂袖径出。余与星澜忍笑随之。云客、竹逸酬答数语，亦辞出。

高义园即范文正公墓，白云精舍在其旁。一轩面壁，上悬藤萝，下凿一潭，广丈许，一泓清碧，有金鳞游泳其中，名曰"钵盂泉"。竹炉茶灶，位置极幽。轩后于万绿丛中，可瞰范园之概。惜衲子俗，不堪久坐耳。是时由上沙村过鸡笼山，即余与鸿干登高处也。风物依然，鸿干已死，不胜今昔之感。

正惆怅间，忽流泉阻路不得进。有三五村童掘菌子于乱草中，探头而笑，似讶多人之至此者。询以无隐路，对曰："前途水大不可行，请返数武，南有小径，度岭可达。"从其言。度岭南行里许，渐觉竹树丛杂，四山环绕，径满绿茵，已无人迹。竹逸徘徊四顾，曰："似在斯，而径不可辨，奈何？"余乃蹲身细瞩，于千竿竹中隐隐见乱石墙舍，径拨丛竹间，横穿入觅之，始得一门，曰"无隐禅院，某年月日南园老人彭某重修"。众喜曰："非君则武陵源矣！"

山门紧闭，敲良久，无应者。忽旁开一门，呀然有声，一鹑衣[10]少年出，面有菜色，足无完履，问曰："客何为者？"竹逸稽首曰："慕此幽静，特来瞻仰。"少年曰："如此穷山，僧散无人接待，请觅他游。"言已，闭门欲进。云客急止之，许以启门放游，必当酬谢。少年笑曰："茶叶俱无，恐慢客耳，岂望酬耶？"

山门一启，即见佛面，金光与绿阴相映，庭阶石础，苔积如绣，殿后台级如墙，石栏绕之。循台而西，有石形如馒头，高二丈许，细竹环其趾。再西折北，由斜廊蹑级而登，客堂三楹[11]，紧对大石。石下凿一小月池，清泉一派，荇藻交横。堂东即正殿，殿左西向为僧房厨灶；殿后临峭壁，树杂阴浓，仰不见天。

星澜力疲，就池边小憩，余从之。将启榼小酌，忽闻忆香音在树杪，呼曰："三白速来，此间有妙境！"仰而视之，不见其人，因与星澜循声觅之。由东厢出一小门，折北，有石蹬如梯，约数十级，于竹坞中瞥见一楼。又梯而上，八窗洞然，额曰"飞云阁"。四山抱列如城，缺西南一角，遥见一水浸天，风帆隐隐，即太湖也。倚窗俯视，风动竹梢，如翻麦浪。忆香曰："何如？"余曰："此妙境也。"

忽又闻云客于楼西呼曰："忆香速来，此地更有妙境！"因又下楼，折而西，十余级，忽豁然开朗，平坦如台。度其地，已在殿后峭壁之上，残砖缺础尚存，盖亦昔日之殿基也。周望环山，较阁更畅。忆香对太湖长啸一声，则群山齐应。

乃席地开樽，忽愁枵腹，少年欲烹焦饭[12]代茶，随令改茶为粥，邀与同啖。询其何以冷落至此，曰："四无居邻，夜多暴客[13]，积粮时来强窃，即植蔬果，亦半为樵子所有。此为崇宁寺下院，长厨中月送饭干一石、盐菜一坛而已。某为彭姓裔，暂居看守，行将归去，不久当无人迹矣。"

云客谢以番银一圆。

返至来鹤，买舟而归。余绘《无隐图》一幅，以赠竹逸，志快游也。

■注释

①十三洋行：也称"十三行""洋行""洋货行"，指鸦片战争前中国厦门、广州等地专门设立的对外贸易的官办商行。

②《群芳谱》：一部记载果木花草的形态习性、栽培方法的著作，明王象晋编撰。

③不合：不该。

④河干：河岸。

⑤醮：嫁。此处指改嫁。

⑥剥琢：敲门声。

⑦折桂催花：古时一种饮酒游戏。折下桂花，击鼓传花，鼓停时，花在谁手，即令此人饮酒。

⑧道人：佛教僧人。

⑨抚军：明清时巡抚的别称。

⑩鹑衣：衣服破烂。鹑鸟尾秃，遂以鹑衣形容衣服破烂。

⑪三楹：三间房。

⑫焦饭：锅巴。

⑬暴客：盗贼。

■译文

过了几天，我和秀峰一起去海幢寺游玩。海幢寺建在水中，寺庙的围墙修得像城墙一样。离水面五尺的地方设有洞口，洞口内放置了大炮用来防御海盗。潮涨潮落之时，洞口也随着潮水上下沉浮，让人丝毫感觉不到炮门的忽高忽低，这也是自然现象中让人难以捉摸的地方。十三洋行在幽兰门的西面，其结构与西洋油画上的画面一样。对岸的渡口叫花地，花木繁多，是广州卖花的地方。我自认为没有不认识的花，到了这里才发现只认识其中的六七成。询问花的名字，竟然还有《群芳谱》里不曾记载的，这或者是当地方言与书中读音不相同吧？海幢寺的规模很大，山门内种有大榕树，大得可以十来人合抱，绿荫浓密如同伞盖，秋冬季节也不凋零。柱子、门槛、窗户和栏杆都是用铁梨木做成的。还有菩提树，它的叶子与柿子相似，用水浸泡后去掉皮，剩下的筋络就像蝉的纱翼，可以用来裱成小册子书写经文。

从海幢寺回寓所的途中，我们顺道去花艇探访喜儿，正巧翠姑、喜儿都没接客。喝完茶我们准备回去，她们再三挽留。我还想去寮房，但邵寡妇的媳妇大姑正在上面招待客人。于是我就对邵寡妇说："如果翠姑、喜儿能和我们一起前往寓所，那就不妨带她们

110

去叙一叙。"邵寡妇说："可以。"秀峰先回去，吩咐仆从置办酒菜。我领着翠姑、喜儿来到了寓所。正在谈笑之时，恰好在郡署供职的王懋老不期而来，我们便留他一起喝酒。酒刚到嘴边，忽然听见楼下人声嘈杂，似乎有人要冲到楼上来。原来房东有个侄子，平素就是个无赖，知道我们招妓了，就故意带人来企图敲诈我们。秀峰埋怨道："这都是三白一时高兴出的主意，我不该顺从他的。"我就说："事情已经到了这个地步，应该快点考虑怎样摆脱那些人的纠缠，而不是斗嘴。"懋老说："我先下去跟他们说说。"我随即叫来仆从，让他赶快雇来两顶轿子，先让两个姑娘脱身，再图谋出城的计策。

楼下的人听到懋老的话后并没有退去，但也没有上楼。轿子已经准备好了，我的仆从手脚颇为灵活，于是我就让他在前面开路，秀峰挽着翠姑跟着，我挽着喜儿跟上秀峰，一哄而下。秀峰、翠姑得到仆从的帮助，已经冲出门去，喜儿却被人伸手扯住。我急忙飞起一脚，踢中那个人的手臂，那人手一松，喜儿就逃了出去，我也乘势脱身。我的仆从仍然守在门口，防止那些人追过来抢人。出门一看，喜儿不见了，我急忙问仆从："见到喜儿没有？"他说："翠姑已经坐轿离开了，喜娘只见她冲了出来，却没有看到她乘轿。"我急忙点起火把，见空轿还在路边停着，赶忙追到靖海门，见秀峰正站在轿子旁边保护着翠姑。我问他看到喜儿没有，秀峰说："我们本来是向东走的，喜儿可能向相反的方向去了。"我急忙返身回到寓所，向西走了十多处人家，忽然听见暗处有人唤我的名字。我拿着烛火一照，正是喜儿，于是让她坐进轿子里，并肩前行。秀峰也跑了回来，说："幽兰门有个水洞可以出去，我已经托人贿赂了看门人开锁，翠姑已经过去了，喜儿也赶快去！"我对秀峰说："你赶快回寓所让那些混账散去，翠姑、喜儿交给我好了。"到了水洞边，锁果然已开，翠姑已经等在那里了。我左手拽着喜儿的胳膊，右手挽着翠姑，弯下腰走鹤步，跟跟跄跄地出了水洞。

当时天空中下着小雨，路面像泼了油一样滑，到了沙面河岸，花艇上依然是笙歌不绝于耳。河中的小艇上有认识翠姑的，就招呼她们上船。我这才发现喜儿的头发乱得像蓬草，钗环都不见了。我问她："是不是被抢走了？"喜儿笑着说："听说这些首饰都是纯金打造的，是妈妈（鸨母）的东西，我在下楼的时候已经取下来藏在口袋里了。要是被抢去的话，可是会连累你赔偿的。"我听喜儿这么说，内心十分感激，就让喜儿把钗环重新戴上，不要跟鸨母提起刚才的事。鸨母若问起，就说寓所人杂，所以还是回到船上来。翠姑如我之言禀告鸨母，并说："酒菜已经吃饱了，准备些粥就行了。"此时正好寮房中的客人已经离开了，邵鸨儿也让翠姑陪着我一起到寮房中。这时我才看见她们穿的绣鞋已被淤泥湿透。我们三人一起喝了点粥，姑且充饥。之后，我们点上蜡烛聊天，我这才知翠姑籍贯湖南，喜儿是河南人。喜儿本姓欧阳，父亲去世、母亲改嫁后，被禽

卷四 浪游记快

兽不如的叔叔卖到妓院。翠姑则对我诉说她迎新送旧的愁苦，心里不高兴也要强颜欢笑，不胜酒力也要强行喝下去，身子不舒服也要强撑着陪客，喉咙不舒服也要硬着头皮唱歌。更有性格乖张的客人，稍不满意，就砸酒杯、掀桌子，大声辱骂。鸨母不体察实情，反而责怪她招待不周。还有恶客彻夜蹂躏，真是难以忍受。喜儿年纪小，又刚来不久，鸨母尚有怜惜之情。翠姑说着，眼泪不禁流了下来，喜儿也跟着默默抽泣。我于是把喜儿揽入怀里，抚慰她。熄灯睡觉时，我让翠姑睡到外榻上，因为她是秀峰的相好。

自此以后，多则十日，少则五日，喜儿必遣人来叫我过去，有时她还会乘着小船，亲自到河岸上来接我。我每次去只邀上秀峰，不请他人，也不到其他花艇上去。一夜欢娱，仅番银四块而已。秀峰今日倚翠明朝偎红，俗话叫作"跳槽"，有时甚至一次招两个妓女；我则唯有喜儿一人。偶尔我也会一个人前往，有时在平台上喝上两杯，有时在寮房内闲谈，不令她唱歌，也不勉强她喝酒，对她温存体恤，整个花艇气氛和谐，邻船的姑娘们都非常羡慕。她们有空闲不接客时，若知道我在寮房，就会过来和我闲聊。全扬帮的妓女没有一个不认识我的，我每次登上花艇，呼喊我名字的人不绝于耳。我也左顾右盼，应接不暇，这样的待遇即使挥霍万金也是得不到的。

我在那里待了四个月，总共花去了一百多金，尝到了岭南的荔枝鲜果，也算是平生一大快事。后来老鸨想向我索要五百金，强迫我纳喜儿为妾，我担心她骚扰，便考虑回家。秀峰迷恋这里的姑娘，我便劝他买下一个做小妾，然后仍按原路返回苏州。第二年，秀峰再次前往岭南，我父亲却不准我一同前去，于是我接受了青浦杨县令的聘请。等秀峰再次回来时，他告诉我喜儿因为我没有前往，几乎寻了短见。唉！真是"半年一觉扬帮梦，赢得花船薄幸名"啊！

我从广东回来后，在青浦做了两年幕僚，这两年里没有什么值得记载的游历。不久，芸与憨园相遇，她们之间的交往引来了众人的非议，芸因憨园负心愤激而导致血疾复发。我和程墨安就在家门旁边开了一间画铺，以此挣一些为芸寻医问诊的钱。

中秋节后两天，吴云客携毛忆香、王星澜邀请我去游西山小静室，当时我正好忙于一些书写方面的事走不开，就嘱咐他们先去。吴云客说："你若是有空能出城，明天中午我们就在山前水踏桥附近的来鹤庵等你。"我答应了。

第二天，我留下程墨安看铺子，独自一人出闾门，来到西山前，过了水踏桥，再沿着田间小路向西走，看见一座朝南的庵堂，庵堂门前有一条清澈的小溪。我敲门问路，庵中的僧人应道："客从哪里来？"我告诉他是来来鹤庵赴约的。僧人笑着对我说："这是得云庵啊。您没看到匾额上的字吗？来鹤庵已经走过了。"我说："从水踏桥一直走到这里，并未看见其他的庵堂啊？"僧人回头指着一处地方对我说："看见土墙中那片竹林茂密的地方了吗？那就是了。"我于是往回走，到了墙下，见一扇小门紧闭。透过门缝窥视，看见里面有一排短短的篱笆，一条曲折的小路，一片青翠的竹林，寂静得听不到人的说话声，我敲门没有人回应。正好有一个路人经过，告诉我说："墙上的洞里有块石头，是用来敲门的工具。"我试着连续敲了几下，果然有个小沙弥出来应答。

　　我随即沿着小路进去，过了一座小石桥，向西一转弯，这才看见山门。山门上悬挂一块黑漆的匾额，匾额上用粉书写有"来鹤"二字，后面还有一篇长跋，我没工夫仔细看。进入山门，经过韦驮殿，发现这里清洁光亮、一尘不染，知道这里是一间上好的静室。忽然看见左边的回廊里有一个小沙弥正捧着茶壶往外走，我大声地向他打招呼问路，随即听见屋里星澜笑着说："怎么样，我说了三白不会失约吧？"不久就见云客出来相迎，说："我们等你过来一起吃早饭，你怎么这么晚才来哪？"一个僧人跟着他出来，向我稽首，询问之后才知道是竹逸和尚。进入室内，发现这里仅有小屋三间，门匾上写着"桂轩"二字，院中两棵桂花树开得正盛，馨香扑鼻。星澜、忆香一起大喊："你来迟了，要罚酒三杯！"酒席上，荤菜、素菜都精致整洁，黄酒、白酒全都齐备。我问他们："你们都游玩了哪几个地方？"云客说："昨天到的时候，天已经很晚了，今天早晨只去了得云庵、河亭两处地方。"我们欢快地痛饮了很长时间。吃完饭，仍从得云庵、河亭开始游玩，到华山才止步，一共游玩了八九处地方。这几处地方各有各的妙处，不能一一叙述详尽。华山的山顶上有莲花峰，当时因为天快黑了，只能期望以后再来游览。桂花的繁盛，这个地方是最佳的。我们坐在桂花树下品了一壶清茶，随即乘着山轿，直接回到了来鹤庵。

　　桂轩的东边另有一间临洁小阁，阁中已经摆好了酒菜。竹逸和尚话不多，常常静静地坐着，却很是好客，酒量也很好。开始的时候，我们折来桂花行酒令，后来就轮流出行酒令，直喝到二更方才作罢。我说："今晚月色如此之好，倘若我们就在这里酣睡，未免有负于皎洁的月光。若能寻到一处高远开阔的地方，静静地赏玩这月色，才算没有虚度这良辰美景。"竹逸说："可以去放鹤亭登高赏月。"云客说："星澜正好将琴带了过来，我们还没有听过他无与伦比的曲调呢，到放鹤亭弹上一曲，怎么样？"于是我们一同前往放鹤亭，只见桂花开得正盛，一路霜林，皓月当空，万籁俱寂。星澜即兴抚上一曲《梅花三弄》，让听者顿觉飘飘欲仙，如痴如醉。忆香也来了兴致，从袖中取出铁笛，呜呜地吹着。云客说："今夜到石湖赏月的人，谁能像我们这样快乐呢？"按照我们苏州的风俗，八月十八日夜晚，石湖的行春桥下会举办看串月的盛会。那时湖中游船拥挤排列，笙歌彻夜不停，虽名为赏月，实则是狎妓哄闹狂饮罢了。不久，月落西天，霜降夜寒，我们尽兴而归，安睡一晚。

　　第二天早晨，云客对大家说："此地有个无隐庵，极其幽静偏僻，你们有去过那儿的吗？"我们都回答："听都没听说过，更别说去过了。"竹逸说："无隐庵四面被山峦环绕，位置非常偏僻，僧人也无法长期居住。几年前我曾到过那里，发现庵堂已经坍塌废弃了，自从尺木彭居士重新修建以后，我就再没去过了，现在还依稀记得怎么走。如果你们想去一游的话，我就给你们当向导。"忆香说："难道空着肚子去吗？"竹逸笑着说："已经准备好了素面，等会再让僧人带上酒具跟着一块去吧。"

吃完素面，我们步行前往。经过高义园的时候，云客要去白云精舍看看，进门刚坐下，一个僧人便慢慢走了出来，向云客拱手作揖道："两个月没见面，城中有什么新鲜事吗？抚军还在衙门吗？"忆香忽然站起来，说了一声："秃驴！"随后拂袖径自离开。我和星澜强忍着笑也随之出来了。云客、竹逸酬谢了几句，也告辞出来了。

高义园是宋代名人范仲淹的墓地，白云精舍就建在附近。有一间轩房面对着峭壁，壁上悬挂着藤萝，下面开凿了一个水潭，水潭宽一丈左右，池水碧绿清澈，有金鱼在其中游来游去，这处水潭名叫"钵盂泉"。这里摆有竹制的茶炉灶具，位置极其幽静。在轩房后面的树木之中，可以俯瞰范园的大致面貌。只可惜园中的僧人太过庸俗，我们不愿意在里面久坐。当时，我们正从上沙村过鸡笼山，也就是我和鸿干登高的地方。风物依旧，但鸿干早已不在，抚今追昔，真是让人不胜感叹。

正在惆怅之时，忽然一泓急速流动的泉水挡住了我们的去路，不能再往前走。有几个孩子正在乱草丛中挖菌子，他们探着脑袋看着我们笑，好像很惊讶有这么多的人来到这里。我们就向他们询问无隐庵怎么走，回答说："前面的水太大，你们走不过去，请返回几步，沿着南边的小路翻过山岭就到了。"我们听从了他们的话，翻过山岭，向南走了一里多的路，渐渐感觉树木竹林越来越杂乱，四周都被山峦环绕，路径都被绿草掩盖，已经没有什么人迹了。竹逸来回探路，四处观看，说："好像就是在这里，但找不到路了，怎么办？"我于是蹲下身子仔细观察，在千竿翠竹中隐隐能看到乱石屋墙，便直接拨开丛竹，横穿竹林寻找，这才找到了一扇门，上面写着"无隐禅院，某年月日南园老人彭某重修"。众人都高兴地说："若非三白，无隐庵就成了无人问津的武陵源了。"

山门紧闭，我们敲了好长时间，也没人前来开门。忽然旁边开了一扇门，吱呀一声，从里面出来一个少年。这个少年穿着破衣烂衫，面黄肌瘦，脚上的鞋子也破了。见到我们，少年问："各位为何来到这里？"竹逸稽首答道："我们仰慕这里的幽境，特地前来瞻仰。"少年说："这样破的地方，僧人都已四散，恐怕无法接待，还请另寻他处游玩。"说完，就要关门进去。云客急忙制止，许诺要是放我们进去游玩，必定酬谢他。少年笑着说："寺中连茶叶都没有，只怕怠慢了客人，哪里还指望报酬呢？"

山门一开，就看见了佛像，金光与绿荫交相辉映，院子的台阶和石基上都长满了青苔，就像织绣一样。大殿后面的台阶厚大如墙，被石栏围绕着。循着台阶向西走，有一块形状像馒头的大石头，高两丈多，一些细竹环绕在石头底下。再由西转向北，从倾斜的石阶上登级向上，就看见三间客堂与大石头紧紧相对。石头下凿有一个月牙形的小水池，池中泉水清澈，水草纵横。客堂的东边就是正殿，正殿左边向西的地方就是僧舍和厨房，正殿后面是峭壁，树木丛杂，绿荫浓密，遮天蔽日。

　　星澜累得筋疲力尽，坐在水池旁休息，我也随他坐下。我们正要打开酒具喝上两杯，忽然听见忆香的呼声从树梢上传来："三白快来，这里有一处奇妙的地方。"我们抬头仰视，看不见他身在何处，于是我和星澜循着声音寻找。从东厢房经过一扇小门出去，向北转，看见石阶像梯子一样，大概有好几十级，在石阶顶端的竹坞深处瞥见一座楼。我们又踩着楼梯上去，楼上八扇窗户全都打开，匾额上写着"飞云阁"。四座山像座城池一样环抱，只有西南方有个缺角，远远看去，只见水天一色、风帆点点，那就是太湖了。靠着窗子俯视四周景色，山风吹动竹梢，如麦浪翻滚。忆香问："怎么样？"我说："的确是妙境啊。"

　　忽然又听见云客在楼西大喊："忆香快来，这里更有一番妙境！"我们于是又跑下楼，折向西，登了十多级台阶，眼前忽然豁然开朗，地势平坦如台。揣度这里应该在正殿后面的峭壁之上，附近有不少断砖残瓦依稀可见，大概这里过去是殿基。放眼望去，四面群山尽收眼底，与"飞云阁"比起来，这里的景致更让人畅快。忆香对着太湖长啸一声，四周群山立即齐声回应。

　　我们于是席地而坐，打开酒壶正要喝酒，忽然感到腹中空空。寺中无茶叶，少年打算煮些锅巴代替茶叶泡茶，我们便让他改茶为粥，并把少年叫过来一起吃，趁机询问他这里为什么会变得如此冷清荒凉。少年说："这里附近没有居民，夜里又有许多盗贼出没，只要有积存的粮食，他们就来抢劫偷盗。即使种点蔬菜瓜果，也大半被砍柴的樵夫占有。这里是崇宁寺的下属寺院，寺中的厨子只在每月月中给这里分配一石干粮，一坛咸菜而已。我是彭家的后人，暂时看守这里，不久也要离去。这里不久应该就没有人迹了。"云客赠给少年一块番银作为酬谢。

　　返回来鹤庵后，我们便雇船回家了。我画了一幅《无隐图》赠给竹逸，用来纪念这次愉快的游历。

浪游记快（四）

是年冬，余为友人作中保所累，家庭失欢，寄居锡山华氏。明年春，将之维扬而短于资，有故人韩春泉在上洋幕府，因往访焉。衣敝履穿，不堪入署，投札约晤于郡庙园亭中。及出见，知余愁苦，慨助十金。园为洋商捐施而成，极为阔大，惜点缀各景，杂乱无章，后叠山石，亦无起伏照应。

归途忽思虞山之胜，适有便舟，附之。时当春仲，桃李争妍，逆旅行踪，苦无伴侣，乃怀青铜三百，信步至虞山书院。墙外仰瞩，见丛树交花，娇红稚绿，傍水依山，极饶幽趣。惜不得其门而入，问途以往，遇设篷瀹茗①者，就之。烹碧螺春，饮之极佳。询虞山何处最胜，一游者曰："从此出西关，近剑门，亦虞山最佳处也。君欲往，请为前导。"余欣然从之。

出西门，循山脚，高低约数里，渐见山峰屹立，石作横纹。至则一山中分，两壁凹凸，高数十仞，近而仰视，势将倾堕。其人曰："相传上有洞府，多仙景，惜无径可登。"余兴发，挽袖卷衣，猿攀而上，直造其巅。所谓洞府者，深仅丈许，上有石罅，洞然见天。俯首下视，腿软欲堕。乃以腹面壁，依藤附蔓而下。其人叹曰："壮哉！游兴之豪，未见有如君者。"余口渴思饮，邀其人就野店沽饮三杯。阳乌将落，未得遍游，拾赭石十余块，怀之归寓，负笈搭夜航至苏，仍返锡山。此余愁苦中之快游也。

嘉庆甲子春，痛遭先君之变，行将弃家远遁，友人夏揖山挽留其家。秋八月，邀余同往东海永泰沙勘收花息②。沙隶崇明。出刘河口，航海百

116

余里。新涨初辟，尚无街市。茫茫芦荻，绝少人烟，仅有同业丁氏仓库数十椽，四面掘沟河，筑堤栽柳绕于外。丁字实初，家于崇，为一沙之首户；司会计者姓王。俱豪爽好客，不拘礼节，与余乍见，即同故交。宰猪为饷，倾瓮为饮。令则拇战，不知诗文；歌则号呶，不讲音律。酒酣，挥工人舞拳相扑为戏。蓄牸牛百余头，皆露宿堤上。养鹅为号，以防海盗。日则驱鹰犬猎于芦丛沙渚间，所获多飞禽。余亦从之驰逐，倦则卧。引至园田成熟处，每一字号圈筑高堤，以防潮汛。堤中通有水窦，用闸启闭，旱则长潮时启闸灌之，潦则落潮时开闸泄之。佃人皆散处如列星，一呼俱集，称业户曰"产主"，唯唯听命，朴诚可爱。而激之非义，则野横过于狼虎；幸一言公平，率然拜服。风雨晦明，恍同太古。

卧床外瞩，即睹洪涛，枕畔潮声如鸣金鼓。一夜，忽见数十里外有红灯，大如栲栳[3]，浮于海中，又见红光烛天，势同失火，实初曰："此处起现神灯神火，不久又将涨出沙田矣。"揖山兴致素豪，至此益放。余更肆无忌惮，牛背狂歌，沙头醉舞，随其兴之所至，真生平无拘之快游也。事竣，十月始归。

吾苏虎丘之胜，余取后山之千顷云一处，次则剑池而已，余皆半借人工，且为脂粉所污，已失山林本相。即新起之白公祠、塔影桥，不过留雅名耳。其冶坊滨，余戏改为"野芳滨"，更不过脂乡粉队，徒形其妖冶而已。其在城中最著名之狮子林，虽曰云林手笔，且石质玲珑，中多古木，然以大势观之，竟同乱堆煤渣，积以苔藓，穿以蚁灾，全无山林气势。以余管窥所及，不知其妙。灵岩山，为吴王馆娃宫故址，上有西施洞、响屧[4]廊、采香径诸胜，而其势散漫，旷无收束，不及天平、支硎之别饶幽趣。

邓尉山一名元墓，西背太湖，东对锦峰，丹崖翠阁，望如图画。居人种梅为业，花开数十里，一望如积雪，故名"香雪海"。山之左有古柏四树，名之曰"清""奇""古""怪"。清者，一株挺直，茂如翠盖；奇者，卧地三曲，形同"之"字；古者，秃顶扁阔，半朽如掌；怪者，

117

体似旋螺，枝干皆然。相传汉以前物也。

乙丑孟春，揖山尊人莼芗先生偕其弟介石，率子侄四人，往嵝山家祠春祭，兼扫祖墓，招余同往。顺道先至灵岩山，出虎山桥，由费家河进香雪海观梅。嵝山祠宇即藏于香雪海中，时花正盛，咳吐俱香，余曾为介石画《嵝山风木图》十二册。

是年九月，余从石琢堂殿撰赴四川重庆府之任，溯长江而上，舟抵皖城。皖山之麓，有元季忠臣余公之墓，墓侧有堂三楹，名曰"大观亭"，面临南湖，背倚潜山。亭在山脊，眺远颇畅。旁有深廊，北窗洞开。时值霜叶初红，烂如桃李。同游者为蒋寿朋、蔡子琴。

南城外又有王氏园，其地长于东西，短于南北，盖北紧背城、南则临湖故也。既限于地，颇难位置，而观其结构，作重台叠馆之法。重台者，屋上作月台⑥为庭院，叠石栽花于上，使游人不知脚下有屋。盖上叠石者则下实，上庭院者则下虚，故花木仍得地气而生也。叠馆者，楼上作轩，轩上再作平台。上下盘折，重叠四层，且有小池，水不漏泄，竟莫测其何虚何实。其立脚全用砖石为之，承重处仿照西洋立柱法。幸面对南湖，目无所阻，骋怀游览，胜于平园。真人工之奇绝者也。

武昌黄鹤楼在黄鹄矶上，后拖黄鹄山，俗呼为蛇山。楼有三层，画栋飞檐，倚城屹峙，面临汉江，与汉阳晴川阁相对。余与琢堂冒雪登焉，仰视长空，琼花飞舞，遥指银山玉树，恍如身在瑶台。江中往来小艇，纵横掀播⑥，如浪卷残叶，名利之心至此一冷。壁间题咏甚多，不能记忆，但记楹对有云："何时黄鹤重来，且共倒金樽，浇洲渚千年芳草；但见白云飞去，更谁吹玉笛，落江城五月梅花。"

黄州赤壁在府城汉川门外，屹立江滨，截然如壁。石皆绛色，故名焉。《水经》谓之赤鼻山，东坡游此作二赋，指为吴、魏交兵处，则非也。壁下已成陆地，上有二赋亭。

是年仲冬抵荆州。琢堂得升潼关观察之信，留余住荆州，余以未得见蜀中山水为怅。时琢堂入川，而哲嗣敦夫眷属，及蔡子琴、席芝堂俱留于荆州，居刘氏废园。余记其厅额曰"紫藤红树山房"。庭阶围以石栏，凿方池一亩；池中建一亭，有石桥通焉；亭后筑土垒石，杂树丛生；余多旷地，楼阁俱倾颓矣。

客中无事，或吟或啸，或出游，或聚谈。岁暮虽资斧[7]不继，而上下雍雍，典衣沽酒，且置锣鼓敲之。每夜必酌，每酌必令。窘则四两烧刀，亦必大施觞政。

遇同乡蔡姓者，蔡子琴与叙宗系，乃其族子[8]也，倩其导游名胜。至府学前之曲江楼，昔张九龄为长史时，赋诗其上，朱子亦有诗曰："相思欲回首，但上曲江楼。"城上又有雄楚楼，五代时高氏所建。规模雄峻，极目可数百里。绕城傍水，尽植垂杨，小舟荡桨往来，颇有画意。荆州府署即关壮缪[9]帅府，仪门内有青石断马槽，相传即赤兔马食槽也。访罗含宅于城西小湖上，不遇。又访宋玉故宅于城北。昔庾信遇侯景之乱，遁归江陵，居宋玉故宅，继改为酒家，今则不可复识矣。

是年大除，雪后极寒，献岁发春，无贺年之扰，日惟燃纸炮、放纸鸢、扎纸灯以为乐。既而风传花信，雨濯春尘。琢堂诸姬携其少女幼子顺川流而下，敦夫乃重整行装，合帮而走。由樊城登陆，直赴潼关。

由河南阌乡县西出函谷关，有"紫气东来"四字，即老子乘青牛所过之地。两山夹道，仅容二马并行。约十里即潼关，左背峭壁，右临黄河，关在山河之间，扼喉而起，重楼垒堞，极其雄峻。而车马寂然，人烟亦稀。昌黎诗曰"日照潼关四扇开"，殆亦言其冷落耶？

城中观察之下，仅一别驾[10]。道署[11]紧靠北城，后有园圃，横长约三亩。东西凿两池，水从西南墙外而入，东流至两池间，支分三道：一向南，至大厨房，以供日用；一向东，入东池；一向北，折西，由石螭口中喷入西池，绕至西北，设闸泄泻，由城脚转北，穿窦而出，直下黄河。日夜环流，殊清人耳。竹树阴浓，仰不见天。西池中有亭，藕花绕左右。东有面南书室三间，庭有葡萄架，下设方石，可弈可饮，以外皆菊畦。西有面东轩屋三间，坐其中可听流水声。轩南有小门可通内室。轩北窗

卷四 浪游记快

下另凿小池，池之北有小庙，祀花神。园正中筑三层楼一座，紧靠北城，高与城齐，俯视城外，即黄河也。河之北，山如屏列，已属山西界。真洋洋大观也！

余居园南，屋如舟式，庭有土山，上有小亭，登之可览园中之概，绿阴四合，夏无暑气。琢堂为余颜其斋曰"不系之舟"。此余幕游以来第一好居室也。土山之间，艺⑫菊数十种，惜未及含葩，而琢堂调山左⑬廉访矣。眷属移寓潼川书院，余亦随往院中居焉。

琢堂先赴任，余与子琴、芝堂等无事，辄出游。乘骑至华阴庙。过华封里，即尧时三祝处。庙内多秦槐汉柏，大皆三四抱，有槐中抱柏而生者，柏中抱槐而生者。殿廷古碑甚多，内有陈希夷书"福""寿"字。华山之脚有玉泉院，即希夷先生化形骨蜕处。有石洞如斗室，塑先生卧像于石床。其地水净沙明，草多绛色，泉流甚急，修竹绕之。洞外一方亭，额曰"无忧亭"。旁有古树三株，纹如裂炭，叶似槐而色深，不知其名，土人即呼曰"无忧树"。

太华之高不知几千仞，惜未能裹粮往登焉。归途见林柿正黄，就马上摘食之，土人呼止弗听，嚼之涩甚，急吐去，下骑觅泉漱口，始能言，土人大笑。盖柿须摘下煮一沸，始去其涩，余不知也。

十月初，琢堂自山东专人来接眷属，遂出潼关，由河南入鲁。山东济南府城内，西有大明湖，其中有历下亭、水香亭诸胜。夏月柳阴浓处，菡萏⑭香来，载酒泛舟，极有幽趣。余冬日往视，但见衰柳寒烟，一水茫茫而已。趵突泉为济南七十二泉之冠，泉分三眼，从地底怒涌突起，势如腾沸。凡泉皆从上而下，此独从下而上，亦一奇也。池上有楼，供吕祖⑮像，游者多于此品茶焉。

明年二月，余就馆莱阳。至丁卯秋，琢堂降官翰林，余亦入都。所谓登州海市，竟无从一见。

①瀹茗：即煮茶。

②花息：利息。

③栲栳：指用柳条或竹篾编成的笆斗之类的盛物器具。

④屧：古代鞋的木底。

⑤月台：赏月的露天平台。

⑥掀播：上下颠簸。

⑦资斧：旅费、盘缠。

⑧族子：同族兄弟之子。

⑨关壮缪：指关羽，死后追谥"壮缪侯"。

⑩别驾：官职名，亦称"别驾从事"，州刺史的佐吏。

⑪道署：道台官署。

⑫艺：种植。

⑬山左：山东。

⑭菡萏：荷花的别称。

⑮吕祖：即吕嵒（一作岩），字洞宾，传说中的八仙之一。道教全真派奉之为"纯阳师祖"，故世称为"吕祖"。

■译文

  这年冬天，我因为替朋友做保而被连累，被父亲撵出家门，家庭失欢，寄住在锡山华家。第二年春天，我准备去扬州谋生，却苦于盘缠短缺。有个叫韩春泉的故友在上洋幕府做事，我便前去拜访他。我当时穿得非常寒酸，不好意思进入衙门拜访，就送上拜帖约他在郡庙园内的亭子中见面。我们见面后，春泉知道我的愁苦，慷慨地资助了我十两银子。这座园子是洋商资助建成的，非常宽阔，可惜园子中点缀的景点杂乱无章，后边堆垒起来的假山也没有起伏照应。

  回家的路上忽然想起虞山的胜景，正好又有便船开往那里，我就搭上了便船。当时正值仲春，桃李争艳，独自一人旅行，苦于没有伴侣。我怀揣着三百文铜钱，信步来到虞山书院。从书院外墙仰视，只见丛树交映着红花，娇红嫩绿，依山傍水，极富一番幽趣。遗憾的是找不到门进去，一路上问路而行，遇见有人搭着茶棚卖茶，就走了进去，喝了一壶味道极佳的碧螺春。我询问虞山景致最好的地方在哪里，一个游人说："从这里出发，经过西关，靠近剑门就是虞山最美的地方了。你要是想去，我可以为你做向导。"我非常愉快地答应了。

  出了西门，沿着山脚高低不平地走了几里路，渐渐看见一座山峰屹立眼前，山石上有横纹。到了后发现这座山从中间一分为二，两壁一凸一凹，高数十仞。走近抬头仰望，

卷四　浪游记快

它的样子就像将要倒下来一般。那个游人告诉我："相传上面有神仙居住的洞府，还有许多仙界景观，可惜没有路径可以攀登。"我来了兴致，挽起衣袖，卷起衣服，像猿猴般攀援而上，直到山顶。所谓的洞府不过一丈多深，洞上有石缝，透过缝隙可以看到天空。低头向下看，立即感到两腿发软，好像就要掉下去一般。于是我将肚子贴在石壁上，顺着藤蔓慢慢爬下来。那个游人感叹地说："你了不起啊！若论游兴之豪迈，没有见过像你这样的。"我口渴想喝东西，就邀请那人到山野小店喝了几杯。太阳即将落山，没有时间全部游遍，只捡了十几块红褐色的石块带回寓所，然后背着竹制书箱趁夜搭着小船到了苏州，到苏州仍然返回锡山华家。这是我愁苦生活中一次愉快的游玩经历。

　　嘉庆九年（1804 年）春天，我痛遇因父亲去世而引发的家庭变故，就有了抛开家人、弃世出家的念头。好友夏揖山劝阻挽留，让我住到他家。这年八月，揖山邀我一起去东海永泰沙核收利息。永泰沙隶属崇明县。我们从刘河口出发，在海上航行了一百多里。永泰沙是新近涨潮才开辟出来的地方，尚且没有街市，到处都是芦苇，几乎看不到人烟。只有与揖山同行的一户姓丁的人建了几十间大仓房。他在仓房四面挖沟开河，然后在河岸筑堤栽柳。丁氏字实初，家住崇明，是永泰沙的首户；为他管账的人姓王。他们都是豪爽好客之人，不拘泥世俗礼节，与我初次见面就像老朋友一样。杀猪做菜，拿出所有的酒招待我们。行酒令只知划拳，不知吟诗对句；唱歌只是叫喊，不讲求音律。喝酒喝到兴致高的时候，就叫来工人耍拳摔跤助兴。养了一百多头牯牛，全部露宿在堤坝之上。也养鹅，以其信号为号，用来防御海盗。白天就驱赶着鹰犬在芦苇丛中、沙洲之上打猎，捕获的猎物大多是飞禽。我也跟着他们驱驰追逐，累了倒地就睡。他们把我带到园田建筑完善的地方，这里的田地都按顺序圈起来，在周围修筑高高的堤坝，用来防御潮汛。堤坝中设置通水的水沟，用闸门控制，干旱时，就在涨潮时开闸灌溉；洪涝时，就在落潮时开闸排水。佃户都分散居住，星罗棋布，一有召唤，就能迅速聚集起来。佃户称业主为"产主"，对产主非常恭顺服从，质朴可爱。但如果他们被不公平的事情所激怒，则会变得像虎狼一样粗野蛮横；如果所言公平公正，他们又会变得恭敬服从。佃户的情感变化就像远古时代的人一样。

　　夜晚躺在床上向外望去，可以看到波涛汹涌的大海，枕边的潮声如鸣金击鼓般。一天夜晚，忽然看见几十里外有一盏红灯，与栲栳一样大小，漂浮在海面上。又看见红光照亮天际，其势如同失火一般。实初告诉我："永泰沙从江中出现的时候，就出现了这样的神灯神火。现在又看到了，不久这大江之中又将出现新的沙田了。"揖山的性格素来狂放不羁，到了这里更加无拘无束。我更是肆无忌惮，在牛背上狂歌，在沙滩上醉舞，随性而为，这真是平生最无羁绊的畅快之游了。事情处理完已十月份了，这时候才回家。

我们苏州虎丘的名胜，我认为千顷云最好，其次就是剑池。其他的地方多半凭借人工之力，况且还被脂粉气所沾染，早已失去山林的天然本色。即使是新近建造起来的白公祠、塔影桥，也不过徒有雅名而已。这里的冶坊滨，我戏称其为"野芳滨"，更加不过是扎在脂粉堆里，徒有其妖冶的外形罢了。苏州城中最著名的狮子林，虽说有元代倪云林的手笔，而且山石精巧玲珑，古木参天，然而从总体上来看，像在一堆胡乱堆起的煤渣上面铺满苔藓，凿出一些蚁穴，完全没有山林的气势。可能是我见识浅薄，不知狮子林妙在什么地方。灵岩山是吴国馆娃宫的旧址，山上有西施洞、响屧廊、采香径等名胜，但其布局散漫，景致空旷而无收束，比不上天平山、支硎山的别有幽趣。

邓尉山又名元墓，西靠太湖，东对锦峰，山崖朱红，阁楼翠绿，看上去如同图画一般。当地居民以种梅为业，梅树开花时延绵数十里，放眼望去，恰如积雪一片，因此取名叫"香雪海"。邓尉山的左边有四株古柏，分别叫"清""奇""古""怪"。"清"柏，树干垂直挺拔，树叶繁茂如翠绿的伞盖；"奇"柏，横卧在地面上，树干三处曲折，如同"之"字；"古"柏，树顶光秃，树形宽扁，腐朽的半边如同人的手掌；"怪"柏，全身像旋转的螺形，枝干也是这样。相传这四棵柏树都是汉代以前栽种的。

嘉庆十年（1805年）孟春，揖山的父亲莼芗先生和他的弟弟夏介石先生，领着子侄四人前往蟏山家祠春祭，顺便祭扫祖墓，让我一同前往。我们顺路先到灵岩山，然后出虎山桥，再由费家河到达香雪海赏梅。蟏山祠堂的屋宇就掩藏在香雪海中。当时正值梅花盛开，香气四溢，连我们的呼吸都带着梅花香气。我曾经为介石先生画了《蟏山风木图》十二册。

这年九月，我跟随石琢堂赴四川重庆府上任。沿着长江逆流而上，最后抵达皖城。在皖山脚下，有元朝忠臣余阙的陵墓。墓旁边有三间厅堂，名叫"大观亭"，面对南湖，背靠潜山（皖山）。大观亭在山脊之上，远眺视野极为开阔。亭旁还有一条幽深的长廊，廊北面的窗子全部敞开。当时正值霜叶刚刚变红，灿烂如桃李盛开。和我一起游览的人有蒋朋寿、蔡子琴。

皖城南边外又有一座王氏园，这座园子东西长、南北短，大概是其北边紧靠城墙、南边面临南湖的缘故吧。此地由于地理条件的限制，规划布局应该相当困难，但仔细观察园子的结构，发现其采用重台叠馆的方法。所谓重台，就是在屋顶之上建造月台作为庭院，然后在月台上堆叠山石、栽植花木，使游人忘记自己身处屋顶之上。大概屋顶上堆垒山石则下面实，上面作庭院则下面虚，所以屋顶上的花草树木都能得地气而生长。所谓叠馆，就是在楼上建一轩，轩上再修建平台，上下盘曲，重重叠叠四层，而且上面还建有小池子，池水也不会渗漏，一般人竟无法探测何处是虚何处是实。其立脚的地方

卷四　浪游记快

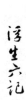

全部用砖石铺垫，承受重量的地方仿造西洋立柱法建成。幸亏整座园子面临南湖，放眼望去，视野开阔，毫无阻碍，可以敞开胸怀尽情游览，胜过建在平地上的园子。这里真称得上是人工建造中的奇绝景观。

武昌黄鹤楼建在黄鹄矶上，后面连着黄鹄山，黄鹄山俗称蛇山。黄鹤楼共有三层，雕梁画栋、飞檐突起，靠城而立，面临汉江，与汉阳晴川阁相对。我和琢堂冒着大雪登上黄鹤楼，仰望长空，雪花如琼花般飞舞。遥指远处山峦，银山素裹，玉树粉砌，恍如置身瑶台仙境。江中小艇往来穿梭，随波沉浮，如同浪卷残叶，此情此境，让人名利之心全冷。楼内墙壁上的题咏很多，现在已经不能全部记全了，只记得有一副楹联："何时黄鹤重来，且共倒金樽，浇洲渚千年芳草；但见白云飞去，更谁吹玉笛，落江城五月梅花。"

黄州的赤壁在府城汉川的门外，屹立在大江边，陡峭如壁。岩石都是深红色的，故名"赤壁"。《水经》中称它为赤鼻山，苏东坡曾到这里游览，作了两篇《赤壁赋》（《前赤壁赋》和《后赤壁赋》），认为这里就是吴、魏交兵的地方，实际并不是。赤壁下已是一片陆地，上面建有二赋亭。

这年隆冬时节我们到达荆州。琢堂收到升任潼关观察使的信函，让我先留在荆州，我因没能见到四川的山水美景而深感惆怅。琢堂去四川的时候，把他的长子石敦夫、家眷以及幕僚蔡子琴、席芝堂都留在荆州，我们一起住在刘氏废弃的园子里。我还记得刘氏废园的正堂匾额上题写着"紫藤红树山房"。院子的阶梯都用石栏围起，还凿有一亩见方的水池；池子中间建有一座亭子，有石桥通向那儿；亭子后面有用土石垒成的假山，杂树丛生；其他地方多为空地，楼阁都已坍塌颓败了。

客居无事，我们或吟诗，或长啸，或出游，或闲聊。到年底时虽然盘缠用得差不多了，但上下一团和气，典当了衣服换酒，还弄来一副锣鼓敲打作乐。每到夜晚必聚在一块喝酒，喝酒则一定行酒令。有时实在是太窘迫了，就买来四两烧酒，也同样要大行酒令。

偶然碰到一个姓蔡的同乡，因为和蔡子琴同姓，蔡子琴便与他谈论宗族谱系，竟然是蔡子琴同族兄弟之子，于是请他给我们当向导，游览荆州的名胜。到了府学前面的曲江楼，唐代张九龄在荆州做长史时，曾在楼上赋诗。朱熹也曾在上面赋诗："相思欲回首，但上曲江楼。"城内还有一座雄楚楼，是五代时南平王高季兴所建。规模雄伟壮丽，站在上面极目远眺，可以看到方圆数百里的风景。城墙周围有水的地方都栽上垂柳，一叶小舟在河中荡漾，颇有画意。荆州府衙就是当年关羽镇守荆州时的帅府，仪门内有一口断裂的青石马槽，相传是赤兔马的食槽。我们在城西的小湖上寻访罗含的故居，没有找到。又到城北寻访宋玉的故居。当年侯景之乱时，诗人庾信就曾逃归江陵，住在宋玉的故宅内。后来此处改为酒家，现在已经认不出来了。

这年除夕下了一场大雪，大雪过后天气非常寒冷。新春伊始，万物复苏，我们没有恭贺拜年的烦忧，整天以燃鞭炮、放纸鸢、扎纸灯笼为乐。不久春风吹开百花，春雨灌溉万物。琢堂的诸位夫人挈儿带女顺着长江而下，敦夫也重整行李，全部人马一起出发。我们经樊城登陆上岸，然后直接驶往潼关。

经过河南阌乡县向西出函谷关写有"紫气东来"四个字的地方，传说就是老子骑青牛经过之地。函谷关在两山之间的夹道上，仅仅能容两匹马并排行走。向西走十里左右就是潼关，潼关左边靠峭壁，右边临黄河，关口就在两山之间，处在交通咽喉要塞，重重楼堡垒叠着石垛，极其雄壮险峻。但这里车马寂静，人烟稀少。韩愈有诗说"日照潼关四扇开"，大概就是说它的冷清吧！

潼关城中观察史之下，仅设别驾一职。道台衙门紧靠北城墙，后面有园圃，长宽面积大概三亩。东西两面各开凿一水池，水从西南墙外流入，向东流到两个池子中间，然后分流为三支：一支向南，流向大厨房，作为日常用水；一支向东，流进东边的池子；一支向北再拐弯向西，由石螭嘴中喷入西边的池子，然后绕向西北，设置一道闸门放水，水流由城墙脚拐弯向北，经过水门流出去，直接流进黄河中。水流日夜循环不息，水声潺潺入耳，让人倍感清静。院内竹林树荫茂密，仰视不见天。西边池子中有一个亭子，荷花环绕左右。池子东边有朝南的书房三间，庭院中有葡萄架，架下摆了一张方形石桌，可以在上面下棋喝酒。再往外就都是菊花园圃了。西面有朝东的轩屋三间，坐在轩中可以听见流水的声音。轩屋南边有一扇小门，可以直接通往内室。轩屋北面的窗子下面单独开凿一处小池，池子的北岸有座小庙，庙里祭祀的是花神。园子的正中建有一座三层楼阁，紧靠北城，楼阁与城墙一样高，从这里俯视城外，就能看到黄河。黄河北岸，群山林立如屏障，那里已经属于山西地界了。真是洋洋大观啊！

我住在园子的南面，房子的外形像一条船，庭院中有座土山，山上有个小亭子，登上亭子可以饱览园圃概貌。房子四面树荫浓密，在炎炎夏日也丝毫感觉不到炎热。琢堂为我住的房子题圆为"不系之舟"。这是我游幕以来居住的第一好的房子。土山之间栽种了数十种菊花，只可惜没等菊花含苞待放，琢堂就调任山东廉访使了。琢堂的家眷都移居到潼川书院居住，我也跟着住到了书院。

琢堂先去山东赴任，我和子琴、芝堂等人无事可做，便常常出去游玩。一次，我们乘着车马到华阴庙游玩。经过华封里，也就是尧曾巡游的地方。华阴庙里有很多秦汉时期的古槐和古柏，树干都有三四人合抱那么粗，有柏树抱着槐树而生的，也有槐树抱着柏树而生的。大殿中有许多古碑，其中有陈希夷亲手所书"福""寿"二字。华山脚下有座玉泉院，相传就是希夷先生羽化成仙的地方。院内有个像小屋子的石洞，洞内的石

床上有一尊希夷先生的卧像。这个地方水清沙亮，草多为深红色，泉水流得很急，有一片修长的竹林环绕。洞外有座方形的亭子，亭子的匾额上写着"无忧亭"三个字。无忧亭的旁边长有三株古树，树的纹理如裂开的木炭，树叶像槐叶但颜色更深，不知道叫什么名字，当地人就叫它"无忧树"。

华山的高度不知有几千仞，可惜没有准备干粮就前去攀登。从华阴庙返回家的途中，看见树上的柿子黄了，就在马上顺手摘了一个吃，当地人急忙制止，但我不听，咬了一口，涩得难以下咽，赶紧吐了出来。下马找到泉水漱口，这才能开口说话，当地人见了哈哈大笑。原来这里的柿子须摘下来放到水里煮沸，去掉涩味后才能吃，我根本就不知道。

十月初，琢堂从山东派人来接他的家眷，于是我们就出潼关，由河南进入山东。山东济南城西有大明湖，里面有历下亭、水香亭等名胜。夏天在柳荫浓密的地方，感受阵阵荷花香气，划着小船，载着美酒，极有幽雅趣味。我去的时候是冬天，只见柳树衰败，寒烟袅袅，一水茫茫罢了。趵突泉是济南七十二泉中最有名的，此泉有三个泉眼，泉水从地底下奔涌而出，势如沸水翻滚。普通的泉水都是自上而下流动，唯独趵突泉是自下而上喷出，堪称一处奇观。池子上建有一座楼阁，楼内供奉吕洞宾像，游客大多喜欢到这里品茶休息。

第二年二月，我到莱阳去做幕僚。到了嘉庆十二年（1807年）秋天，琢堂降官为翰林，我也跟着他去了都城北京。人们所称道的登州海市蜃楼，竟就这样没有机会一见了。

附　录

伪作两卷

中山记历

　　嘉庆四年，岁在己未，琉球国中山王尚穆薨。世子尚哲，先七年卒；世孙尚温，表请袭封。中朝怀柔远藩，锡以恩命，临轩召对，特简儒臣。

　　于是，赵介山先生，名文楷，太湖人，官翰林院修撰，充正使；李和叔先生，名鼎元，绵州人，官内阁中书，副焉。介山驰书约余偕行，余以高堂垂老，惮于远游。继思游幕二十年，遍窥两戒，然而尚囿方隅之见，未观域外，更历瀛溟之胜，庶广异闻。禀商吾父，允以随往。

　　从客凡五人：王君文诰，秦君元钧，缪君颂，杨君华才，其一即余也。五年五月朔日，随荡节以行，祥飙送风，神鱼扶舳，计六昼夜，径达所届。

　　凡所目击，咸登掌录。志山水之丽崎，记物产之瑰怪，载官司之典章，嘉士女之风节。文不矜奇，事皆记实。自惭谫陋，甘贻测海之嗤；要堪传言，或胜凿空之说云尔。

　　五月朔日，恰逢夏至，襥被登舟。向来封中山王，去以夏至，乘西南风；归以冬至，乘东北风。风有信也。舟二，正使与副使共乘其一，舟身长七尺，首尾虚艄三丈，深一丈三尺，宽二丈二尺，较历来封舟，几小一半。前后各一桅，长六丈有奇，围三尺；中舱前一桅，长十丈有奇，围六尺，以番木为之。通计二十四舱，舱底贮石，载货十一万斤有奇。龙口置大炮一，左右各置大炮二，兵器贮舱内。大桅下，横大木为轆轳，移炮升篷皆仗之，辇以数十人。舱面为战台，尾楼为将台，立帜列藤牌，为使臣厅事。下即舵楼，舵前有小舱，实以沙布针盘。中舱梯而下，高可六尺，为使臣会食地。前舱贮火药贮米，后以居兵。稍后为水舱，凡四井。二号船称是。每船约二百六十余人，船小人多，无立锥处。风信已届，如欲易舟，恐延时日也。

初二日，午刻，移泊鳌门。申刻，庆云见于西方，五色轮囷，适与楼船旗帜，上下辉映，观者莫不叹为奇瑞。或如玄圭，或如白珂，或如灵芝，或如玉禾，或如绛绡，或如紫绹，或如文杏之叶，或如含桃之颗，或如秋原之草，或如春湘之波。向读屠长卿赋，今始知其形容之妙也。画士施生，为《航海行乐图》，甚工。余见兹图，遂乃搁笔。香崖虽善画，亦不能办此。

初四日，亥刻，起碇，乘潮至罗星塔。海阔天空，一望无际。余妇芸娘，昔游太湖，谓得天地之宽，不虚此生。使观于海，其愉快又当何如？

初九日，卯刻，见彭家山。列三峰，东高而西下。申刻，见钓鱼台，三峰离立，如笔架，皆石骨。惟时水天一色，舟平而驶，有白鸟无数，绕船而送，不知所自来。入夜，星影横斜，月光破碎，海面尽作火焰，浮沉出没，木华《海赋》所谓"阴火潜然"者也。

初十日，辰正，见赤尾屿。屿方而赤，东西凸而中凹，凹中又有小峰二。船从山北过，有大鱼二，夹舟行，不见首尾，脊黑而微绿，如十围枯木，附于舟侧。舟人以为风暴将起，鱼先来护。午刻，大雷雨以震，风转东北，舵无主，舟转侧甚危。幸而大鱼附舟，尚未去。忽闻霹雳一声，风雨顿止。申刻，风转西南且大。合舟之人，举手加额，咸以为有神助。得二诗以志之。诗云："平生浪迹遍齐州，又附星槎作远游。鱼解扶危风转顺，海云红处是琉球。""白浪滔滔撼大荒，海天东望正茫茫。此行足壮书生胆，手挟风雷意激长。"自谓颇能写出尔时光景。

■译文

嘉庆四年（1799年）己未年，琉球国中山王尚穆去世。世子尚哲七年前先他死去，世孙尚温向朝廷上表请求袭封。朝廷向来以怀柔政策安抚远方藩国，于是决定派遣使臣

前往琉球赐予册封诏令。皇帝在前殿召集群臣，商议对策，挑选学识渊博的大臣当任使者。

最后，由赵介山先生充任正使。赵先生名文楷，太湖人，时任翰林院修撰。李和叔先生担任副使，一同出使。李先生名鼎元，绵州人，时任内阁中书。介山给我写了一封信，邀我一同前往。开始我想父母年事已高，身边需要有人侍奉，不敢出远门。但转念想到自己游幕二十余年，足迹遍布中国，然而眼界仍局限在中国一隅，尚未欣赏过域外风情，很希望能亲眼见识大海苍茫渺远的壮观景象，增长自己的见识。于是，我向父亲禀告，商量去琉球国的事情，父亲允许我随同前往。

跟随使团前去的共有五人：王文诰、秦元钧、缪颂、杨华才，另外一个就是我。嘉庆五年（1780年）五月初一，我跟随乘船航行的使者一道出发。一路上瑞风吹拂，神鱼聚集在船尾，行了六天六夜，直接到达目的地。

沿途看到的各种奇事和风情，我都会随手记录下来。一路上，描绘山水的绮丽秀美，记刻物产的瑰丽神奇，载录当地官府的典章制度，赞美君子淑女的高风亮节。文字不求奇绝绮丽，只是如实记录自己的所见所闻。虽然自己才疏学浅，但也甘愿接受持蠡测海的嘲讽，简要地记录自己的所见所闻，或许要胜过毫无根据地胡编乱造吧。

五月初一，恰好是夏至，我们整理好行李后登船启程。朝廷册封中山王，向来都在夏天，出发时，顺着西南风航行；冬至时返回，顺东北风归来。这是因为风的吹拂有季节的规律啊。我们一行人共乘坐两艘船，正副使共乘一艘，那艘船身长七丈，船首尾的虚艄长三丈，船深一丈三尺，宽二丈二尺。与以往前往册封使臣所乘的船相比，几乎小了一半。船头船尾各有一根桅杆，桅杆高六丈有余，周长三尺；中舱前面也有一根桅杆，高十丈有余，周长六尺，用番木做成。这艘船总共有二十四间船舱，船舱底部堆放着石头，能够运载十一万斤的货物。船的龙口处安置了一门大炮，左右船艇又分别安置两门大炮，兵器储藏在船舱之内。在大桅杆的下面横放了一根巨大的木头作为辘轳，移动大炮或是升起船帆都得依靠它，光是在船上转动辘轳的奴仆就有几十个。船舱上面的甲板是战台，尾楼为将台，两旁罗列旗帜，布满藤牌，是使臣们议事的地方。再往下走就是舵楼，舵楼前方有个小舱房，里面放着地图和罗盘。接着往下就是中舱，中舱高约六尺，是使臣们吃饭的地方。前舱储存兵器和粮食，后舱则供兵士们居住。再后面是水舱，其中有四口井。二号船的规模布局与一号船相同。每艘船上载二百六十多人，船小人多，几乎没有站脚的地方。然而风信已到，想要改换大船则怕耽误时间。

五月初二正午，船到鳌门停泊。下午申时，西方的天空中出现了五彩祥云，绚烂的色彩和曲折回旋的形状恰好与我们楼船上的旗帜交相辉映，看到的人没有不叹为奇观的。祥云的形状，有的形如黑色的美玉，有的状如白色的美石，有的像灵芝，有的像禾苗，有的如红色的丝巾，有的如紫色的丝结，有的像银杏的树叶，有的像饱满的樱桃，有的似金秋原野上的小草，有的像暖春湘江上的碧波。以前读屠隆的赋，直到今天才明白他形容的高妙之处啊。有个姓施的画师画了一幅《航海行乐图》，十分细致传神。我看了这幅画后，自愧不如，就打消了作画的念头。香崖虽然擅长绘画，也未必能够画得如此精妙。

初四日亥时，我们起锚，趁着涨潮航行至罗星塔。此时只见海阔天长，放眼望去无边无际。我妻子芸先前游览太湖时，曾说见识到了天地的广阔无垠，这一生也算没有虚度了。假如她能够见识到辽阔的大海，那又该是何等愉快啊！

初九日卯刻，我们在船上望见了彭家山。三座山峰矗立，自东向西由高而低排列。申刻看见了钓鱼台，那里也有三座山峰，但分散矗立，形如笔架，都是嶙峋的石质山峰。此时，水天一色，船静静地在水面行驶。无数的白鸟围绕着船只，为我们送行，也不知道它们是从哪里来的。到了夜里，星星的影子稀疏错落地映在水中，月光也倒映在水中显得支离破碎，海面到处都是火焰，一会儿浮上来，一会儿沉下去，一会儿出现，一会儿又消失，这就是木华在《海赋》中提到的"阴火潜然"啊。

初十日辰正，我们看到了赤尾屿。赤尾屿是方形的，红色，东西两面凸起，中间凹陷，中间的凹陷处还有两座小山峰。我们的船只从山的北面经过，有两条大鱼夹着船只向前游动，看不见它们的头和尾，只见墨黑中透着微绿的脊背，如同两根十围粗的巨大枯木附在船的两侧。船上的水手看到大鱼后，认为马上就要有暴风雨了，所以大鱼先行来护送船只。到了午时，果然暴雨倾盆，雷声麦鸣，风向转为东北，船舵失去控制，船只在风雨中倾斜，情况很是危急。幸亏附在船只两侧的大鱼并未离去。忽然一声雷鸣，狂风暴雨立刻就停止了。申时，风向又转为西南，且风力加大，船上的人都举手抚额，以为有神灵保佑。我写了两首诗作为纪念："平生浪迹遍齐州，又附星槎作远游。鱼解扶危风转顺，海云红处是琉球。""白浪滔滔撼大荒，海天东望正茫茫。此行足壮书生胆，手挟风雷意激长。"自认为这两首诗很能表现出当时的情形。

十一日，午刻，见姑米山。山共八岭，岭各一二峰，或断或续。未刻，大风暴雨如注，然雨虽暴而风顺。酉刻，舟已近山。琉球人以姑米多礁，黑夜不敢进，待明而行。亦不下碇，但将篷收回，顺风而立，则舟荡漾而不能退。戌刻，舟中举号火，姑米山有人应之。询之为球人暗令，日

附
录

则放炮，夜则举火，《仪》注所谓得信者，此也。

十二日，辰刻，过马齿山。山如犬羊相错，四峰离立，若马行空。计又行七更，船再用甲寅针，取那霸港。回望见迎封船在后，共相庆幸。

历来针路所见，尚有小琉球、鸡笼山、黄麻屿，此行俱未见。问知琉球伙长，年已六十，往来海面八次，每度细审，得其准的，以为不出辰卯二位，而乙卯位单，乙针尤多，故此次最为简捷，而所见亦仅三山，即至姑米。针则开洋用单辰，行七更后，用乙卯，自后尽用乙。过姑米，乃用乙卯。惟记更以香，殊难凭准。念五虎门至官塘，里有定数，因就时辰表按时计里，每时约行百有十里。自初八日未时开洋，讫十二日辰时，计共五十八时。初十日，暴风停两时；十一日夜，畏触礁，停三时，实行五十三时，计程应得五千八百三十里。计到那霸港，实洋面六千里有奇。据琉球伙长云：海上行舟，风小固不能驶，风过大亦不能驶。风大则浪大，浪大力能壅船，进尺仍退二寸。惟风七分，浪五分，最宜驾驶，此次是也。

从来渡海，未有平稳而驶如此者。于时，球人驾独木船数十，以纤挽舟而行，迎封三接如仪。辰刻，进那霸港。先是，二号船于初十日望不见，至是乃先至。迎封船亦随后至，齐泊临海寺前。伙长云：从未有三舟齐到者。

午刻，登岸，倾国人士，聚观于路，世孙率百官迎诏如仪。世孙年十七，白皙而丰颐，仪度雍容，善书，颇得松雪笔意。

按《中山世鉴》：隋使羽骑尉朱宽至国，于万涛间，见地形如虬龙浮水，始曰"流虬"，而《隋书》又作"流求"，《新唐书》作"流鬼"，《元史》又作"瑠求"，明复作"琉球"。《世鉴》又载：元延祐元年，国分为三大里，凡十八国，或称山南王，或称山北王。余于中山、南山，游历几遍，大村不及二里，而即谓之国，得勿夸大乎？

球人每言大风，必曰"台飓"。按韩昌黎诗"雷霆逼飓飚"，是与飓同称者为飚。《玉篇》："飚，大风也，于笔切。"《唐书·百官志》："有'飚'海道。"或系球人误书。《隋书》称琉球有虎、狼、熊、罴，今实无之。又云无牛、羊、驴、马，驴诚无，而六畜无不备。乃知书不可尽信也。

天使馆西向，仿中华廨署，有旗竿二，上悬册封黄旗。有照墙，有东西辕门，左右有鼓亭，有班房。大门署曰"天使馆"，门内廊房各四楹。仪门署曰"天泽门"，万历中使臣夏子阳题，年久失去，前使徐葆光补出。门内左右各十一间，中有甬道，道西榕树一株，大可十围，徐公手植。最西者为厨房。大堂五楹，署曰"敷命堂"，前使汪楫题。稍北，葆光额曰"皇纶三锡"。堂后有穿堂，直达二堂，堂五楹，中为正副使会食之地，前使周公署曰"声教东渐"。左右即寝室。堂后南北各一楼，南楼为正使所居，汪楫额曰"长风阁"；北楼为副使所居，前使林麟焻额曰"停云楼"，额北有诗碑，乃海山先生所题也。周砺礁石为垣，望同百雉。垣上悉植火凤，干方，无花有刺，似霸王鞭，叶似慎火草，俗谓能避火，名吉姑罗。南院有水井。楼皆上覆瓯，下砌方砖。院中平似沙，桌椅床帐，悉仿中国式。寄尘得诗四首，有句云："相看楼阁云中出，即是蓬莱岛上居。"又有句云："一舟蓊径凭风信，五日飞帆驻月楂。"皆真情真境也。

■译文

十一日午时左右，我们在船上看见了姑米山。姑米山一共有八道岭，每道岭上各有一座或两座山峰，山峰有的隔开，有的则连在一起。未时，海面上刮起了大风，暴雨倾盆。雨势虽猛，但仍是顺风。酉时，船已经接近姑米山了。因为姑米山附近有很多礁石，因此琉球人晚上不敢贸然前行，于是我们决定等到天亮后再航行。但船也不下锚，只是把帆收回来，让它顺风停在海里，这样船就只能在海上荡漾却不能后退了。戌时，船上有人举起火把作为信号，姑米山上也有人举起火把呼应。我问了他们，才知道这是琉球人的暗号，白天鸣炮，夜晚举火，《礼记》上所说的传递信号的事就是指的这个吧。

十二日辰时，船经过马齿山。马齿山山势如同犬羊那样交错罗列，四座峰头分散矗立，就像天马在空中奔驰。再次行走了七更之后，船上重新使用罗盘校正航向，取道那霸港。回头望见琉球人前来迎接使者的船只紧跟在后面，于是大家互相庆贺起来。

附
录

如果按照罗盘所指示的航行路线，一路上还应看见小琉球、鸡笼山、黄麻屿，但我们这次航行都没见到。我听说琉球的船长已经六十岁，在海面上航行往来八次了，每次都能精确地揣度最准确的方位。他认为航向不超出辰卯两个方位，况且乙卯的方位数是单数，而乙针又特别多，因此这次的航线是最为便捷的，所以我们沿途只见到三座山就到达姑米山了。至于罗盘，自从船只开始航行就沿着单辰所指示的方位前进，行驶了七更之后再沿着乙卯的方向前进，从这之后全都用乙针。过了姑米山之后，仍然沿乙卯的方向航行。但是用燃香的方法来计算所经历的更数，实在是难以计算准确。想到从五虎门到官塘之间的距离是固定的，因此就拿出时辰表根据时辰来计算距离，船大约每个时辰航行一百一十里。从初八日未时开始航行，直到十二日辰时，共五十八个时辰。除去初十日遇到暴风雨延误的两个时辰，加上十一日夜里因担心触礁而停留的三个时辰外，船队实际上航行了五十三个时辰，航程应该是五千八百三十里。如果计算到达那霸港的距离的话，实际洋面距离有六千多里。据琉球船长说：在大海上驾驶船只，风太小了自然不行，风太大也不行。风大海浪自然也大，海浪太大，它的力量就会阻碍船只航行。这样的话，船前进一尺，仍会后退两寸。只有当风发挥七分力，浪发挥五分力的时候，才最适宜航行，这一次的情况就是这样。

一直以来渡海的航船，还没有像这次驾驶得这样平稳的。在这时，琉球人驾着几十艘独木船到来，他们用纤绳拉着船只依次前行，以隆重的礼节和盛大的典礼迎接朝廷使者。辰时，船驶进那霸港。之前，我们在初十那天已经望不到二号船的踪影，到那霸港才发现二号船已经先行到达了。而琉球国迎接使者的船只也随后赶来，于是所有的船只一同停泊在临海寺前。船长说还从来没有过三艘船一同到达的情况呢。

正午时刻我们登岸，琉球国全部的百姓都聚集在路边观看，尚穆的嫡长孙尚温按照礼仪率领百官前来迎接诏命。尚温年方十七，面色白皙，下巴丰润，仪态雍容，还擅长书画，作品很有松雪道人的画风。

按照《中山世鉴》记载：隋朝使者羽骑尉朱宽来到琉球，只见一块陆地处在茫茫波涛之间，如同虬龙在游水，才始称这个国家为"流虬"。而《隋书》中又写作"流求"，《新唐书》中则把它写成"流鬼"，《元史》中又写作"瑠求"，到明代才又把它叫作"琉球"。《中山世鉴》中又记载，元延祐元年（1314年），琉球国分裂成三部分，共出现十八个国家，那些小国君有的称山南王，有的称山北王。我在中山、南山一带游历过几遍，看到最大的村落方圆也不到两里，这样就称作国家，难道不是夸大其词吗？

琉球人每谈到大风，必定称是台飓。按照韩愈诗中所写"雷霆逼飓飐"，可知和飓风并称的为飐风。《玉篇》中记载："飐，大风也，于笔切。"《唐书·百官志》中也写道：

"海上有飓风经过的专门路线。"琉球人写作台飓，大概是在流传的过程中写错了吧。《隋书》中称琉球国有虎、狼、熊、罴等猛兽，现如今却没有了。又提到琉球国没有牛、羊、驴、马等动物，这里的确没有驴，但是其他家畜没有不具备的。这才知道书上的话不能全部相信。

天使馆面朝西方，仿照朝廷官署的布局，边上坚着两根旗杆，上面悬挂着封爵仪式上所用的黄色旌旗。外面还有一堵照壁，东西各有一道外门，同时在左右两旁还建有鼓亭和衙役当差时住的班房。官署大门上面写着"天使馆"三个大字，门内长廊间有四根柱子。仪门上写着"天泽门"，这是明朝万历年间的使臣夏子阳题的字。因为年代久远，这些字已经模糊不清，后来我朝的前任使者徐葆光又将这些字补写出来。仪门内左右两侧各有十一间房，中间是一条甬道。甬道西边有一棵榕树，这棵榕树有十个人围抱那么粗，是徐葆光大人亲手种植的。最西边的是厨房。大堂有五间房，上面写有"敷命堂"几个字，为前任使臣汪楫所题写。偏北还有徐葆光题写的匾额"皇纶三锡"。大堂后面有穿堂，可以直接到达二堂，二堂也有五间房，中间是正副使用餐的地方，前任使臣周先生题有"声教东渐"四个字，而左右两边则是寝室。在大堂后面南北两方各自坐落着一座楼阁，南楼是正使居住的地方，汪楫在此留有"长风阁"的匾额，北楼则供副使居住，前任使臣林麟焻也题写有"停云楼"的额匾。额匾北面有海山先生题写的诗碑。四周是用打磨过的礁石砌成的矮墙，看上去大概有百雉长。矮墙上面都种着火凤，火凤茎秆呈方形，不开花且长满了刺，很像霸王鞭，叶子类似于慎火草，民间认为它能够防止火灾，给它起名叫吉姑罗。南院还有一口水井。楼阁顶部都用瓯覆盖，地面则用方砖铺成。院子的地面平整如沙滩，房间里面的桌椅床帐等全都模仿我朝样式。寄尘曾写了四首诗，其中有一句是："相看楼阁云中出，即是蓬莱岛上居。"还有一句："一舟翦径凭风信，五日飞帆驻月楂。"这些句子描述的都是当时的真实情形。

孔子庙在久米村，堂三楹，中为神座，如王者垂旒搢圭，而署其主曰"至圣先师孔子神位"。左右两龛，龛二人立侍，各手一经，标曰《易》《书》《诗》《春秋》，即所谓四配也。堂外为台，台东西拾级以登，栅如棂星门。中仿戟门，半树塞以止行者。其外临水为屏墙。堂之东为明伦堂，堂北祀启圣。久米士之秀者，皆肄业其中，择文理精通者为师，岁有廪给，丁祭一如中国仪。敬题一诗云："洋溢声名四海驰，岛邦也解拜先师。

庙堂肃穆垂旒贵，圣教如今洽九夷。"用伸仰止之忱。

国中诸寺，以圆觉为大。渡观莲塘桥，亭供辩才天女，云即斗姥。将入门，有池曰"圆鉴"，荇藻交横，芰荷半倒。门高敞，有楼翼然。左右金刚四，规格略仿中国。佛殿七楹。更进，大殿亦七楹，名"龙渊殿"。中为佛堂，左右奉木主，亦祀先王神位，兼祀桃主。左序为方丈，右序为客座，皆设席。周缘以布，下衬极平而净，名曰"踏脚绵"。方丈前，为蓬莱庭。左为香积厨，侧有井，名"不冷泉"。客座右，为古松岭，异石错矹，列于松间。左厢为僧寮，右厢为狮子窟。僧寮南，有乐楼。楼南有园，饶花木。此乃圆觉寺之胜概也。

又有护国寺，为国王祷雨之所。龛内有神，黑而裸，手剑立，状甚狰狞。有钟，为前明景泰七年铸。寺后多凤尾蕉，一名铁树。又有天王寺，有钟，亦为景泰七年铸。又有定海寺，有钟，为前明天顺三年铸。至于龙渡寺、善兴寺、和光寺，荒废无可述者。

此邦海味，颇多特产，为中国之所罕见。一石鮔，似墨鱼而大，腹圆如蜘蛛，双须八手，攒生两肩，有刺，类海参，无足无鳞介，如鲍鱼。登莱有所谓八带鱼者，以形考之，殆是石鮔，或即乌鰂之别种欤？一海蛇，长三尺，僵直如朽索，色黑，状狰狞。土人云：能杀虫、疗瘤、已疬，殆永州异蛇类。土俗甚重之，以为贵品。一海胆，如猬，剥皮去肉，捣成泥，盛以小瓶，可供馔。一寄生螺，大小不一，长圆各异，皆负壳而行。螺中有蟹，两螯八跪，跪四大四小，以大跪行；螯一大一小，小者常隐，大者以取食，触之则大跪尽缩，以一大螯拒户，蟹也而有螺性。《海赋》所云"璅蛣腹蟹"，岂其类欤？《太平广记》谓"蟹入螺中"，似先有蟹。然取置碗中以观其求脱之势，力猛壳脱，顷刻死，则又与壳相依为命。造物不测，难以臆度也。一沙蟹，阔而薄，两螯大于身，甲小而缺其前，缩两螯以补之，若无缝。八跪特短，脐无甲，尖团莫辨。见人则凹双睛，噀水高寸许，似善怒。养以沙水，经十余日，不食亦不死。一蚶，径二尺以上，围五尺许，古人所谓"屋瓦子"，以壳形凹凸，像瓦屋也。一海马肉，薄片回屈如刨花，色如片茯苓，品之最贵者不易得，得则先以献王。其状鱼身马首，无毛而有足，皮如江豚。此皆海味之特产也。

此邦果实，亦有与中国不同者。蕉实状如手指，色黄，味甘，瓣如柚，亦名甘露。初熟色青，以糖覆之则黄。其花红，一穗数尺，瓤须五六出，岁实为常，实如其须之数。中国亦有蕉，不闻岁结实，亦无有抽其丝作布者，或其性殊欤？

布之原料，与制布之法，亦有与中国异者。一曰蕉布，米色，宽一尺，乃芭蕉沤抽其丝织成，轻密如罗。一曰苎布，白而细，宽尺二寸，可敌棉布。一曰丝布，白而棉软，苎经而丝纬，品之最尚者。《汉书》所谓蕉、筒、荃、葛，即此类也。一曰麻布，米色而粗，品最下矣。国人善印花，花样不一，皆剪纸为范。加范于布，涂灰焉；灰干去范，乃着色；干而浣之；灰去而花出，愈浣而愈鲜，衣敝而色不退。此必别有制法，秘不与人。故东洋花布，特重于闽也。

■译文

孔子庙坐落在久米村，有三间大堂，正中间为孔子塑像，塑像如同古代帝王，头上戴着前后悬垂玉串的冠冕，腰带上插着玉圭，牌位上写着"至圣先师孔子神位"。左右两边各有两个神龛，每个神龛旁边都立着两个侍从，每个侍从手中都捧着一部经书，上面标的书名分别是《易经》《尚书》《诗经》《春秋》，这就是人们所说的四配。大堂外面是一个平台，平台的东西两侧都有台阶，沿台阶可以登上平台，栅栏建得很像窗格门。中间仿照军营大门，在旁边设置障碍来阻止行人。平台外面靠海的地方都建起围墙。大堂东面是明伦堂，堂北则祭祀着孔子。久米一带的才俊之士都在这里完成学业，琉球国挑选其中精通文理的人作为老师，每年官府供给他们粮食。他们也为孔子举行丁祭，奉行的礼仪和我朝完全相同。我在这里恭敬地题了一首诗："洋溢声名四海驰，岛邦也解拜先师。庙堂肃穆垂旒贵，圣教如今洽九夷。"谨以此诗来表达我对圣人的景仰之情。

琉球国各大寺院中，圆觉寺是最大的一座。渡过观莲塘桥，有一座亭子，里面供奉的是辩才天女，听说就是斗姥。在将要进门的地方有一个叫"圆鉴"的池塘，池中水藻纵横错杂，水面上芰荷斜立。寺门大敞，从中可以看见楼阁飞檐。左右两边立着四座金刚，规格大小与我国大致相当。佛殿有七间房，往里面走就来到大殿，大殿也有七间房，

名字叫作"龙渊殿"。正中间是佛堂，左右两边供奉着神明牌位，也供奉着先王的牌位，同时还供奉百姓祖宗的牌位。左边的厢房为方丈室，右边的厢房为客人休息的地方，都设有座位。用布把四周包起来，下面的衬布非常干净整洁，叫作"踏脚绵"。方丈室的前面是蓬莱庭，左边是厨房，旁边有一口井，名叫"不冷泉"。供客人休息的厢房右边是古松岭，其中可见相互交错的怪石罗列在松树丛中。左厢房是僧房，右厢房是狮子窟。僧房南侧有座乐楼。乐楼南面又有一座花园，园内花木丰饶茂盛。以上这些就是圆觉寺的大概情况。

还有一座护国寺，是国王祈雨的地方。寺内的神龛内供奉着一座神像，神像通体漆黑并且裸身站立，手里拿着宝剑，相貌十分狰狞。寺里有一口钟，是前朝景泰七年（1456年）铸造的。寺院后面生长着很多凤尾蕉，也叫铁树。又有一座天王寺，里面也有一口钟，同样也是在景泰七年铸造的。另有一座定海寺，寺里也有钟，是前朝天顺三年（1459年）铸造的。至于龙渡寺、善兴寺、和光寺等都已荒废，也就没有什么可以记述的了。

琉球国的海鲜中有很多特产，有些在中国很罕见。有一种石鲼，样子像墨鱼但比墨鱼大，肚子圆溜溜的像蜘蛛，长着一对胡须、八只触手，触手都攒聚在两肩，长的刺像海参，不长脚也不长鳞片，很像鲍鱼。登州蓬莱一带有种八带鱼，如果从形状方面来考证的话，应该就是石鲼，或者是乌贼中的其他品种。有一种海蛇，身长三尺，体态僵硬笔直就像朽烂的绳索，颜色漆黑，形状狰狞。当地人说它能够杀死毒虫、治疗疾病、消除瘟疫，这大概和永州地区的异蛇相似。当地风俗对它十分重视，认为它是宝物。有一种海胆，样子像刺猬，剥了皮取出肉来，捣成泥状盛进小瓶子里，可以食用。有一种寄生螺，大小形状各不相同，但都背着壳行走。螺里面寄居着螃蟹，螃蟹长着两对大螯和八条腿，八条腿四大四小，寄居蟹就用四条大腿来爬行。蟹螯一个大一个小，小的经常隐藏不见，大的用来取食。如果碰一下这种螃蟹，它的大腿就会立刻缩进壳里，再用一个大蟹螯守护螺口。虽然是螃蟹，却有了螺的习性。《海赋》中所说的"璅蛣腹蟹"，就是类似这种寄居蟹的东西吗？《太平广记》中说螃蟹进入了螺壳中，似乎应该先有螃蟹。但把这种寄居蟹捉来放在碗里，观察它脱掉壳之后的情形又发现，如果把它的壳硬脱下来时用力过大，它一会儿就死了，因此这种寄居蟹又和螺壳相依为命。造物主是如此的神奇而难以预测，不是我们所能随意揣度的。又有一种沙蟹，身形宽而薄，两个螯比自己的身体还大，身上的壳太小导致无法把前面覆盖起来，因此它就缩起两个螯来补足自己的壳，看上去十分契合，没有丝毫缝隙。这种沙蟹的八只脚特别短，肚脐上没有硬壳，而且脐盖是尖是圆也难以分辨。一见到人就把眼睛凹进去，喷出的水有一寸高，看来这种沙蟹很容易发怒。用沙水来养它，十几天不吃东西也不会死。有一种蚶，直径两尺以上，周长五尺左右，古人把它称为"屋瓦子"，因为它的壳形状凹凸不平，就像屋瓦一样。还有一种海马肉，将它切成薄片的话就会弯曲起来像刨花一样，颜色像片状的茯苓，是一种珍贵的品种，很难得到。要是有人得到了，一定得先献给国王。这种海产的样子是鱼身马头，身上不长毛，却长着脚，皮像江豚。以上都是琉球海鲜中的特产。

琉球国出产的水果也有很多和我国不一样。香蕉的形状像手指，黄色，味道很甜，果肉一瓣一瓣的像柚子，也叫作甘露。它刚成熟的时候是青绿色的，摘下来后将糖覆盖在上面，就变成黄色的了。花是红色的，每穗花都有几尺长，还长着五六撮瓤须，每年都会结果，果实的数量就是开花时长出的瓤须数量。我国也有香蕉树，但是没听说有每年都结果的，也没有听说有抽取叶子里的丝来织布的，难道是因为它生长习性特殊吗？

在琉球，织布的原料和织布的方法也和我国有很多不同之处。有一种布叫蕉布，米色，宽一尺，是把芭蕉叶子长时间浸泡后抽出其中的丝织成的，质地轻薄细密就像罗纱。另一种叫作苧布，色泽亮白质地细腻，宽一尺两寸，可以比得上棉布。还有一种叫作丝布，色泽亮白手感柔软，是用苧麻作经线，用丝作纬线织成的布，为各种布料中品质最为上乘的一种。《汉书》中提到的蕉、筒、荃、葛，指的就是这类布料。还有一种叫作麻布的，米色，质地粗糙，是所有品种中最次的。琉球国人擅长在布匹上印花，印上去的图案各不相同，都以剪纸作为范本，再把范本放到布匹上，然后在上面涂上灰；灰干后再把范本拿开，然后着色；干了之后把布洗干净，这样，灰全部去掉而花样也显现出来了。这样制作出来的花布越洗花色越鲜艳，衣服穿破了都不会褪色。这里面一定有特别的制作方法，只是当地人保密不肯告诉外人，所以东洋的花布在福建一带尤其受欢迎。

此邦草木，多与中国异称，惜未携《群芳谱》来，一一辨证之耳。罗汉松谓之"樫木"，冬青谓之"福木"，万寿菊谓之"禅菊"。铁树谓之"凤尾蕉"，以叶对出形似也；亦谓之"海棕榈"，以叶盖头形似也。有携至中华以为盆玩者，则谓之"万年棕"云。凤梨，开花者谓之"男木"，白瓣若莲，颇香烈，不实；无花者谓之"女木"，而实大，如瓜可食。或云即波罗蜜别种，球人又谓之"阿呾呢"。月橘，谓之"十里香"，叶如枣，小白花，甚芳烈，实如天竹子，稍大。闻二月中，红累累满树，若火齐燃，惜余未及见也。

球阳地气多暖，时届深秋，花草不杀，蚊雷不收，荻花盛开。野牡

附
录

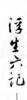

丹二三月开，至八月复花累累如铃铎，素瓣，紫晕，檀心，圆而大，颇芳烈。扶桑四季皆花，有白色，有深红、粉红二色。因得一诗，诗云："偶随使节泛仙槎，日日春游玩物华。天气常如二三月，山林不断四时花。"亦真情真景也。

球人嗜兰，谓之孔子花，陈宅尤多异产。有风兰，叶较兰稍长，篾竹为盆，挂风前，即蕃衍。有名护兰，叶类桂而厚，稍长如指，花一箭八九出，以四月开，香胜于兰，出名护岳岩石间。不假水土，或寄树桠，或裹以棕而悬之，无不茂。有粟兰，一名芷兰，叶如凤尾花，作珍珠状。有棒兰，绿色，茎如珊瑚，无叶，花出桠间，如兰而小，亦寄树活。又有西表松兰、竹兰之目，或致自外岛，或取之岩间，香皆不减兰也。因得一诗，诗云："移根绝岛最堪夸，道是森森阙里花。不比寻常凡草木，春风一到即繁华。"题诗既毕，并为写生，愧无黄筌之妙笔耳。

沿海多浮石，嵌空玲珑，水击之，声作钟磬，此与中国彭蠡之口石钟山相似。

闲居无可消遣，与施生弈，用琉球棋子。白者磨螺之封口石为之，内地小螺拒户有圆壳，海螺大者，其拒户之壳，厚五六分，径二寸许，圆白如砗磲，土人名曰"封口石"。黑者磨苍石为之，子径六分许，围二寸许，中凹而四周削，无正背面，不类云南子式。棋盘以木为之，厚八寸，四足，足高四寸，面刻棋路。其俗好弈，举棋无不定之说，颇亦有国手。局终数空眼多少，不数实子，数正同。相传国中供奉棋神，画女相如仙子，不令人见，乃国中雅尚也。

六月初八日，辰刻，正副使恭奉谕祭文，及祭银焚帛，安放龙彩亭内。出天使馆东行，过久米林、泊村至安里桥，即真玉桥，世孙跪接如仪，即导引入庙。礼毕，引观先王庙。正庙七楹，正中向外，通为一龛，安奉诸王神位：左昭自舜马至尚穆，共十六位；右穆自义本至尚敬，共十五位。

是日球人观者，弥山匝地，男子跪于道左，女子聚立远观。亦有施惟挂竹帘者，土人云：系贵官眷属。女皆黥首，指节为饰，甚者全黑，少者间作梅花斑。国俗不穿耳，不施脂粉，无珠翠首饰。人家门户，多树"石敢当"碣，墙头多植吉姑罗或楪树，剪剔极齐整。国人呼中国为"唐山"，呼华人为"唐人"。

球地皆土沙，雨过即可行，无泥泞。奥山有却金亭，前明册使陈给事侃归时却金，故国人造亭以表之。

辨岳，在王宫东南三里许，过圆觉寺，从山脊行，水分左右，堪舆家谓之过峡，中山来脉也。山大小五峰，最高者谓之辨岳，灌木密覆，前有石柱二，中置栅二，外板阁二。少左，有小石塔，左右列石案五。折而东，数十级至顶，有石垆二：西祭山，东祭海岳之神，曰祝，祝谓是天孙氏第二女云。国王受封，必斋戒亲祭。正、五、九月，祭山海及护国神，皆在辨岳也。

■译文

这里的花草树木，名称大都和我国不同，可惜我没有把《群芳谱》带来，因而也就没有办法一一辨别。罗汉松在当地被称为樫木，冬青被叫作福木，万寿菊被叫作禅菊。铁树被叫作凤尾蕉，因为它的叶子成对长出形似凤尾；也有人把它叫作海棕榈，因为它的叶子盖住树顶形似棕榈。有人把这种植物带回中国当作盆栽欣赏把玩，就把它叫作万年棕。凤梨树中开花的叫作男木，白色的花瓣像莲花，有浓郁的香气，不结果实；不开花的叫女木，结的果实很大，形状像瓜，可以吃。也有人说这就是菠萝蜜的另一品种，琉球人又把它叫作阿呾呢。月橘叫十里香，叶子像枣，开小白花，香气十分馥郁，结的果实像天竹的种子，但稍大。听说二月中旬的时候，月橘的果实就变成红色，累累满树，就像火焰齐燃，只可惜我没赶上时间看见。

琉球阳光强烈，气候温暖，虽然已到深秋时节，但花草不凋落，蚊声也没有消失，荻花还在盛开。野牡丹在二三月间开放，直到八月还再一次开花，花瓣层层叠叠像铃铎，颜色素白，花纹为紫色，花蕊为浅红色，整朵花圆润硕大，香气浓烈。扶桑四季都开花，花色有白色和红色，红色又分为深红、粉红两种。我赋诗一首："偶随使节泛仙槎，日日春游玩物华。天气常如二三月，山林不断四时花。"写的的确是真情真景。

琉球百姓特别钟爱兰花，称之为孔子花，古老的宅院中种植的奇异品种尤其多。有

附
录

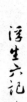

一种风兰，叶子比普通的兰花稍长，种在用蔑竹编成的花盆里，挂在风吹得到的地方，它就能够生长繁衍了。还有一种叫作护兰的，叶子像桂叶但稍厚，长度和手指差不多，一枝花箭上长有八九朵花，在四月份开放，香气比普通的兰花要浓一些，生长在名护的山川岩石之间。此花生长不用借助水土，有的寄居在树丫上，有的裹在棕树间悬挂着，不管生长在哪里都十分繁茂。有一种粟兰，也叫芷兰，叶子像凤尾花，花朵呈现出珍珠的形状。有一种棒兰，颜色翠绿，茎像珊瑚，不长叶子，花就开在枝丫分叉处，花朵像兰花而稍小，也是寄居在树上生长。还有西表松兰、竹兰一类的花，有的是从岛外引进的，有的是从山中岩石边移植而来，它们的香气都不输给兰花。因而我又写了一首诗："移根绝岛最堪夸，道是森森阙里花。不比寻常凡草木，春风一到即繁华。"写完诗后我又画了一幅写生，惭愧的是没有黄筌那样的妙笔啊。

沿海有很多浮石，浮石表面有很多凹孔，精致玲珑，水拍打在上面，会发出钟磬的声响，这和中国彭蠡湖口的石钟山很相似。

我闲居在此，没有什么可消遣的，便和施先生对弈，用的是琉球的棋子。白色的棋子用海螺守护螺口的封口石磨制而成，这里的小海螺用圆壳护住螺口，而大的海螺用来守护螺口的壳厚达五六分，直径在两寸左右，像碑碟一样圆润洁白，当地人就把它称为封口石。黑色的棋子是用苍石磨制而成的，棋子直径六分左右，周长大概两寸，中间凹陷下去，四周却有棱角，不分正反面，不像云南棋子的样式。棋盘用木头制成，厚约八寸，有四条腿，每条腿高四寸，面上刻着棋路。琉球人很喜欢下围棋，拿起棋子没有犹豫不决不知怎么下手的说法，也出了许多高手。一局下完，数的是空出的棋子有多少，不数还在棋盘上的棋子，数目也一样。相传琉球国供奉着棋神，画的是美如仙子的女子相貌，但不允许外人观看，这也算是琉球国典雅的风俗了。

六月初八日辰时，正副使恭敬地捧着皇上赐予的祭文和祭祀用的银钱、香火和丝帛，安置在龙彩亭中。使节们从天使馆出来向东前行，经过久米林、泊村到达安里桥，也就是真玉桥，世孙在此按礼节跪拜迎接，接着引导使者们进入祖庙。行完仪式后，世孙领着我们参观先王庙。正庙有七间房，从正中向外通设一个神龛，里面安放着各个先王的牌位。左边从舜马到尚穆共十六位，右边从义本到尚敬共十五位。

这一天，琉球出来观看的百姓人山人海，男子跪在道旁，女子则远远地站在一旁观看。女眷里面也有使用帷幕挂着竹帘的，当地人说那些是达官贵人的家眷。女子都把额头涂黑，在手指上套齿作为装饰，有的甚至将面部全部涂黑，也有一少部分画成梅花状斑点。琉球的风俗不穿耳洞，也不用脂粉，更不用各种珍珠翠玉首饰。百姓家的门口大都竖着"石敢当"石碑，墙头上多数种着修剪得十分整齐的吉姑罗或楪树。琉球人称中国为唐山，称中国人为唐人。

　　琉球国全是沙土地，下过雨后也能立即行走，不会出现泥泞。奥山上有座却金亭，前朝使臣给事中陈侃在归国时拒绝当地奉送的金子，因此琉球人建了这座却金亭来纪念他。

　　辨岳山在王宫东南三里左右的地方，过了圆觉寺后，顺着山脊行走，水流分为左右两支，这就是风水先生所称的过峡，是从中间的山中流出来的风水命脉之源。这座山共有大小五个峰头，最高的那座叫辨岳，上面覆盖着茂密的灌木丛。辨岳前面有两根石柱，中间设置了两层栅栏，外面又有两座木制的楼阁。稍稍向左的地方有一座小石塔，左右两侧各摆放着五张石案。转个弯向东走，经过几十级阶梯到达峰顶，峰顶上有两座石炉，西边的祭祀山川，东边的祭祀掌管大海高山的神明，神明名字叫祝，据说是织女的二女儿。琉球国王受封，一定要斋戒并亲自主持祭祀。正月、五月和九月祭祀山川大海以及护国神，也在辨岳山举行。

　　波上、雪崎及龟山，余已游遍，而要以鹤头为最胜。随正副使往游，陟其巅，避日而坐，草色粘天，松阴匝地。东望辨岳，秀出天半，王宫历历如画。其南，则近水如湖，远山如岸，丰见城巍然突出，山南王之旧迹犹有存者。西望马齿、姑米，出没隐见，若近若远，封舟之来路也。北俯那霸、久米，人烟辐辏，举凡山川灵异，草木阴翳，鱼鸟沉浮，云烟变灭，莫不争奇献巧，毕集目前。乃知前日之游，殊为卤莽。

　　梁大夫小具盘樽，席地而饮，余亦趣仆以酒肴至。未申之交，凉风乍生，微雨将洒，乃移樽登舟。时海潮正涨，沙岸弥漫，遂由奥山南麓折而东北，山石嵌空欲落，海燕如鸥，渔舟似织。俄而返照入山，冰轮出水，文鳐无数，飞射潮头。与介山举觞弄月，击楫而歌，樽不空，客皆醉。越渡里村，漏已三下。却金亭前，列炬如昼，迎者倦矣。乃相与步月而归，为中山第一游焉。

　　泉崎桥桥下，为漫湖浒。每当晴夜，双门供月，万象澄清，如玻璃世界，为中山八景之一。旺泉味甘，亦为中山八景之一。王城有亭，依城望远，因小憩亭中，品瑞泉，纵观中山八景。八景者，泉崎月夜、临海潮声、

143

附
录

久米竹篱、龙洞松涛、笋崖夕照、长虹秋霁、城岳灵泉、中岛蕉园也。亭下多棕榈紫竹，竹丛生，高三尺余，叶如棕，狭而长，即所谓观音竹也。亭南有蚶壳，长八尺许，贮水以供盥，知大蚶不易得也。

国人浣漱不用汤，家竖石桩，置石盂或蚶壳其上，贮水。旁置一柄筒，晓起，以筒盛水，浇而盥漱之，客至亦然。

地多草，细软如毯，有事则取新沙覆之。国人取玳瑁之甲，以为长簪，传到中国，率由闽粤商贩。球人不知贵，以为贱品。昆山之旁，以玉抵鹊，地使然也。

丰见山顶，有山南王第故城。徐葆光诗有"颓垣宫阙无全瓦，荒草牛羊似破村"之句。王之子孙，今为那姓，犹聚居于此。

辻山，国人读为"失山"，琉球字皆对音，十、失无别，疑迭之误也。副使辑《球雅》，谓一字作二三字读，二三字作一字读者，皆义而非音，即所谓寄语，国人尽知之。音则合百余字或十余字为一音，与中国音迥异。国中惟读书通文理者，乃知对音，庶民皆不知也。

久米官之子弟，能言，教以汉语，能书，教以汉文。十岁称"若秀才"，王给米一石。十五剃发，先谒孔圣，次谒国王，王籍其名，谓之"秀才"，给米三石，长则选为通事。为国中文物声名最，即明三十六姓后裔也。那霸人以商为业，多富室。明洪武初，赐闽人三十六姓善操舟者，往来朝贡，国中久米村，梁、蔡、毛、郑、陈、曾、阮、金等姓，乃三十六姓之裔，至今国人重之。

与寄公谈玄理，颇有入悟处，遂与唱和成诗。法司蔡温、紫金大夫程顺则、蔡文溥，三人诗集，有作者气。顺则别著《航海指南》，言渡海事甚悉。蔡温尤肆力于古文，有《蓑翁语录》《至言》等目，语根经学，有道学气，出入二氏之学，盖学朱子而未纯者。

琉球山多瘠硗，独宜薯。父老相传，受封之岁，必有丰年。今岁五月稍旱，幸自后雨不愆期，卒获大丰，薯可四收，海邦臣民，倍觉欢欣。金曰："非受封岁，无此丰年也。"

六月初旬，稻已尽收。球阳地气温暖，稻常早熟，种以十一月，收以五六月。薯则四时皆种，三熟为丰，四熟则为大丰。稻田少，薯田多，国人以薯为命，米则王宫始得食。亦有麦豆，所产不多。五月二十日，国中祭稻神。此祭未行，稻虽登场，不敢入家也。

■译文

波上、雪崎以及龟山等地方，我都游览过了，这其中的风景要数鹤头山最美。我跟随正副使前往游玩，登上山顶，找了个阴凉的地方坐下，只见草色连天，松荫满地。向东眺望辨岳山，它秀丽的身姿直入半空，王宫殿阁历历在目，秀美如画。在南边，又见近处水平如湖，远山就像岸堤，丰见城在其中高高耸立，山南王时期的遗迹还有不少保留了下来。向西望马齿山、姑米山，在苍茫的大海上隐约可见，若近若远，正是我们前来的道路。向北俯瞰那霸、久米山，但见人潮涌动。凡是神奇有灵气的山川，茂密丛生的草木，沉浮自由的鱼鸟，变幻莫测的烟云，全都争着表现其神奇，抢着呈现其精巧，这些神奇的景象全部展现在了我们眼前。这时我才感到之前的游玩实在是粗浅啊。

梁大夫准备好盘子和酒杯，众人席地而坐，举杯共饮，我也叫仆人端上酒菜。未申交替时刻，忽然起了一阵凉风，眼看小雨就要飘下，我们于是把酒宴转移到船上。正值涨潮时，海水弥漫了沙岸，我们就从奥山南麓转而驶向东北，只见山上巨石悬空，似乎将要坠落，海燕像海鸥聚集，渔船来来往往。过了一会儿，夕阳又回照山中。不久，一轮圆月从水面上缓缓升起，无数的文鳐在海浪中穿梭。我和介山举杯对月，拍击着船桨唱起歌来。酒杯还没空，所有的人都已经醉了。我们的船经过渡里村时，已是三更时分了。却金亭前人们擎着火把整齐地排在一起，照得如同白昼，这时前来迎接我们的人也累了。我们一起顶着月光踏上归途，这是我在中山最愉快的一次游历。

泉崎桥桥下是漫湖洴。每当晴朗的夜里，月光透过双门映入，万物一片澄澈透明，如同玻璃世界，这是中山八景之一。旺泉泉水甘甜可口，也是中山八景之一。王城内有座亭子，紧靠王城而且可以眺望远方，因此我们在那里小憩了一下，一边品尝着甜美的泉水，一边纵览中山八景。中山八景指的是：泉崎月夜、临海潮声、久米竹篱、龙洞松涛、笋崖夕照、长虹秋霁、城岳灵泉、中岛蕉园。亭子下面长着许多棕榈紫竹，竹子茂密丛生，高三尺多，叶子像棕树叶，既窄又长，其实就是人们所说的观音竹。亭子南面有一个蚌壳，长约八尺，里面盛满水供人们盥洗，我们因而知道大蚌是很难捉到的。

琉球人洗漱不用热水，在家里竖起一根石桩，把石盂或大的蚌壳放在上面来储水。在旁边放置一个带柄的竹筒，早上起床后就用竹筒盛水，然后浇着水盥洗，客人来了也

附录

一样。

　　这里的地上长满了草，纤细柔软得像地毯，有事需要场地就取来新沙把草地覆盖起来。琉球人把玳瑁的甲壳做成长簪，后来传到我国，大概是经过福建、广东一带的商贩传入的吧。琉球人不知道它的贵重，把它们当作很便宜的东西。就像昆仑山附近，人们用美玉来交换喜鹊，其实是地理条件造成的啊。

　　丰见山山顶有山南王宅邸故城。徐葆光有"颓垣官阙无全瓦，荒草牛羊似破村"的诗句。山南王的子孙后代也就是如今的那姓族群，仍然聚居在这里。

　　辻山，当地人读作"失山"。琉球的字都是对音，十和失没有什么差别，我怀疑是迷音造成的误解。副使编《球雅》一书，说当琉球人把一个字当作两三个字读，或是两三个字当作一个字来读的情况时，都是针对意义而不是发音，也就是人们所说的口头语，当地百姓都明白。至于发音，是把一百多个字或是十几个字组合在一起发成一个音，和我们国家的发音截然不同。琉球国只有读过书精通文理的人才了解对音，一般的百姓都不知道。

　　久米这里的官家弟子，刚能说话的时候就教他们汉语，刚能写字的时候就教他们汉字。十岁的时候叫作"若秀才"，国王赐米一石。十五岁的时候行剃发礼，先拜谒孔圣人，然后拜谒国王，国王便将他们的名字记录在册，称他们为"秀才"，赐米三石，等他们长大后就选任他们做通事。在琉球国声名最显赫的，是明朝三十六姓的后裔。那霸人多从商，因此当地有很多富有的家族。明朝洪武初年，明太祖曾派三十六位善于航海的福建人负责琉球和朝廷之间的往来朝贡，梁、蔡、毛、郑、陈、曾、阮、金等姓就是三十六姓的后裔，都居住在久米村，直到今天琉球人都十分尊重他们。

　　我和寄公谈论玄理，颇有了悟的地方，于是就和他唱和作诗。法司蔡温、紫金大夫程顺则、蔡文溥，这三个人的诗集很有大家之气。程顺则还著有《航海指南》，书中叙述渡海的各种事项都很详备。蔡温尤其致力于古文，著有《蓑翁语录》《至言》等书，语句源于经学，有道家的气质。仔细考辨这两位的学说，大概都是学习朱熹但不精纯。

　　琉球的山大都贫瘠坚硬，所以这里只适合种薯。老人们相传，受封的那年一定会获得大丰收。今年五月稍稍有些干旱，幸亏之后的雨水都很及时，今年获得了大丰收，薯可收获四次，琉球国的臣民都倍觉欢欣。大家都说："如果不是受封的年岁，是不会有这样丰收的盛景的。"

　　六月初旬，稻子已经收割完了。琉球国光照充足，气候温暖，稻子常常早熟，十一月种下，来年五月就可以收获。薯则一年四季都可以栽种，一年三熟就算得上是丰收了，一年四熟就是大丰收了。适合种水稻的田地少，适合种薯的田地多，百姓都用薯做粮食，只有皇族和大臣才能吃上米。这里也种植小麦和大豆，但产量很少。五月二十日，琉球国祭祀稻神。祭典还没举行的时候，即使稻谷已经脱粒了，人们也不敢将之带回家中。

七月初旬始见燕，不巢入屋。中国燕以八月归，此燕疑未入中国者，其来以七月，巢必有地。别有所谓海燕，较紫燕稍大，而白其羽，有全白似鸥者。多巢岛中，间有至中国，人皆以为瑞。应潮鸡，雄纯黑，雌纯白，皆短足长尾，驯不避人。香崖购一小犬，而毛豹斑，性灵警，与饭不食，与薯乃食，知人皆食薯矣。鼠雀最多，而鼠尤虐。亦有猫，不知捕鼠，邦人以为玩，乃知物性亦随地而变。鹰、雁、鹅、鸭特少。

枕有方如圭者，有圆如轮而连以细轴者，有如文具藏数层者，制特精，皆以木为之。率宽三寸，高五寸，漆其外，或黑或朱。立而枕之，反侧则仆。按《礼记·少仪》注："颖，警枕也。"谓之颖者，颖然警悟也。又司马文正公以圆木为警枕，少睡则转而觉，乃起读书，此殆警枕之遗。

衣制皆宽博交衽，袖广二尺，口皆不缉，特短袂，以便作事。襟率无钮带，总名衾。男束大带，长丈六尺、宽四寸以为度，腰围四五转，而收其垂于两胁间，烟包、纸袋、小刀、梳、篦之属，皆怀之，故胸前襟带拘起凸然。其胁下不缝者，惟幼童及僧衣为然。僧别有短衣如背心，谓之断俗。此其概也。

帽以薄木片为骨，叠帕而蒙之，前七层，后十一层。花锦帽，远望如屋漏痕者，品最贵，惟摄政王叔国相得冠之；次品花紫帽，法司冠之；其次则纯紫。大略紫为贵，黄次之，红又次之，青绿斯下。各色又以绫为贵，绢为次。国王未受封时，戴乌纱帽，双翅侧冲上向，盘金，朱缨垂颔，下束五色绦。至是冠皮弁，状如中国梨园演王者便帽，前直列花瓣七，衣蟒腰玉。

肩舆如中国饼桥，中置大椅，上施大盖，无帷幔，辕粗而长，无绊，无横木，以八人左右肩之而行。

附录

147

杜氏《通典》载琉球国俗，谓："妇人产必食子衣，以火自炙，令汗出。"余举以问杨文凤："然乎？"对曰："火炙诚有之，食衣则否。"即今中山已无火炙俗，惟北山犹未尽改。

嫁娶之礼，固陋已甚。世家亦有以酒肴珠贝为聘者，婚时即用本国桥，结彩鼓乐而迎，不计妆奁，父母送至夫家即返，不宴客。至亲具酒贺，不过数人。《隋书》云："琉球风俗，男女相悦，便相匹偶。"盖其旧俗也。询之郑得功，郑得功曰："三十六姓初来时，俗尚未改，后渐知婚礼，此俗遂革。今国中有夫之妇，犯奸即杀。"余始悟琉球所以号守礼之国者，亦由三十六姓教化之力也。

小民有丧，则邻里聚送，观者护丧，掩毕即归。宦家则同官相知者，亦来送柩，出即归，大都不宴客。题主官率皆用僧，男书"圆寂大禅定"，女书"禅定尼"，无"考妣"称。近日宦家亦有书官爵者。棺制三尺，屈身而殓之。近宦家亦有长五六尺者，民则仍旧。

此邦之人，肘比华人稍短，《朝野金载》亦谓人形短小似昆仑。余所见士大夫短小者固多，亦有修髯丰颐者，颀而长者，胖而腹腰十围者，前言似未足信。人体多狐臭，古所谓愠羜也。

世禄之家皆赐姓，士庶率以田地为姓，更无名，其后裔则云：某氏之子孙几男。所谓田、米，私姓也。

国中兵刑惟三章：杀人者死，伤人及重罪徒，轻罪罚日中晒之，计罪而定其日。国中数年无斩犯，间有犯斩罪者，又率引刀自剖腹死。

七月十五夜，开窗见人家门外，皆列火炬二。询之土人云："国俗于十五日盆祭，预期迎神，祭后乃去之。"盆祭者，中国所谓盂兰会也。连日见市上小儿，各手一纸幡，对立招展，作迎神状，知国俗盆祭祀先，亦大祭矣。

龟山南岸有窑，国人取车螯大蚶之壳以煅，塈灰壁不及石灰，而粘过者。再东北有池，为国人煮盐处。

■译文

七月初旬就看见燕子了，但它们不在有人居住的屋子里筑巢。在中国，燕子是在八月南归，我怀疑这里的燕子没有经过中国，它们在七月赶来，一定是在其他的地方筑了巢。另外还有所谓的海燕，与紫燕相比体形稍大，且它的羽毛是白色的，甚至有全白像海鸥的。海燕大多在琉球岛上筑巢，偶尔也有飞到中国的，人们把它当作祥瑞之物。岛上还有应潮鸡，雄的纯黑，雌的纯白，脚很短而尾巴很长，非常温驯，不怕人。香崖买了一只小狗，毛色像豹纹，性情机灵警觉，给饭它不吃，给薯才吃，从这可以知道当地百姓都以薯为食。这里老鼠和麻雀最多，而老鼠尤其猖獗。岛上也有猫，但不会捕捉老鼠，当地人只是豢养它们作为宠物，这才知道事物的性情也会随着地点的转移而改变。老鹰、大雁、鹅、鸭等禽类特别少。

在琉球使用的枕头有方形像圭玉的，也有圆如车轮而用细轴连在一起的，还有像文具一样有好几层的，制作十分精美，都用木头制成。全都是三寸宽，五寸高，外面用漆涂成黑色或红色。只能平躺着枕，翻身侧卧枕头就会歪倒。按照《礼记·少仪》注："颖，就是警枕。"称为颖，意思就是聪颖警觉。又记载司马光用圆木作为警枕，稍稍睡着就因圆木转动而惊醒，接着起来读书，这大概是警枕的遗俗吧。

当地的衣服都是宽大而前襟相交叠，袖口宽二尺，且都不缝边，袖子很短以便于劳作。前襟大都没有扣子或纽带，总称衾。男子腰上束着大腰带，长一丈六尺，宽四寸为适度，在腰间缠绕四五圈，最后把剩下的收在胸部的两侧，烟包、纸袋、小刀、梳子、篦子之类的东西都放在怀里，因此他们胸前的衣襟会因束紧而凸出来。胸部两侧之下的衣服一般都会缝起来，不缝的只有小孩和僧侣。僧侣另外还有像背心一类的短衣，称之为断俗。这就是当地大致的穿衣风俗。

人们戴的帽子用薄木片作为骨架，然后将布帕折叠后蒙在上面，前面七层，后面十一层。花锦帽远望去就像屋漏的痕迹，品级最为尊贵，只有摄政王以及国相才能戴；低一等的是花紫帽，法司才能戴；再低一等是纯紫色的帽子。大体上紫色最为尊贵，黄色稍次，红色又再低一等，青绿色最为下等。在各种颜色的帽子中又属绫帽最为贵重，其次是绢帽。国王在还没有受到册封以前，戴乌纱帽，双翅从两侧冲向天空，上面有盘金绣纹，红色的缨带垂到下颌处，下面用五色丝绦束起来。受封后则戴皮弁，样子像中国戏园子里扮演国王的人戴的便帽，上面只排列着七片花瓣，穿蟒袍，系玉带。

琉球国的轿子和中国的饼轿很像，正中间安置一张大椅，并在上面盖上大盖子，四周没有帷幔。抬轿的辕木又粗又长，不使用绊绳，也没有横木，需要八个人分列左右用肩膀扛着前行。

附
录

149

杜佑在《通典》中记载琉球国的风俗时，曾说："当地的妇女生下孩子后，一定要把胎盘吃掉，还要用火来炙烤自己，好让汗流出来。"我问杨文凤这种事情是否属实，回答说："确实有用火来烤自己的，但没有吃胎盘这种事。"如今中山一带已经没有妇人生完孩子后用火炙烤自己这种风俗了，只有北山那里这类风俗尚未完全改变。

琉球国嫁娶的礼仪，在我看来实在是简陋。当地的世家大族也有用美酒佳肴、珍珠贝壳作为聘礼的，女子出嫁时就用普通的轿子，夫家张灯结彩、吹吹打打前来迎亲，并不计较嫁妆的多少。父母把女儿送到夫家后就返回，不设宴招待宾客。最亲近的亲属会置办好酒菜前来贺喜，但也就几个人而已。《隋书》中说："琉球的风俗，男女只要两情相悦，就可以自行结为夫妻。"这大概是他们旧时的习俗吧。我向郑得功问这件事，郑得功说："明朝三十六姓刚来到这里时，这样的风俗尚未更改，后来人们渐渐知道了婚嫁礼仪，这种鄙陋的风俗才被革除。现在琉球国中的有夫之妇，只要犯下通奸罪就会被处死。"我这才明白琉球之所以号称守仪之邦，也是因为三十六姓带来的教化的影响啊。

普通百姓家有丧事，邻里便聚在一起送葬，路上观看的人也会护送灵柩前往安葬，掩埋完棺木后人们就返回。官宦人家则是同僚之人相互告知前来护送灵柩，事情结束之后就回去，大都不设宴答谢客人。题主官基本上都请僧人来担任，若死者是男子就写"圆寂大禅定"，是女子就写"禅定尼"，琉球没有"考妣"这样的称呼，不过近年来官宦人家办丧事也有写官爵名称的。棺木一般长三尺，将尸体弯曲收入棺木里，不过近年来官宦人家用的棺木也有长五六尺的，但普通百姓仍然沿袭旧俗。

琉球人的肘部比中国人稍短，《朝野金载》中也称这里的人身材矮小像昆仑人。我所见到的当地士大夫也以身材短小的居多，但也有胡须修长、下巴丰润的，或身材顾长的，或身形肥胖以致腰部粗达十围的，先前的记载似乎并不完全可信。琉球人大多有狐臭，这就是古人所谓的腋下恶臭。

凡是世代为官的家族，国王都会赐给他们姓氏，普通的士卒百姓大都把田地作为姓，也没有名字，他们的后代就称为某氏子孙第几个儿子，所谓的田姓和米姓都是私姓。

琉球国刑罚只有三种：杀人者处死，伤人以及其他重罪拘禁使服劳役，轻微的罪行就惩罚犯人正午在太阳下暴晒，并根据他的罪行轻重判定其暴晒的天数。琉球国已经数年没有处斩犯人了，偶尔有犯了处斩之罪的人，又大都剖腹自杀了。

七月十五这天夜里，我推开窗户发现每家每户门外都插着两把火把，询问当地人，他们说："当地风俗，在七月十五举行盆祭，算好日期准备迎接神灵，祭祀结束后再将这些东西撤掉。"盆祭就是中国所说的盂兰会。一连几天都看见大街上的小孩手里拿着纸幡，对立招展，做出迎神的样子。由此可知琉球的习俗是盆祭祭祀祖先，也是一种大的祭祀。

龟山南岸有座窑，琉球人用车鳌、大钳的壳放在火里烧，所烧成的东西用来粉刷房屋，虽然不如石灰，但黏度比石灰高。再向东北有一座大池子，是琉球人煮盐的地方。

　　七月二十五日，正副使行册封礼，途中观者益众。上万松岭，迤逦而东。衢道修广，有坊，榜曰"中山道"，又进一坊，榜曰"守礼之邦"。世孙戴皮弁，服蟒衣，腰玉带，垂裳结佩，率百官跪迎道左。更进为欢会门，踞山巅，叠礁石为城，削磨如壁，有鸟道，无雉堞，高五尺以上，远望如聚髑髅。始悟《隋书》所谓"王居多聚髑髅于其下"者，乃远望误于形似，实未至城下也。城外石崖，左镌"龙冈"字，右镌"虎峯"字。

　　王宫西向，以中国在海西，表忠顺面向之意。后东向为继世门，左南向为水门，右北向为久庆门。再进层崖，有门西北向，曰"瑞泉"，左右甬道，有左掖、右掖二门。更进有漏西向，榜曰"刻漏"，上设铜壶漏水。更进有门西北向，为奉神门，即王府门也。殿廷方广十数亩，分砌二道。由甬道进至阙廷，为王听政之所。壁悬伏羲画卦像，龙马负图立其前，绢色苍古，微有剥蚀，殆非近代物。北宫，殿屋固朴，屋举手可接，以处山冈，且阻海飔。面对为南宫。此日正副使宴于北宫，大礼既成，通国欢忭。闻国王经行处，悉有彩饰，泉崎道旁，列盆花异卉，绕以朱栏，中刻木作麒麟形，题曰："非龙非彪，非熊非罴，王者之瑞兽。"天妃宫前，植大松六，叠假山四，作白鹤二，生子母鹿三。池上结棚，覆以松枝，松子垂如葡萄。池中刻木鲤大小五，令浮水面。环池以竹，栏旁有坊，曰"偕乐坊"，柱悬一板，题曰："鹿濯濯，鸟嚣嚣，牣鱼跃。"归而述诸副使，副使曰："此皆《志略》所载，事隔数十年，一字不易，可谓印板文字矣。"从客皆笑。

　　宜野湾县有龟寿者，事继母以孝，国人莫不闻。母爱所生子，而短龟寿于其父伊佐前，且不食以激其怒。伊佐惑之，欲死龟寿，将令深夜汲北宫，要而杀之。仆匿龟寿于家，往谏伊佐，伊佐缚而放之，且谓事

附
录

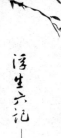

已露，不可杀，乃逐龟寿。龟寿既被放，欲自尽，又恐张母恶。值天雨雹，病不支，僵卧于路。巡官见之，近而抚其体犹温，知未死，覆以己衣。渐苏，徐诘其故，龟寿不欲扬父母之恶，饰词告之。初，巡官闻孝子龟寿被放，意不平。至是见言语支吾，疑即龟寿。赐衣食令去，密访得其状。乃传集村人，系伊佐妻至，数其罪而监之。将告于王，龟寿愿以身代，巡官不忍伤孝子心，召伊佐夫妇面谕之。妇感悟，卒为母子如初。副使既为之记，余复为诗以表章之。诗云："辒轩问俗到球阳，潜德端须为阐扬。诚孝由来能感格，何殊闵损与王祥。"以为事继母而不能尽孝者劝。

经迤山墟，方集，因步行集中，观所市物，薯为多，亦有鱼、盐、酒、菜、陶、木器、蕉苎、土布，粗恶无足观者。国无肆店，率业于其家，市货以有易无，不用银钱。闻国中多用日本宽永钱，比来亦不见。昨香崖携示串钱，环如鹅眼，无轮廓，贯以绳，积长三寸许，连四贯而合之，封以纸，上有钤记。此球人新制钱，每封当大钱十。盖国中钱少，宽永钱铜质较美，恐或有人买去，故收藏之。特制此钱应用，市中无钱以此。

国中男逸女劳，无有肩担背负者。趋集、织纴及采薪、运水，皆妇人主之，凡物皆戴之顶。女衣既无钮无带，又不束腰，而国俗男女皆无裤，势须以手曳襟。襟较男衣长，叠襟下为两层，风不得开。因悟髻必偏坠者，以手既曳襟，须空其顶以戴物。童而习之，虽重百斤，登山涉涧，无倾侧，是国中第一绝技也。其动作时，常卷两袖至背，贯绳而束之。发垢辄洗，洗用泥；脱衣结于腰，赤身低头，见人亦不避。抱儿惟一手，又置腰间，即藉以曳襟。

■译文

七月二十五日，正副使为世孙尚温举行册封典礼，一路上观看的人特别多。我们登上万松岭，缓缓向东前进。道路又宽又长，路边有座牌坊，牌坊的匾额写有"中山道"几个字。随后又看见一座牌坊，匾上写着"守礼之邦"。世孙尚温头戴皮弁，身穿蟒袍，腰系玉带，衣角上挂着玉佩，率领百官跪在道旁迎接使臣。再往里进是欢会门，在山顶之上，用礁石垒砌成城池，陡峭如绝壁，只有一条险峻的小路，没有垛口，高五尺以上，远远望去就像聚集成堆的骷髅。我这才明白《隋书》中所说的中山王族聚居的地方堆集了很多骷髅的说法，是因为远望形似而误会了，其实他们并没有到达城下。城外的石崖上，左边镌刻着"龙冈"两个字，右边镌刻着"虎峷"两个字。

王官坐东朝西，因为中国在大海的西边，朝西表达对中国的忠顺臣服、赤心向往之意。王官后面朝东的是继世门，左边朝向南边的是水门，右边面向北边的是久庆门。再往里有个山崖，有一张西北朝向名叫瑞泉的门，左右两边是甬道，同时各有左掖、右掖的侧门。再向里走就看到一个朝西放置的计时器，匾额上题写"刻漏"二字，上面放置了一个铜壶漏水计时。继续向前就到达面向西北的奉神门，也就是王府的门。王城官殿庭院方圆十几亩，分别修建了两条小道。从甬道向前到达北官朝廷，这里就是国王接见百官处理朝政的地方。殿内墙壁上悬挂着伏羲画卦的图像，龙马背着河图立在伏羲的前面。这幅画绢色苍白，稍微有些侵蚀的痕迹，大概不是近代的东西。北官的官殿房屋结实且古朴，房屋很矮，抬手就能触到顶，这大概是因为官殿建在山岗之上，还要抵御来自海上的飓风吧。与北官相对的就是南官。当天，正副使在北官参加世孙的宴会。册封典礼结束以后，全国上下都欢欣愉悦。听说国王经过的地方，都有五彩的装饰，泉崎路边摆满了珍奇的花卉，再用朱红的栏杆围起来，中间刻着麒麟状的木雕，上面写着："非龙非彪，非熊非罴，王者之瑞兽。"继续向前，就是天妃官，天妃官前种着六棵巨大的松树，堆叠着四座假山，同时还雕刻了两只白鹤，三只生育了小鹿的母鹿。池塘上搭起了棚子，松枝覆盖在棚子上，松子像葡萄那样串串垂下。池塘中有五大五小木刻的鲤鱼，浮在水面上。修竹环绕着池塘，栏杆旁边有座名叫"偕乐坊"的牌坊，牌坊的立柱上面悬挂着一块长板，上面写着："鹿濯濯，鸟嘼嘼，牣鱼跃。"回来之后我把这些描述给副使听，副使说："这些《志略》中都有记载，都过去几十年了，仍然是一字未改，真可以说是印板文字了。"一旁的客人听了都会心而笑。

宜野湾县有一个叫龟寿的人，侍奉继母十分孝顺，琉球国人都知道他的事迹。龟寿的继母爱自己的亲生儿子，在龟寿的父亲伊佐面前说龟寿的坏话，并且用不吃饭来激怒伊佐。伊佐受到她的蛊惑，想要杀死龟寿，于是想让他深夜前往北官汲水，以便在中途拦截杀掉他。有个仆人把龟寿藏在家里，然后前去劝谏伊佐，伊佐把仆人捆起来，后来又放了他，并认为事情已经败露，不能再杀死龟寿了，于是就把龟寿赶出家门。龟寿被赶出后，想要自杀，但又担心这样会张扬他继母的恶行。此时正遇上天降冰雹，龟寿病得厉害，体力不支昏倒在路上。巡逻的官吏看见他，走近他用手一摸，发现他还有体温，就把自己的衣服脱下来盖在龟寿身上。龟寿渐渐苏醒过来，巡官慢慢询问他病倒路边的原因，龟寿不想张扬父母的罪恶，就编造了一些掩饰真相的说法告诉巡官。当初，巡官

附录

听说孝子龟寿被亲人驱逐后，心里愤愤不平，现在看他说话支支吾吾，便怀疑这人就是龟寿，于是赐给龟寿衣服、食物之后才让他离开。巡官暗地里查明了真相，于是让村民聚集在一起，把伊佐的妻子绑到大家面前，历数她的罪行并将她监禁起来。巡官要将这事向国王禀告，龟寿却愿意代替继母受罚，巡官不忍心伤害孝子的一片孝心，就把伊佐夫妇召来当面教育。继母深受感动，最终继母和龟寿和好。副使为这件事作传之后，我又写了首诗来表彰龟寿的至孝之情。诗是这样写的："轺轩问俗到球阳，潜德端须为阐扬。诚孝由来能感格，何殊闵损与王祥。"这首诗意在劝诫那些侍奉继母不能尽孝的人。

经过迭山墟的时候，那里正巧开集，我们就走进集市看看。集市上所卖的物品，最多的是红薯，也有鱼、盐、酒、蔬菜、陶器、木器、蕉苎、土布，但都极其粗陋，没有什么值得看的。琉球国内没有店铺，居民大都在自己家中进行交易，集市上的买卖是用自己有的东西换取自己所需的物品，不使用银钱货币。我听说琉球国内流通的大多是日本的宽永钱，等到我们来了却没有看见这种货币。昨天香崖带来一串钱给我看，那钱中间的环形似鹅眼，外面没有轮廓，用绳子串起来，累积成三寸左右的算是一贯，四贯合在一起用纸封起来，纸上印有当地官府的印记。这是琉球人最新制造的钱币，一封大概相当于十个大钱。大概是琉球国内流通的钱币少，宽永钱铜质好，当地人担心外地人将它们买走，因此把宽永钱都收藏了起来。官府又另外制造了这样的新钱，这也是集市上没有货币流通的原因。

琉球国男子安逸轻松而女子劳作辛苦，也不见有用担子挑东西或背东西的人。不管是赶集、织布，还是砍柴、运水，都是妇女在做。所有的物品她们都顶在头上。女子的衣服既没有纽扣也没有系带，同时又不扎腰带，而当地的风俗是男女都不穿裤子，这样一来，女子势必得用手拽着衣襟，因此女子的衣襟要比男子的长一些。衣襟在最下面叠为两层，这样即使有风也不会吹开。我因而明白她们的发髻为什么要梳成偏在一边且向下的样式了，因为手既然用来拽着衣襟，就得空出头来顶东西。她们从儿童时期就开始练习以头载重，后来即使头顶百斤的重物，爬山涉水也不会倾斜摇晃，这可以说是琉球人第一流的绝技了。女子劳动时常把两只袖子卷到背部，再用一条绳子系起来。头发要是脏了，就立刻裹上泥到水中清洗。清洗时，把衣服脱下来系在腰上，赤裸着上身低着头，看见有人来也不躲避。妇女们抱孩子时只用一只手，把孩子横抱在腰间，借以拽住自己的衣襟。

东苑在崎山，出欢会门，折而北，逐瑞泉下流，至龙渊桥。汇而为池，广可十丈，长可数十丈，捍以堤，曰"龙潭"。水清鱼可数，荷叶半倒。再折而东，有小村，筱屏修整，松盖阴翳，薄云补林，微风啸竹，园外已极幽趣。

入门，板亭二，南向。更进而南，屋三楹。亭东有阜如覆盂。折而南，有岩西向，上镌梵字，下蹲石狮一，饰以五彩。再下，有小方池，凿石为龙首，泉从口出。有金鱼池，前竹万竿，后松百挺。再东，为望仙阁。前有东苑阁，后为能仁堂，东北望海，西南望山。国中形胜，此为第一。

南苑之胜，亦不减于东苑。越中马、富盛，折而东，循行阡陌间，水田漠漠，番薯油油，绝无秋景。薯有新种者，问知已三收矣。再入山，松阴夹道，茅屋参差，田家之景可画。计十余里，始入苑村，名姑场川，即同乐苑也。苑踞山脊，轩五楹，夹室为复阁，颇曲折。轩前有池，新凿，狭而东西长，叠礁为桥。桥南新阜累累，因阜以为亭，宜远眺。亭东植奇花异卉。有花绝类蝴蝶，绛红色，叶如嫩槐，曰"蝴蝶花"。有松叶如白毛，曰"白发松"。池东旧有亭坍，以布代之。池西有阁，颇轩敞，四面风来，宜纳凉。有阁曰"迎晖"，有亭曰"一览"，即正副使所题也。轩北有松，有凤蕉，有桃，有柳。黄昏举烟火，略同中国。

余偕寄尘游波上，板阁无他神，惟挂铜片幡，上凿"奉寄御币"字，后署云"元和二年壬戌"。或疑为唐时物，非也。按元和二年为丁亥，非壬戌也。日本马场信武撰《八卦通变指南》，内列"三元指掌"，云："上元起永禄七年甲子，止元和三年癸亥；如元起宽永元年甲子，止元和三年癸亥；下元起贞亨元年甲子。今元禄十六年癸未。"国中既行宽永钱，证以元和日本僭号，知琉球旧曾奉日本正朔，今讳言之欤？

纸鸢制无精巧者，儿童多立屋上放之。按中国多放于清明前，义取张口仰视，宣导阳气，令儿少疾；今放于九月，以非九月纸鸢不能上，则风力与中国异，即此可验球阳气暖，故能十月种稻。

国俗男欲为僧者，听，既受戒，有廪给。有犯戒者，饬令还俗，放之别岛。女子愿为土妓者，亦听，接交外客，女之兄弟仍与外客叙亲往来，然率皆贫民，故不以为耻。若已嫁夫而复敢犯奸者，许女之父兄自杀之，不以告王。即告王，王亦不赦。此国中良贱之大防，所以重廉耻也。

此邦有红衣妓，与之言不解，按拍清歌，皆方言也。然风韵亦正有佳者，殆不减憨园。近忽因事他迁，以扇索诗，因题二诗以赠之。诗云："芳龄二八最风流，楚楚腰身剪剪眸。手抱琵琶浑不语，似曾相识在苏州。""新愁旧恨感千端，再见真如隔世难。可惜今宵好明月，与谁共卷绣帘看？"

国人率恭谨，有所受，必高举为礼；有所敬，则俯身搓手而后膜拜。劝尊者酒，酌而置杯于指尖以为敬，平等则置手心。

此邦屋俱不高，瓦必甋，以避飓也。地板必去地三尺，以避湿也。屋脊四出，如八角亭，四面接修，更无重构复室，以省材也。屋无门户，上限刻双沟，设方格，糊以纸，左右推移，更不设暗闩，利省便，恃无盗也。临街则设矣。神龛置青石于炉，实以沙，祀祖神也。国以石为神，无传真也。瓦上瓦狮，《隋书》所谓兽头骨角也。壁无粉墁，示朴也。贵家间有糊砑粉花笺，习华风，渐奢也。

■译文

东苑位于崎山，出了欢会门之后转弯向北走，随着瑞泉泉水向下，一直到达龙渊桥。泉水在龙渊桥汇成水池，宽约十丈，长约几十丈，当地人用堤坝把它围起来，命名为"龙潭"。潭水清澈，可以逐个数里面的鱼，水面上荷叶大多倾斜。再转个弯向东走，便看到一个小村庄，一排排的小竹子修长整齐，松树的树冠茂盛繁密，淡淡的云彩从林间飘过，微微的和风吹得竹林飒飒作响，仅仅园子外面就已经极其幽静有趣了。

走进园内，有两座板亭面南而立。再向南进去，有三间房屋。板亭东边有个小土山，样子像倒过来的盆盂。再转弯向南走，有一座面向西的岩壁，壁上镌刻着梵语，岩壁下面蹲着一头石狮子，石狮子上绘有五种色彩。再向下有一口方形的小池塘，把石头雕刻成龙头状，泉水就从龙嘴里汩汩流出。还有一个金鱼池，池前种着万丛修竹，池后挺立着百棵劲松。再向东的地方是望仙阁，望仙阁前面是东苑阁，后面是能仁堂，在这里面向东北可以眺望大海，面向西南可以观览群山。在琉球国中的名胜中，这里第一。

南苑优美的景致，一点也不逊于东苑。越过中马、富盛，转而向东，沿着田间小道漫步行进，只见水田成片，广漠无边；番薯长势茂盛，绿叶油油，丝毫不像秋天的景色。

156

田里的番薯有的刚刚种上，询问农人，得知他们已经收获三次了。再向前走就进入山林，茂密的松树长在路边，投下浓浓的树荫，几座高低不齐的茅屋坐落在不远处，这种田园风光实在是入画的一景。走了十多里，我们才进入南苑，村名姑场川，也就是同乐苑。南苑修筑在山脊上，有五间轩阁，房间隔开成为复阁，相当曲折。轩前有一口新开凿的池塘，池塘狭窄，向东西方向延伸，人们用礁石垒成桥。桥南有一座座刚堆起来的小土山，因而就借着小土山的地形建造了亭子，亭子里很适合远眺。亭子东面种满了奇花异草。有种花极像蝴蝶，颜色深红，叶子像嫩槐树叶，名叫蝴蝶花。还有一种松树，叶子像白色的毛发，名叫白发松。池塘东边以前有座带亭子的小桥，现在用布代替了。池塘西边有阁楼，很是宽敞明亮。风从四面吹来，很适合消暑纳凉。此外还有一座楼阁名叫"迎晖楼"，一座亭子名叫"一览阁"，字都是正副使题写的。小轩北边种着松树、凤尾蕉、桃树和柳树。黄昏时炊烟袅袅升起，景象和中国很相似。

我和寄尘一同在波上游玩，板阁里没有供奉其他的神灵，只悬挂着铜制旗子，上面刻着"奉寄御币"几个字，背面署名写着"元和二年壬戌"。有人怀疑这是唐朝的物件，其实并不是。因为按照历法来计算的话，唐宪宗元和二年应该是丁亥年，而不是壬戌年。日本的马场信武编撰的《八卦通变指南》一书，里面列举了"三元指掌"，说："上元从永禄七年甲子开始，到元和三年癸未结束；如元从宽永元年甲子开始，到元和三年癸亥结束；下元从真亨元年甲子开始。今年正是元禄十六年癸未。"既然琉球国中流通宽永钱，再加上元和是日本僭用的年号，因此可以知道琉球国曾按日本朝代年号纪年，只是现在是不是忌讳说这些呢？

琉球人制作的纸鸢并不精巧，儿童大都站在屋顶上放飞纸鸢。在中国，人们往往在清明之前放纸鸢，意在让儿童抬头仰望，张嘴呼吸，以此来疏导体内的阳气，让孩子减少疾病。琉球人却在九月放纸鸢，因为不是九月的话，纸鸢就无法飞上天空，因此可以知道琉球的风力与中国是很不一样的。由此也可以验证琉球阳光充足，气候温暖，因此他们在十月份也能种水稻。

按照琉球国的风俗，男子想要出家为僧，可以任其所愿。受戒之后，国家会发放粮食供其生活。如果僧人犯了戒，国家就会勒令他还俗，并将其流放到其他的岛上去。女子想要成为土妓，也听任她接客，她的兄弟也仍旧和客人们结交往来。不过因为这些大都是贫苦人，因此也不觉得有什么可耻的。但是如果已经嫁为人妇还与人通奸的女子，国家允许女子的父兄私下将她杀死，不用上报给国王。即使上报国王，国王也不会赦免她。琉球国十分重视良民和贱民的界限，以此来强调廉耻。

这儿还有身着红衣的歌妓，同她们交谈，听不懂她们说的是什么，即使她们打着拍

附
录

子清歌一曲，用的也都是方言。不过歌妓里面也有风姿绰约、气韵绝美的，大概不比憨园逊色。近来一红衣歌妓忽然因为有事要迁到别的地方去，拿扇子来向我索诗，我在扇子上题了两首诗送给她。诗是这样写的："芳龄二八最风流，楚楚腰身剪剪眸。手抱琵琶浑不语，似曾相识在苏州。""新愁旧恨感千端，再见真如隔世难。可惜今宵好明月，与谁共卷绣帘看？"

琉球人大都恭敬谦让，如果接受别人的礼物，一定要高举双手以示礼貌；如果表示尊敬，则会俯身搓手然后膜拜。如果向地位尊贵的人敬酒，会把酒杯置于指尖来表示尊敬；如果是向地位平等的人劝酒，就把酒杯放在手心。

琉球国房屋都不高，用的瓦都是筒瓦，这样便于躲避飓风。屋子里面铺的地板一定要高出地面三尺，以便防潮。屋脊向四面伸出，就像八角亭一样，四面接着再修建房屋，没有重叠结构的复室，这是为了节省建材。房屋没有门和窗，门槛上面刻着两条沟槽，然后安上方格，糊上纸，这样就可以左右推移了。门上更加没有设置门闩，图的是方便省事，因为当地民风淳朴，没有盗贼。但临街房屋的门上就安上了门闩。百姓家中的炉灶上都砌着青石，神龛就摆放在上面，里面填上沙子，以此来祭祀祖先神灵。琉球国人都把石头当作神明供奉，因此家中没有画家画的神像。房屋屋顶的瓦片上雕有狮子，这就是《隋书》中所说的兽头骨角。墙壁都不粉刷，以示简朴。富贵人家偶尔也会糊撒了砑粉的花笺来附庸风雅，这是学习中国的风气，渐渐变得奢侈起来。

龟山有峰独出，与众山绝，前附小峰，离约二丈许。邦人驾石为洞，连二山，高十丈余，结布幔于洞东。小憩，拾级而登，行洞上，又十余级，乃陟巅。巅恰容一楼，楼无名，四面轩豁，无户牖。副使谓余曰："兹楼俯中山之全势，不可无名。"因名之曰"蜀楼"，并为之跋曰："蜀者何？独也。楼何以蜀名，以其踞独山也。"不曰独而曰蜀者，以副使为蜀人，楼构已百年，而副使乃名之，若有待也。楼左瞰青畴，右扶苍石，后临大海，前揖中山，坐其中以望，若建瓴焉。余又请于副使曰："额不可无联。"副使因书前四语付之。归路，循海而西，崖洞溪壑皆奇峭，是又一胜游矣。

越南山，度丝满村，人家皆面海，奇石林立。遵海而西，有山，翠色攒空，石骨穿海，曰"砂岳"。时午潮初退，白石粼粼，群马争驰，飞溅如雨。再西，度大岭村，丛棘为篱，渔网数百晒其上。村外水田漠漠，泥淖陷马。有牛放于冈，汪《录》谓马耕无牛，今不尽然也。

本岛能中山语者，给黄帽，为酋长，岁遣"亲云上"监抚之，名奉行官，主其赋讼。各赋其土之宜，以贡于王。间切者，外府之谓。首里、泊、久米、那霸四府为王畿，故不设。此外皆设，职在亲民，察其村之利弊，而报于"亲云上"。间切，略如中国知府。中山属府十四，间切十，山南省属府十二，山北省属府九，间切如其府数。

国俗自八月初十至十五日，并蒸米，拌赤小豆，为饭相饷，以祭月，风同中国。是夜，正副使邀从客露饮，月光澄水，天色拖蓝，风寂动息，潮声杂丝竹声，自远而至，恍置身三山，听子晋吹笙，麻姑度曲，万缘俱静矣。宇宙之大，同此一月。回忆昔日萧爽楼中，良宵美景，轻轻放过，今则天各一方，能无对月而兴怀乎？

世传八月十八日为潮生辰，国俗，于是夜候潮坡上。子刻，偕寄尘至坡上，草如碧毯，沾露愈滑，扶仆行，凭垣倚石而坐。丑刻，潮始至，若云峰万叠，卷海飞来。须臾，腥气大盛，水怪拿风，金蛇掣电，天柱欲折，地轴暗摇，雪浪溅衣，直高百尺，未敢邃窥鲛宫，已若有推而起之者，迷离惝恍，千态万状。观此，乃知枚乘《七发》，犹形容未尽也。潮既退，始闻嚄啐之声出礁石间，徐步至护国寺，尚似有雷霆震耳。潮至此，观止矣。

元旦至六日，贺节。初五日，迎灶。二月，祭麦神。十二日，浚井，汲新水，俗谓之洗百病。三月三日，作艾糕。五月五日，竞渡。六月六日，国中作六月节，家家蒸糯米，为饭相饷。十二月八日，作糯米糕，层裹棕叶，蒸以相饷，名曰"鬼饼"。二十四日，送灶。正、三、五、九为吉月，妇女率游海畔，拜水神祈福。逢朔日，群汲新水献神。此其略也。余独疑国俗敬佛，而不知四月八日为佛诞辰；腊八鬼饼如角黍，而不知七宝粥。

国王送菊二十余盆，花叶并茂，根际皆以竹签标名。内三种尤异类：一名"金锦"，朵兼红、黄、白三色，小而繁，灿如列星；一名"重宝"，瓣如莲而小，色淡红；一名"素球"，瓣宽，不类菊，重叠千层，白如雪，

附录

159

皆所未见者。媵之以诗，诗云："陶篱韩圃多秋色，未必当年有此花。似汝幽姿真可惜，移根无路到中华。"

见狮子舞，布为身，皮为头，丝为尾，剪彩如毛饰其外，头尾口眼皆活，镀睛贴齿，两人居其中，俯仰跳跃，相驯狎欢腾状。余曰："此近古乐矣。"按《旧唐书·音乐志》，后周武帝时，造太平乐，亦谓之五方狮子舞。白乐天《西凉伎》云："假面夷人弄狮子，刻木为头丝作尾。金镀眼睛银贴齿，奋迅毛衣罢双耳。"即此舞也。

此邦有所谓"踏柁戏"者，横木以为梁，高四尺余，复置板而横之，长丈有二尺，虚其两端，均力焉。夷女二，结束衣彩，赤双足，各手一巾，对立相视而歌。歌未竟，跃立两端，稍作低昂，势若水碓之起伏，渐起渐高。东者陡落而激之，则西飞起三丈余，翩翩若轻燕之舞于空也。西者落而陡激之，则东者复起，又如鸷鸟之直上青云也。叠相起伏，愈激愈疾，几若山鸡舞镜，不复辨其孰为影，孰为形焉。俄焉，势渐衰，机渐缓，板末乃安，齐跃而下，整衣而立。终戏，无虚蹈方寸者，技至此绝矣。

■译文

龟山有座山峰独立突出，和其他的山峰相隔绝。它前面还附带一座小山峰，两者之间的距离有两丈远。当地人用石头架设起一个拱洞，将两座山连在一起，拱洞有十丈来高，并在拱洞东侧悬挂布幔。我们稍微休息了一下，便沿着阶梯向上攀登，沿着拱洞再向上走十几级台阶才登上山顶。山顶空间狭小，仅能容得下一座阁楼。这座楼没有名字，四面敞亮，也没有门窗。副使对我说："这座楼可俯瞰中山风景全貌，不能没有名字。"因而就把它命名为"蜀楼"，还为它作了跋："蜀者何？独也。楼何以蜀名？以其踞独山也。"（蜀是什么意思呢？蜀就是独。为什么用蜀来为这座楼命名呢？是因为它建造在独立的山峰上。）但是不把它叫作独而把它叫作蜀，是因为副使是蜀人。这座楼建成有一百多年了，直到现在也没有名字，就像一直在等着副使来为它取名一样。楼的左边可以俯瞰绿色的田野，右侧矗立着嶙峋的怪石，后面紧挨着茫茫大海，前方面对着中山全景。坐在这座楼中向四处眺望，真有一种居高临下的气势啊。我又向副使建议道："门匾上不能没有对联啊。"副使就把先前那四句话写下来作为对联。我们回去时，一路沿着大海向西，沿途悬崖、洞穴、溪流、沟壑都十分奇异峻峭，这又是一次美妙的出游啊。

翻过南山，经过丝满村，村民的房舍都朝向大海，附近奇石林立。我们沿着大海一路向西，看见一座山，山上一片苍翠，直入碧空，一块块坚硬的礁石从海面上露出来，这座山就叫作"砂岳"。当时正午的潮水刚刚退却，露出了林立的白色礁石。群马奔驰而过，激起的水花似阵阵急雨。我们继续向西走，经过大岭村，村民直接将一丛丛的荆棘作为篱笆，上面晾晒着几百张渔网。村子外面是大片大片的水田，水田里的污泥能够使马匹陷进去。山冈上有牛在吃草，汪《录》记载说，琉球用马耕田而没有牛，现在已不全是这样了。

岛上能说中山话的人，国家都赐给他们黄帽，任命他们为酋长，每年派遣钦差前来监察安抚他们。这样的官叫奉行官，主管当地的赋税和诉讼。各地交纳自己地方上的特产进贡给国王。所谓的间切就是对外府的称呼。首里、泊、久米、那霸这四府属于国王直接管辖的地区，因此不设间切，除此以外的地方都设间切一职。奉行官的职责在于亲附百姓，察知村里各项事务的利弊，并把这些情况上报给钦差。间切，大致相当于中国的知府。中山共设有十四府以及十个间切，山南设有十二府，山北设有九府，山南、山北的间切数和府数相同。

琉球的习俗每年八月初十到十五，每家每户都要蒸米饭，而且拌上红小豆，作为主食互相馈赠，用来祭祀月亮，这种习俗和中国的中秋节相同。这天夜里，正副使邀请我们这些随从人员露天宴饮。月光澄澈如水，天色深蓝似幕，微风沉寂，波动止息，只听见从远处传来潮水声夹杂着丝竹之音，恍惚中只觉得自己身处仙山，聆听着王子乔吹笙，麻姑歌唱，世间万物一下子全都安静下来。广阔的宇宙中，所有人都共享这一轮明月。想起从前在萧爽楼中，也是这样的良辰美景，我和芸及诸位好友在轻松愉悦中觉得时光飞逝而过，如今我们天各一方，怎能不对着这明月伤怀感叹呢？

世人相传八月十八日是海潮的生辰，按照琉球的习俗，人们要在当晚聚集在山坡上等待海潮生起。子时，我和寄尘一起来到坡上。坡上碧草茂盛，就像翠绿的毯子，草沾上露水后变得很滑，我们扶着侍从前行，最后靠着矮墙倚着大石坐下。丑时，大潮到来，气势磅礴如同万座山峰相堆叠，怒涛卷着浪花飞奔而来。不一会儿，我们就闻到浓烈的腥味，像是海怪卷着旋风，金蛇拉出闪电，天柱似要折断，地轴也暗自摇晃，雪白的浪花打湿了大家的衣裳，海潮从海上跃起，高达百尺，没有人敢窥视，只觉得像有什么东西在推着海潮涌动前行，迷离恍惚中展现出千万种不同的姿态。看了这之后，我才明白枚乘在《七发》当中对涛的描述，还没有达到尽善尽美的境界。海潮退去后，我们才听到海水拍打礁石发出的钟鼓之声。待我们缓缓走到护国寺后，似乎仍能听到如雷霆般震耳的呼啸声。海潮的雄伟壮观达到这样的境界，着实令我们叹为观止。

附录

从元旦到正月初六，全国百姓共度佳节。初五这天，人们要迎灶神。二月，百姓则要祭祀麦神。二月十二，要疏通水井，汲取新水，民间认为这种水能够洗去百病。三月三这天，人们都要制作艾糕。到了五月初五，就要赛舟。六月六在琉球是六月节，家家户户蒸糯米为饭，相互馈赠。十二月初八，百姓们制作糯米糕，然后用棕叶一层层包裹起来，蒸熟了之后相互馈赠，人们把糯米糕叫作"鬼饼"。十二月二十四要送灶神。正月、三月、五月和九月是吉月，女子们都结伴在海边游玩，祭拜水神祈福。每月初一，人们会聚在一起汲取新水供奉神明。这就是当地节日祭祀的大概情况。我只是疑惑琉球的习俗向来敬佛，但他们不知道四月八日是佛诞节；腊八节百姓做的鬼饼就像角黍，却不知道有七宝粥。

　　国王派人送来二十多盆菊花，花团锦簇，枝繁叶茂，在根部都用竹签标名。其中有三盆品种尤为珍奇：一种名叫"金锦"，每朵花上兼有红、黄、白三种颜色，花瓣小，但层层重叠，明亮灿烂得像夜空中的星星；另一种名叫"重宝"，花瓣像莲花，但是要小一些，颜色淡红；还有一种名叫"素球"，花瓣很宽，看起来不像菊花，几千层花瓣重重叠叠，颜色洁白如雪，这些都是我从来没见过的奇花。我写了一首诗相送，诗中写道："陶篱韩圃多秋色，未必当年有此花。似汝幽姿真可惜，移根无路到中华。"

　　我们还看到了舞狮，人们用布做成狮身，用皮革做成狮头，用丝线作狮尾，把彩线剪成狮毛的样子装饰在外面。狮头、狮尾以及嘴巴、眼睛都能活动，人们还为眼睛镀上颜色，并贴上牙齿，两个人在里面，俯仰跳跃，做出驯服亲昵、欢腾不已的样子。我说："这跟古代的乐舞很相近啊。"据《旧唐书·音乐志》记载，北周周武帝时，把它作为太平的歌舞，也称作五方狮子舞。白居易在《西凉伎》中写道："假面夷人弄狮子，刻木为头丝作尾。金镀眼睛银贴齿，奋迅毛衣罢双耳。"说的也是这种舞。

　　琉球国还有一种叫作"踏柁戏"的杂技，放置一根高四尺多的横木作为梁，在上面又横放一块长一丈二尺的木板，木板的两头悬空，受力相等以保持平衡。然后有两个当地女子，都束着头发、身穿彩衣并赤着双脚，每人手里拿着一块手帕，相对站着唱歌。歌还没唱完，两人就跳上木板的两端，开始时木板只有稍微的起伏，就像水碓舂米时起伏的样子，接着就越跳越高。忽然，东边的女子从空中猛地落下撞击木板，西边的女子就被弹到空中三丈多高的地方，身姿翩翩，就像燕子在空中飞舞。当西边的女子猛然落下撞击木板时，东边的女子就会再次弹起，像鸷鸟直冲青云。两边的女子不断交替起伏，而且跳得越来越快，最后简直就像山鸡对着镜子起舞，分不清哪个是影，哪个是形了。一会儿之后，双方跳跃的力度逐渐减小，弹起的速度也越来越慢，最后木板两头重新稳定下来，两个女子一齐从木板上跳下来，整理好衣服相对而立。一直到节目结束，两人没有踩空一丝半点，技艺能够达到这样的境界堪称绝技了。

接送宾客颇真率，无揖让之烦。客至不迎，随意坐，主人即具烟架、火炉、竹筒、木匣各一，横烟管其上，匣以烟，筒以弃灰也。遇所敬客，乃烹茶，以细末粉少许，杂茶末，入沸水半瓯，搅以小竹帚，以沫满瓯面为度。客去，亦不送。贵官劝客，常以箸蘸浆少许，纳客唇以为敬。烧酒著黄糖则名福，著白糖则名寿，亦劝客之一贵品也。

重阳具龙舟竞渡于龙潭，琉球亦于五月竞渡。重阳之戏，专为宴天使而设。因成三诗以志之，诗云："故园辜负菊花黄，万里迢迢在异乡。舟泛龙潭看竞渡，重阳错认作端阳。""去年秋在洞庭湾，亲摘黄花插翠鬟。今日登高来海外，累伊独上望夫山。""待将风信泛归槎，犹及初冬好到家。已误霜前开菊宴，还期雪里访梅花。"

闻程顺则曾于津门购得宋朱文公墨迹十四字，今其后裔犹宝之。借观不得，因至其家。开卷，见笔势森严，如奇峰怪石，有岩岩不可犯之色，想见当日道学气象。字径八寸以上，文曰："香飞翰苑围川野，春报南桥叠萃新。"后有名款，无岁月。文公墨迹，流传世间者，莫不宝而藏之。盖其所就者大，笔墨乃其余事，而能自成一家言如此。知古人学力，无所不至也。

又游蔡清派家祠，祠内供蔡君谟画像，并出君谟墨迹见示，知为君谟的派，由明初至琉球，为三十六姓之一。清派能汉语，人亦倜傥。由祠至其家，花木俱有清致，池圆如月，为额其室曰"月波大屋"。

大抵球人工剪剔树木，叠砌假山，故士大夫家率有丘壑以供游览。庭中树长竿，上置小木舟，长二尺，桅舵帆橹皆备。首尾风轮五叶，挂色旗以候风。渡海之家，率预计归期，南风至，则合家欢喜，谓行人当归，归则撤之，即古五两旗遗意。

国王有墨长五寸，宽二寸。有老坑端砚，长一尺，宽六寸，有"永

附
录

乐四年"字，砚背有"七年四月东坡居士留赠潘邠老"字。问知为前明受赐物。国中有东坡诗集，知王不但宝其砚矣。

棉纸、清纸，皆以谷皮为之，恶不中书者。有护书纸，大者佳，高可三尺许，阔二尺，白如玉。小者减其半。亦有印花诗笺，可作札。别有围屏纸，则糊壁用矣。徐葆光《球纸》诗云："冷金入手白于练，侧理海涛凝一片。昆刀截截径尺方，叠雪千层无幂面。"形容殆尽。

南炮台间，有碑二，一正书剥蚀甚微，"奉书造"三字；一其国学书。前朝嘉靖二十一年建，惟不能尽识，其笔力正自遒劲飞舞。

有木曰"山米"，又名"野麻姑"，叶可染，子如女贞，味酸，士人榨以为醋。球醋纯白，不甚酸，供者以为米醋，味不类，或即此果所榨欤？

席地坐，以东为上，设毡。食皆小盘，方盈尺，著两板为脚，高八寸许。肴凡四进，各盘贮而不相共。三进皆附以饭，至四肴乃进酒二，不过三巡。每进肴止一盘，必撤前肴而后进其次肴。饭用油煎面果，次肴饭用炒米花，三肴用饭。每供肴酒，主人必亲手高举置客前，俯身搓手而退。终席，主人不陪，以为至敬。此球人宴会尊客之礼，平等乃对饮。大要球俗，席皆坐地，无椅桌之用，食具如古俎豆，肴尽干制，无所用勺。虽贵官家食，不过一肴、一饭、一箸，箸多削新柳为之。即妻子不同食，犹有古人之遗风焉。

■译文

当地人接待宾客非常率真，没有作揖谦让等繁文缛节。客人来了不必迎接，可以随意坐下。主人即准备烟架、火炉、竹筒以及木匣各一份，把烟管横在上面，木匣里盛着烟，竹筒用来倒烟灰。只有贵宾来访，主人才会烹茶。在茶粉中掺入少许细粉末，加入半盆沸水烹煮，并不时用小竹枝搅拌，当沸沫飘满了盆面时，茶就煮好了。客人离去时，主人也不出门相送。达官贵人向客人劝酒敬茶时，常常用筷子沾上一点糖浆，送入客人的口中以示敬意。用烧酒蘸黄糖叫作福，蘸白糖就叫作寿，这都是劝敬客人时用的珍贵物品。

重阳节的时候，百姓都会在龙潭赛龙舟，琉球国也是在五月赛龙舟。重阳节的这项娱乐是专门为我国的使者准备的。为此我专门写了三首诗来纪念这件事："故园辜负菊花黄，万里迢迢在异乡。舟泛龙潭看竞渡，重阳错认作端阳。""去年秋在洞庭湾，亲摘黄花插翠鬟。今日登高来海外，累伊独上望夫山。""待将风信泛归槎，犹及初冬好到家。已误霜前开菊宴，还期雪里访梅花。"

我听说程顺则曾在天津买到了宋代朱熹的十四个字的墨宝，直到现在他的后人还当作珍宝。我本想借来观赏，但没借到，因此就直接到他们家观赏。开卷，就看出笔势森严，就像奇峰怪石，有一种威严不可侵犯的气势，可以想见当年道学的气象。每个字直径都在八寸以上，文字是："香飞翰苑围川野，春报南桥叠萃新。"后面落有名字款识，但是没有写明年月。朱子的墨迹凡在世间流传的，没有不把它当作宝贝来收藏的。大概因为朱子所成就的功德大，书法笔墨不过是他的业余爱好而已，却能自成一家，由此可见古人的学问工夫真是无所不至啊。

之后我们又游览了蔡清派的家祠，祠堂里供奉着蔡襄的画像，清派还拿出了蔡襄的墨迹给我们看。由此得知他们确实是蔡襄的后代，在明朝初年来到琉球，是三十六姓之一。清派会说汉语，为人也十分风流倜傥。从祠堂到他家中，一路上种植的花木都十分清秀雅致，还有一个圆如满月的池塘，因此他为自己的房屋匾额题名为"月波大屋"。

大概琉球人精于修剪花木和堆砌假山，因此士大夫的家中大都建有园林丘壑供人游览。庭院里面立着长竿，上面放置一只小木船，长两尺左右，船桅、船舵、船帆以及船桨等一应俱全。小木船头尾各有五叶风车，上面挂着旗子来显示风向。出海的人家大都预先计算归期，南风到来的时候合家欢喜，奔走相告出行的人要回来了，游子回家之后就把旗子收起来，这也是古代五两旗的遗俗。

国王收藏着一方长五寸、宽两寸的墨。他还有一方老坑端砚，长一尺，宽六寸，上面有"永乐四年"的字样，砚台背面有"七年四月东坡居士留赠潘邠老"的字样，询问之后才知道是前朝赏赐的宝物。琉球国中也有苏东坡的诗集，由此可知中山王并不仅仅爱惜他的砚台而已。

琉球的棉纸和清纸，都是用谷子壳制作而成的，品质粗劣不适宜书写。但有一种护书纸，大张的品质很不错，高三尺多，宽两尺，颜色莹白如玉。小的纸张是大的一半。这里也有印花的诗笺，可以当作信札用。另外还有围屏纸，是糊墙用的。徐葆光在《球纸》诗中说："冷金入手白于练，侧理海涛凝一片。昆刀截截径尺方，叠雪千层无幂面。"把琉球的纸张描写得很全面。

南炮台一带有两座石碑，其中一座上面的字只遭到了轻微的侵蚀，可以清楚地看到"奉书造"三个字；另一座刻的是他们本国的文字，前朝嘉靖二十一年建造，可惜无法把碑上的字全部认清，但能看出书法笔力遒劲飘逸。

附录

琉球有一种树叫作"山米"，又叫"野麻姑"，叶子可以用来染色，结的果实像女贞，味道酸涩，当地人都榨取它的汁当作醋。琉球的醋是纯白色的，味道不太酸，有人认为那是米醋，但我觉得味道不像，也许就是这种果子榨汁做成的醋吧。

琉球人举办宴会时皆席地而坐，东边是上位，铺着毡毯。食物都盛在小盘子里，小盘子仅一尺，下面有两块木板作为脚，大约高八寸。菜肴一共上四次，每一次上的菜都分在各人的盘子里，不互相掺杂。前三次上菜时都会带着饭，第四次上菜时才会上两壶酒，但酒不过三巡。每次上菜，一定会把先前的盘子撤掉，再上下一道菜。第一次上菜吃的饭是油炸面果，第二次上菜吃的饭是炒米花，第三次上米饭。每次上酒菜时，主人一定会高举着放在客人面前，然后弯着腰搓手退回。一直到宴会结束，主人都不会陪宴，琉球人认为这是最高的敬意。这就是琉球人宴请贵客的礼节，如果宴请的是地位平等的客人，主人才会和客人对饮。大体上，琉球的习俗是席地而坐，不用桌子椅子之类。饮食用的器具就像古代宴宾用的俎和豆，吃的菜肴也是干制的，不用勺。即使是达官贵人家中，吃饭也不过是一道菜、一碗饭和一双筷子而已，筷子大多用新鲜的柳枝削制而成。琉球人吃饭，即使是妻子儿女，也不在一起进餐，还存有古人的遗风。

使院"敷命堂"后，旧有二榜。一书前明册使姓名：洪武五年，封中山王察度，使行人汤载；永乐二年，封武宁，使行人时中；洪熙元年，封巴志，使中官柴山；正统七年，封尚忠，使给事中俞忭、行人刘逊；十三年，封尚思达，使给事中陈传、行人万祥；景泰二年，封尚景福，使给事中乔毅、行人童守宏；六年，封尚泰久，使给事中严诚、行人刘俭；天顺六年，封尚德，使吏科给事中潘荣、行人蔡哲；成化六年，封尚圆，使兵科给事中官荣、行人韩文；十三年，封尚真，使兵科给事中董旻、行人司司副张祥；嘉靖七年，封尚清，使吏科给事中陈侃、行人高澄；四十一年，封尚元，使吏科左给事中郭汝霖、行人李际春；万历四年，封尚永，使户科左给事中萧崇业、行人谢杰；二十九年，封尚宁，使兵科右给事中夏子阳、行人王士正；崇祯元年，封尚丰，使户科左给事中杜三策、行人司司正杨伦。凡十五次，二十七人，柴山以前，无副也。
一书本朝册使姓名：康熙二年，封尚质，使兵科副理官张学礼、行人王垓；

二十一年，封尚贞，使翰林院检讨汪楫、内阁中书舍人林麟焻；五十八年，封尚敬，使翰林院检讨海宝、翰林院编修徐葆光；乾隆二十一年，封尚穆，使翰林院侍讲全魁、翰林院编修周煌。凡四次，共八人。

　　清明后，南风为常；霜降后，南北风为常，反是飓飔将作。正二三月多飓，五六七八月多飔，飓聚发而倏止，飔渐作而多日。九月北风或连月，俗称九降风，间有飔起，亦骤如飓。遇飓犹可，遇飔难当。十月后多北风，飓飔无定期，舟人视风隙以来往。凡飓将至，天色有黑点，急收帆严舵以待，迟则不及，或至倾覆。飔将至，天边断虹若片帆，曰"破帆"，稍及半天如鲎尾，曰"屈鲎"，若见北方尤虐。又海面骤变，多秽如米糠，及海蛇浮游，或红蜻蜓飞绕，皆飔风征。

　　自来球阳，忽已半年，东风不来，欲归无计。十月二十五日，乃始扬帆返国。至二十九日，见温州南杞山，少顷，见北杞山，有船数十只泊焉。舟人皆喜，以为此必迎护船也。守备登后艄以望，惊报曰："泊者贼船也！"又报："贼船皆扬帆矣！"未几，贼船十六只吆喝而来，我船从舵门放子母炮，立毙四人，击喝者坠海，贼退；枪并发，又毙六人；复以炮击之，毙五人；稍进，又击之，复毙四人。乃退去。其时，贼船已占上风，暗移子母炮至舵右舷边，连毙贼十二人，焚其头篷，皆转舵而退。中有二船较大，复鼓噪，由上风飞至。大炮准对贼船，即施放，一发中其贼首，烟迷里许。既散，则贼船已尽退。是役也，枪炮俱无虚发，幸免于危。

　　不一时，北风又至，浪飞过船。梦中闻舟人哗曰："到官塘矣。"惊起。从客皆一夜不眠，语余曰："险至此，汝尚能睡耶？"余问其状，曰："每侧则篷皆卧水，一浪盖船，则船身入水，惟闻瀑布声，垂流不息，其不覆者，幸耶！"余笑应之曰："设覆，君等能免乎？余入黑甜乡，未曾目击其险，岂非幸乎！"盥后，登战台视之，前后十余灶皆没，船面无一物，爨火断矣。舟人指曰："前即定海，可无虑矣。"申刻，乃得泊。船户登岸购米薪，乃得食。

　　是夜修家书，以慰芸之悬系，而归心益切。犹忆昔年，芸尝谓余：

"布衣菜饭，可乐终身，不必作远游。"此番航海，虽奇而险，濒危幸免，始有味乎芸之言也。

■译文

在天使院敷命堂的后面有两块榜，一块上面写着明朝来琉球册封的使臣的姓名：洪武五年，册封中山王察度，使臣为汤载；永乐二年，册封武宁，使臣为时中；洪熙元年册封巴志，使臣为中官柴山；正统七年册封尚忠，使臣为给事中俞忭、行人刘逊；正统十三年册封尚思达，使臣为给事中陈传、行人万祥；景泰二年册封尚景福，使臣为给事中乔毅、行人童守宏；景泰六年册封尚泰久，使臣为给事中严诚、行人刘俭；天顺六年册封尚德，使臣为吏科给事中潘荣、行人蔡哲；成化六年册封尚圆，使臣为兵科给事中官荣、行人韩文；成化十三年册封尚真，使臣为兵科给事中董旻、行人司司副张祥；嘉靖七年册封尚清，使臣为吏科给事中陈侃、行人高澄；嘉靖四十一年册封尚元，使臣为吏科左给事中郭汝霖、行人李际春；万历四年册封尚永，使臣为户科左给事中萧崇业、行人谢杰；万历二十九年册封尚宁，使臣为兵科右给事中夏子阳、行人王士正；崇祯元年册封尚丰，使臣为户科左给事中杜三策、行人司司正杨伦。明朝总共来琉球册封十五次，派遣使臣二十七人，柴山以前没有副使。另一块榜上写的是本朝前来册封的使臣姓名：康熙二年册封尚质，使臣为兵科副理官张学礼、行人王垓；康熙二十一年册封尚贞，使臣为翰林院检讨汪楫、内阁中书舍人林麟焻；康熙五十八年册封尚敬，使臣为翰林院检讨海宝、翰林院编修徐葆光；乾隆二十一年册封尚穆，使臣为翰林院侍讲全魁、翰林院编修周煌。本朝前来琉球册封共有四次，派遣的使臣共八人。

清明节过后，往往会刮南风；霜降之后，往往是南北风都有，如果不是这样，说明飓风即将来临。琉球二三月份多飓风，五六七八月份多飓风，飓风来得快结束得也快，飓风生成得慢但持续时间长。九月的时候，北风有时会连续刮一个月，当地人称之为九降风，这期间有时也会骤然刮起飓风，也可能刮起迅速猛烈的飓风。要是遇上飓风还有办法，但遇上飓风便难以抵挡。十月以后大都刮北风，但飓风、飓风不定期，水手往往观察风隙决定航行的时间和路线。飓风要来的时候，天边会有一个黑点，水手会赶紧收起船帆把好船舵，等待飓风来临，一旦迟了就来不及了，有时会导致翻船的悲剧。飓风即将来到的时候，天边的云霞就像一片片帆，这种云叫作"破帆"，不久就蔓延到半个天空，形状像鲨尾，叫作"屈鲨"。如果这种云彩出现在北方的天空，飓风就会特别猛烈。同时海面上也会突然发生变化，很多像米糠一样的秽物会漂浮在水面上，此外海蛇也在水面浮游，或者是红蜻蜓在水面上方盘旋，这些都是飓风来临的预兆。

自从来到琉球,转眼已过去半年,但东风仍然未到,想回去也不行。直到十月二十五日,我们才扬帆返国。到了二十九日,已经看到温州南杞山,不久又看到北杞山。这时我们看到海面上停泊着几十艘船,船上的人都十分高兴,以为这一定是朝廷派来迎接护卫我们的船只。守备登上后艄瞭望,忽然吃惊地报告:"停泊的是海盗船!"接着又说:"那些海盗船都扬起帆来了!"没过多久,十六艘海盗船吆喝而来,我们的船从舵门处施放子母炮,立刻击毙海盗四个,并将嚣张吆喝的海盗打入海中,海盗开始逃走;船上的守备军又一起开枪,击毙六人;之后,又用大炮轰击海盗船,击毙五人;稍微前进,又击毙四人。海盗船这才退走。当时,海盗船已经占了上风,我们的船又暗中将子母炮移动到船舵右舷,连续击毙了十二个海盗,并烧了对方领头船的船帆,海盗船才全都掉头后退。海盗船中有两艘较大的,再次借着风势鼓噪而来,我们的大炮立即对准开炮,一发炮弹击中了海盗的头,硝烟弥漫一里多。等到烟尘散去,才发现海盗船已经全部撤退。这一战,我们的枪炮全无虚发,总算幸免于难。

不久,北风再次来临,海浪翻滚涌上船头。我在睡梦中听到船上有人大喊:"到观塘了。"我一下子从梦中惊醒。其他的人都一夜没睡,他们对我说:"海上这样险象环生,你还能睡得着吗?"我向他们询问海上的情况,他们说:"船只每次倾斜,篷都贴到水面了,只要有海浪打过来,船身里面就浸满了水,整夜只听到瀑布一般的声音,流淌不停。船一直没有倾覆,实在是幸运啊!"我笑着回答说:"假如船翻了,你们能够幸免吗?我一觉进入梦乡,因而也就不曾看见那样的惊险场面,难道不是幸运吗?"盥洗之后,登上战台,看见前后十几座灶台都没有了,船面上空无一物,我们的饮食都断了。水手指着前方说:"前面就是定海,可以不用担心了。"申时,船才停下来。水手、杂役上岸采购米粮柴薪,我们这才吃上饭。

这天夜里,我写了封家书以宽慰芸的牵挂之情,想要回去的心情也就更加急迫了。我还记得从前芸对我说:"粗茶淡饭,也能终身安乐啊,又何必到远方去呢?"这次航海,虽然经历了各种奇遇,但也多次遇到险境,濒临危险而最终幸免于难,这才体会到芸的话颇有道理。

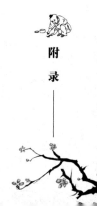

附录

169

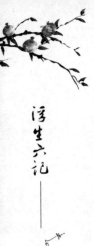

养生记道

自芸娘之逝，戚戚无欢。春朝秋夕，登山临水，极目伤心，非悲则恨。读《坎坷记愁》，而余所遭之拂逆可知也。

静念解脱之法，行将辞家远出，求赤松子于世外。嗣以淡安、揖山两昆季之劝，遂乃栖身苦庵，惟以《南华经》自遣，乃知蒙庄鼓盆而歌，岂真忘情哉？无可奈何，而翻作达耳。余读其书，渐有所悟。读《养生主》而悟达观之士，无时而不安，无顺而不处，冥然与造化为一。将何得而何失，孰死而孰生耶？故任其所受，而哀乐无所措其间矣。又读《逍遥游》，而悟养生之要，惟在闲放不拘，怡适自得而已。始悔前此之一段痴情，得勿作茧自缚矣乎！此《养生记道》之所以为作也。亦或采前贤之说以自广，扫除种种烦恼，惟以有益身心为主，即蒙庄之旨也。庶几可以全生，可以尽年。

余年才四十，渐呈衰象，盖以百忧摧撼，历年郁抑，不无闷损。淡安劝余每日静坐数息，仿子瞻《养生颂》之法，余将遵而行之。调息之法，不拘时候，兀身端坐，子瞻所谓摄身使如木偶也。解衣缓带，务令适然。口中舌搅数次，微微吐出浊气，不令有声，鼻中微微纳之，或三五遍，二七遍，有津咽下，叩齿数通，舌抵上腭，唇齿相著，两目垂帘，令胧胧然渐次调息，不喘不粗。或数息出，或数息入，从一至十，从十至百，摄心在数，勿令散乱。子瞻所谓"寂然、兀然、与虚空等也"。如心息相依，杂念不生，则止勿数，任其自然。子瞻所谓"随"也。坐久愈妙。若欲起身，须徐徐舒放手足，勿得遽起。能勤行之，静中光景，种种奇特。

子瞻所谓"定能生慧"。自然明悟，譬如盲人忽然有眼也，直可明心见性，不但养身全生而已。出入绵绵，若存若亡，神气相依，是为真息。息息归根，自能夺天地之造化，长生不死之妙道也。

人大言，我小语。人多烦，我少记。人悖怖，我不怒。澹然无为，神气自满，此长生之药。《秋声赋》云："奈何思其力之所不及，忧其智之所不能。宜其渥然丹者为槁木，黟然黑者为星星。"此士大夫通患也。又曰："百忧感其心，万事劳其形。有动乎中，必摇其精。"人常有多忧多思之患，方壮遽老，方老遽衰。反此亦长生之法。舞衫歌扇，转眼皆非；红粉青楼，当场即幻。秉灵烛以照迷情，持慧剑以割爱欲，殆非大勇不能也。然情必有所寄，不如寄其情于卉木，不如寄其情于书画，与对艳妆美人何异？可省却许多烦恼。

范文正有云"千古圣贤，不能免生死，不能管后事。一身从无中来，却归无中去。谁是亲疏？谁能主宰？既无奈何，即放心逍遥，任委来往。如此断了，即心气渐顺，五脏亦和，药方有效，食方有味也。只如安乐人，勿有忧事。便吃食不下，何况久病，更忧身死，更忧身后，乃在大怖中，饮食安可得下？请宽心将息"云云。乃劝其中舍三哥之帖。余近日多忧多虑，正宜读此一段。

放翁胸次广大，盖与渊明、乐天、尧夫、子瞻等，同其旷逸。其于养生之道，千言万语，真可谓有道之士。此后当玩索陆诗，正可疗余之病。

■译文

自芸去世，我一直忧伤不已，郁郁寡欢。春夏秋冬游山玩水，眼前的景物总让我触景伤心，不是悲痛欲绝就是愤恨不已。读《坎坷记愁》，就能明白我所遭遇的一切挫折。

我静静寻求解脱的方法，本打算就此离家远行，去山中求仙问道。但后来听从淡安、揖山两兄弟的劝告，勉强在简陋的庵堂里栖身，每天以《南华经》消遣度日，这才明白庄子在妻子去世后鼓盆而歌，难道是真的忘情了吗？不过是无可奈何，反而强作乐观旷达而已。我读庄子的书，渐渐有了更多领悟。读了《养生主》，领悟到豁达乐观的人，无论在什么时候都会保持平和的心态，无论什么情况下都会使自己与外物相协调，与自

附录

然融为一体。哪里还会在乎自己的得失与生死呢？所以才能够坦然地接受一切，而喜怒哀乐都不滞留于心间。又读了《逍遥游》，进而领会到养生的要诀，即在于闲散放达不拘外物，只求闲适自得罢了。至此，我开始后悔先前那段痴情相思的日子，简直就是作茧自缚啊！这就是我写下这篇《养生记道》的原因。文中也会采用先贤的说法进而自我发挥，意在扫除种种烦恼，只把修养身心作为主旨，这也是庄子的目的。或许这样可以修养身心，尽享天年。

我今年刚四十岁，但已逐渐显现出衰老的迹象了，大概是因为种种忧愁摧残心神，以致常年抑郁难以排解，最终让身体大受损伤。淡安劝我每天静坐数自己的呼吸，效仿苏轼在《养生颂》里提到的养生之法，我打算听从并践行。调理呼吸的养生之法不受时节的限制，只需自己一人端坐即可，这就是苏轼所说的控制自己的身体使它变得像木偶一样。脱下衣服松开腰带，一定要让自己保持舒适安然。舌头在嘴里面搅动几下，轻轻将浊气吐出，不要发出声响，同时鼻子轻轻吸气。这个过程可以做十五遍或十四遍，若有口水要将口水咽下去，上下牙碰触几次，再用舌头抵住上颚，并让牙齿和嘴唇相接触。双眼下垂，让自己在朦朦胧胧中逐渐调理呼吸，既不急促也不粗浊。或者数呼出的次数，或者数吸入的次数，从一到十，再从十到百，默默在心里计数以集中注意力，不要数乱了。这就是苏轼所说的"寂然、兀然、与虚空等也"。如果能够做到心与呼吸的节奏一致，心中没有杂念就可以停止数数，任其自然。这就是苏轼所说的"随"的境界。这样坐的时间越长，效果就越奇妙。如果想要起身的话，须慢慢地舒展开手脚，千万不要一下子站起来。如果能够勤勉地坚持下去，静坐时的光景可以说有种种奇特之处啊。这也就是苏轼所说的"定能生慧"。这样一来自然而然就会有所了悟，就像盲人忽然有了眼睛，直接就能明心见性，不仅仅是保养身体而已。呼气和吸气时都绵绵不绝，似有似无，心灵和气息相依，这就是真息。每道气息都回归本源，自然就能够得到天地的造化，这也是长生不老的绝妙方法啊。

别人大声说话，我轻声细语。别人烦恼忧心，我不放在心上。别人惊悸恐惧，我不怨不怒。淡然无为，怡然自足，这是长寿的灵丹妙药。《秋声赋》说："奈何思其力之所不及，忧其智之所不能。宜其渥然丹者为槁木，黟然黑者为星星。"（何况常常思考自己的力量所做不到的事情，忧虑自己的智慧所不能解决的问题，自然会使一个人鲜红有光泽的肤色变得苍老枯槁，乌黑光亮的须发变得花白斑驳。）这是士大夫的通病。文中还写道："百忧感其心，万事劳其形。有动乎中，必摇其精。"（有无穷无尽的忧愁来煎熬一个人的心，又有无数琐碎烦恼的事来劳累他的身体。费心劳神，必然会损耗精力。）人常有忧虑过多的毛病，这常常导致一个人才到壮年就开始变老，才开始变老就衰弱不堪。反其道而行才是长生的要诀。歌伎伶人飘飘而舞，摇摇而歌，但转眼间就全变了样；红粉佳人之柔情，烟花柳巷之繁华，一瞬间就幻灭了。持着灵烛来照清迷离的情感，举着慧剑来斩断爱欲的纠缠，若非有大智大勇的人断然做不到。如果感情一定要有所寄托，不如寄情于花卉草木，寄情于书法绘画，这和寄情于盛装打扮的美人又有什么差别呢？还能省掉许多烦恼。

范仲淹曾说"千古圣贤，不能免生死，不能管后事。一身从无中来，却归无中去。谁是亲疏？谁能主宰？既无奈何，即放心逍遥，任委来往。如此断了，即心气渐顺，五脏亦和，药方有效，食方有味也。只如安乐人，勿有忧事。便吃食不下，何况久病，更忧身死，更忧身后，乃在大怖中，饮食安可得下？请宽心将息"，等等。（自古以来的圣贤，既不能免于死亡，也无法预知自己死后的事。人的一生从无中来，又回归到无中去。谁亲谁疏？谁能够主宰天下？既然对这些事情都无可奈何，不如放纵心情逍遥自得，任凭来往。像这样了却尘世，才能够心平气顺，五脏和谐，开的药方才会发挥作用，吃起饭来才有滋味。只做个安乐的人，不想忧心的事。如果吃不下饭，何况久病不愈，担心自己会死，还考虑自己死后的事情，人就会处在极其惊恐不安的状态里，这样食物怎能咽得下去呢？还是请放宽心休养生息。）这是范仲淹劝慰他担任中舍人的三哥所说的话。我近日来有许多忧思烦恼，正适合读这段话。

陆游心胸宽广豁达，大概和陶渊明、白居易、邵雍、苏轼等人一样旷达飘逸。陆游对于养生之道也有许多精妙的见解，真可以称得上是得道之士了。从今往后我也应当多多赏玩研究陆游的诗，正好用以治疗我的心病。

沦浴极有益。余近制一大盆，盛水极多。沦浴后，至为畅适。东坡诗所谓"淤槽漆斛江河倾，本来无垢洗更轻"，颇领略得一二。

治有病，不若治于无病。疗身，不若疗心。使人疗，尤不若先自疗也。林鉴堂诗曰："自家心病自家知，起念还当把念医。只是心生心作病，心安那有病来时。"此之谓自疗之药。游心于虚静，结志于微妙，委虑于无欲，指归于无为，故能达生延命，与道为久。

《仙经》以精、气、神为内三宝，耳、目、口为外三宝。常令内三宝不逐物而流，外三宝不诱中而扰。重阳祖师于十二时中，行、住、坐、卧，一切动中，要把心似泰山，不摇不动。谨守四门：眼、耳、鼻、口，

附录

不令内入外出，此名养寿紧要。外无劳形之事，内无思想之患，以恬愉为务，以自得为功，形体不敝，精神不散。

益州老人尝言："凡欲身之无病，必须先正其心，使其心不乱求，心不狂思，不贪嗜欲，不着迷惑，则心君泰然矣。心君泰然，则百骸四体，虽有病，不难治疗。独此心一动，百患为招，即扁鹊、华佗在旁，亦无所措手矣。"

林鉴堂先生有《安心诗》六首，真长生之要诀也。诗云：

"我有灵丹一小锭，能医四海群迷病。些儿吞下体安然，管取延年兼接命。"

"安心心法有谁知，却把无形妙药医。医得此心能不病，翻身跳入太虚时。"

"念杂由来业障多，憧憧扰扰竟如何？驱魔自有玄微诀，引入尧夫安乐窝。"

"人有二心方显念，念无二心始为人。人心无二浑无念，念绝悠然见太清。"

"这也了时那也了，纷纷攘攘皆分晓。云开万里见清光，明月一轮圆皎皎。"

"四海遨游养浩然，心连碧水水连天。津头自有渔郎问，洞里桃花日日鲜。"

禅师与余谈养心之法，谓："心如明镜，不可以尘之也；又如止水，不可以波之也。"此与晦庵所言"学者，常要提醒此心，惺惺不寐，如日中天，群邪自息"，其旨正同。又言："目毋妄视，耳毋妄听，口毋妄言，心毋妄动，贪嗔痴爱，是非人我，一切放下。未事不可先迎，遇事不宜过扰，既事不可留住；听其自来，应以自然，信其自去。忿懥恐惧，好乐忧患，皆得其正。"此养心之要也。

王华子曰："斋者，齐也。齐其心而洁其体也，岂仅茹素而已。所谓齐其心者，澹志寡营，轻得失，勤内省，远荤酒；洁其体者，不履邪径，不视恶色，不听淫声，不为物诱。入室闭户，烧香静坐，方可谓之斋也。诚能如是，则身中之神明自安，升降不碍，可以却病，可以长生。"

余所居室，四边皆窗户，遇风即阖，风息即开。余所居室，前帘后屏，太明即下帘，以和其内映；太暗则卷帘，以通其外耀。内以安心，外以安目，心目俱安，则身安矣。

禅师称二语告我曰："未死先学死，有生即杀生。"有生，谓妄念初生；杀生，谓立予铲除也。此与孟子"勿忘勿助"之功相通。

孙真人《卫生歌》云："卫生切要知三戒，大怒大欲并大醉。三者若还有一焉，须防损失真元气。"

又云："世人欲知卫生道，喜乐有常嗔怒少。心诚意正思虑除，理顺修身去烦恼。"

又云："醉后强饮饱强食，未有此生不成疾。入资饮食以养身，去其甚者自安适。"

又蔡西山《卫生歌》云："何必餐霞饵大药，妄意延龄等龟鹤。但于饮食嗜欲间，去其甚者将安乐。食后徐行百步多，两手摩胁并胸腹。"

又云："醉眠饱卧俱无益，渴饮饥餐尤戒多。食不欲粗并欲速，宁可少餐相接续。若教一顿饱充肠，损气伤脾非尔福。"

又云："饮酒莫教令大醉，大醉伤神损心志。酒渴饮水并啜茶，腰脚自兹成重坠。"

又云："视听行坐不可久，五劳七伤从此有。四肢亦欲得小劳，譬如户枢终不朽。"

又云："道家更有颐生旨，第一戒人少嗔恚。"

凡此数言，果能遵行，功臻旦夕，勿谓老生常谈也。

■译文

沐浴对身体极有好处。我最近新制作了一个大盆，可以盛很多水。每次沐浴后都感到极为舒适畅快。苏轼在诗中说"淤槽漆斛江河倾，本来无垢洗更轻"，对此我颇有心得。

有病的时候再去治疗，不如在生病之前就加以预防。治疗身体不如疗养心神。让别人为自己治病，不如先自己为自己诊治。林鉴堂的诗写道："自家心病自家知，起念还当把念医。只是心生心作病，心安那有病来时。"这诗说的就是自我治疗的好处。在虚空寂静中留心观察，于精微玄妙处凝聚神志，在无欲无求的境界中寄托思虑，在无为中寻找意向，如此才能通达、延续生命，进而与道永存于宇宙。

《仙经》中把精、气、神当作内三宝，把耳朵、眼睛、嘴巴当作外三宝。要常常让内三宝不追逐外物而自然循环，外三宝不受诱惑的干扰。重阳祖师在一天十二个时辰当中，行、住、坐、卧一切行动都要心似泰山，不摇不动。同时还要谨慎地守住四门：眼、耳、鼻、口，不要让浊气进入、精气逸出，这是养生长寿十分关键的地方。在外没有使身体劳累的事务，在内没有思绪上的忧虑，把恬静愉悦当作人生要旨，把怡然自得当作功名业绩。如此一来，身体就不会疲惫，精神也不会涣散。

益州老人曾说过："凡是想要身体不生病的，一定要先端正心源，让心不胡乱索求，不痴狂思念，不贪嗜欲望，不陷于迷惑，这样心才能安然自得。只要心安定下来，那么四肢百骸即使有病也不难治疗。只要心不安定，各种疾病忧虑就会接踵而来，到那时即使有扁鹊、华佗这样的名医在身边，也会束手无策。"

林鉴堂先生有六首《安心诗》，真是长生之秘诀啊。诗里写道：

"我有灵丹一小锭，能医四海群迷病。些儿吞下体安然，管取延年兼接命。"

"安心心法有谁知，却把无形妙药医。医得此心能不病，翻身跳入太虚时。"

"念杂由来业障多，憧憧扰扰竟如何？驱魔自有玄微诀，引入尧夫安乐窝。"

"人有二心方显念，念无二心始为人。人心无二浑无念，念绝悠然见太清。"

"这也了时那也了，纷纷攘攘皆分晓。云开万里见清光，明月一轮圆皎皎。"

"四海遨游养浩然，心连碧水水连天。津头自有渔郎问，洞里桃花日日鲜。"

禅师和我谈论起养心的方法，说："心就像明镜，不能让它蒙上尘埃；又像静止的水，不可以让它兴起波澜。"这话和朱子所说的"学者，常要提醒此心，惺惺不寐，如日中天，群邪自息"（学者要常常提醒自己的心，要保持清醒而不麻木，就像正午太阳当空，各种邪魅自然会止息）主旨相同。禅师又说："眼睛不要随意看，耳朵不要随意听，嘴巴不要随意乱说，心念不要随意动，贪婪、嗔怒、痴情、爱恋，以及是非、他人和自我，一切都要放下。还没发生的事情不要提前预测，遇到事情时不要过分担忧，已经过去的事情不能强留；听任它自然而来，用自然的态度来应对它，并随它自然而去。这样一来，愤怒恐惧之情、欢乐忧伤之事都能各得其所。"这是养心的要诀。

王华子说："斋是齐的意思。就是让心性端正并让身体保持洁净，怎么仅仅只是吃素而已呢？所谓心性端正，就是要淡薄名利，少去钻营，轻视得失，勤于内省，远离荤腥；所谓保持身体的洁净，就是要不走邪路，不看美色，不听淫邪之声，不受外物的诱惑。进入室内关上门，燃香静坐，这才称得上斋。如果真能做到这点，那么一个人身体内的神明就能安宁，上升或下降都不会受到阻碍，可以防治疾病，也可以延长寿命。"

我所居住的房屋四面都是窗户，一遇上刮风就关上窗，风停了就立刻开窗。我住的房屋前面挂着帘子，后面放着屏风，外面太亮的时候就放下帘子，以求和室内的环境相协调；太暗的时候就把帘子卷起来，使外面的光线照进来。对内以安心，对外以悦目，心和眼睛都安定了，那么身体也就安定了。

禅师告诉我两句话："未死先学死，有生即杀生。"（还没死的时候要先了解死，妄念初生之时就要把它铲除。）有生，说的是妄念刚刚产生；杀生，意思是要立刻把妄念铲除。这话和孟子的"勿忘勿助"意思相通。

孙真人的《卫生歌》写道："卫生切要知三戒，大怒大欲并大醉。三者若还有一焉，须防损失真元气。"

诗里又说道："世人欲知卫生道，喜乐有常嗔怒少。心诚意正思虑除，理顺修身去烦恼。"

诗里还说道："醉后强饮饱强食，未有此生不成疾。入资饮食以养身，去其甚者自安适。"

还有蔡西山的《卫生歌》写道："何必餐霞饵大药，妄意延龄等龟鹤。但于饮食嗜欲间，去其甚者将安乐。食后徐行百步多，两手摩胁并胸腹。"

诗中还道："醉眠饱卧俱无益，渴饮饥餐尤戒多。食不欲粗并欲速，宁可少餐相接续。若教一顿饱充肠，损气伤脾非尔福。"

诗里又说："饮酒莫教令大醉，大醉伤神损心志。酒渴饮水并啜茶，腰脚自兹成重坠。"

诗里还这样写道："视听行坐不可久，五劳七伤从此有。四肢亦欲得小劳，譬如户枢终不朽。"

诗中又写道："道家更有颐生旨，第一戒人少嗔恚。"

以上这些话，如果能够真正遵循实行的话，旦夕之间就会渐渐取得效果，不要嘲笑这是老生常谈。

洁一室，开南牖，八窗通明。勿多陈列玩器，引乱心目。设广榻、长几各一，笔砚楚楚，旁设小几一，挂字画一幅，频换。几上置得意书一二部，古帖一本，古琴一张。心目间，常要一尘不染。

晨入园林，种植蔬果，芟草，灌花，莳药。归来入室，闭目定神。时读快书，怡悦神气；时吟好诗，畅发幽情。临古帖，抚古琴，倦即止。知己聚谈，勿及时事，勿及权势，勿臧否人物，勿争辩是非。或约闲行，不衫不履，勿以劳苦徇礼节。小饮勿醉，陶然而已。诚能如是，亦堪乐志。以视夫蹩足入绊，申胫就羁，游卿相之门，有簪佩之累，岂不霄壤之悬哉？

太极拳非他种拳术可及，太极二字，已完全包括此种拳术之意义。太极，乃一圆圈，太极拳即由无数圆圈联贯而成之一种拳术。无论一举手，一投足，皆不能离此圆圈，离此圆圈，便违太极拳之原理。四肢百骸，不动则已，动则皆不能离此圆圈。处处成圆，随虚随实。练习以前，先须存神纳气，静坐数刻，并非道家之守窍也。只须屏绝思虑，务使万缘俱静。以缓慢为原则，以毫不使力为要义，自首至尾，联绵不断。相传为辽阳张通，于洪武初奉召入都，路阻武当，夜梦异人，授以此种拳术。余近年从事练习，果觉身体较健，寒暑不侵。用以卫生，诚有益而无损者也。

省多言，省笔札，省交游，省妄想，所一息不可省者，居敬养心耳。

杨廉夫有《路逢三叟词》云："上叟前致词，大道抱天全。中叟前致词，寒暑每节宣。下叟前致词，百岁半单眠。"尝见后山诗一词，亦此意。盖出应璩，璩诗曰："昔有行道人，陌上见三叟。年各百岁余，想与锄禾麦。往前问三叟，何以得此寿？上叟前致词，室内姬粗丑。二叟前致词，量腹节所受。下叟前致词，夜卧不覆首。要哉三叟言，所以能长久。"

古人云："比上不足，比下有余。"此最是寻乐妙法也。将啼饥者比，则得饱自乐；将号寒者比，则得暖自乐；将劳役者比，则优闲自乐；将疾病者比，则康健自乐；将祸患者比，则平安自乐；将死亡者比，则生存自乐。

白乐天诗有云："蜗牛角内争何事，石火光中寄此身。随富随贫且欢喜，不开口笑是痴人。"

近人诗有云："人生世间一大梦，梦里胡为苦认真？梦短梦长俱是梦，忽然一觉梦何存！"与乐天同一旷达也！

"世事茫茫，光阴有限，算来何必奔忙！人生碌碌，竞短论长，却不道荣枯有数，得失难量。看那秋风金谷，夜月乌江，阿房宫冷，铜雀台荒。荣华花上露，富贵草头霜。机关参透，万虑皆忘。夸什么龙楼凤阁，说什么利锁名缰。闲来静处，且将诗酒猖狂。唱一曲归来未晚，歌一调湖海茫茫。逢时遇景，拾翠寻芳。约几个知心密友，到野外溪旁，或琴棋适性，或曲水流觞；或说些善因果报，或论些今古兴亡；看花枝堆锦绣，听鸟语弄笙簧。一任他人情反复，世态炎凉，优游闲岁月，潇洒度时光。"此不知为谁氏所作，读之而若大梦之得醒，热火世界一帖清凉散也。

程明道先生曰："吾受气甚薄，因厚为保生。至三十而浸盛，四十五十而浸盛，四十五十而后完。今生七十二年矣，较其筋骨，于盛年无损也。若人待老而保生，是犹贫而后蓄积，虽勤亦无补矣。"

■译文

打扫一间屋子，打开南面墙上的窗子，让四面都通透明亮。室内不要陈列过多的古玩器物，以免使自己眼花缭乱、心绪不宁。可以摆设一张宽榻、一张长几，同时要把笔墨纸砚摆放得整整齐齐。此外还可以在旁边摆上一张小案几，在墙上挂一幅字画，字画可以时常更换。案几上摆上一两本自己最喜欢的书，放上一本古帖，摆上一张古琴。自己的心灵眼界要时常保持一尘不染的境界。

清晨步入园林之中，种点蔬菜水果，除除草，浇浇花，栽种药材。回来之后就进入房间内闭目养神。有时读些快意淋漓的书，来颐养自己的精神意气；有时吟诵几句好诗，来痛快地抒发自己深沉的情怀。可以临摹一下古帖，或者弹几声古琴，一旦感到疲倦就立刻停下来。邀请几位知己相聚谈心，但是不要提及时事，不要谈论权贵，不要评论人物的好坏，不要争辩是非。有时也可以约友人四处闲逛，着装可随性洒脱，千万不要费心伤神地被礼节束缚。可以稍稍饮酒但不要喝醉，感受到饮酒的乐趣就好。如果真的能做到这些，也足以愉悦身心了。反观那些凡夫俗子，迫不及待地去参加科举考试，伸长了脖子让人去捆绑，在达官贵人门下不断游说，总是被显贵的地位所累，两者相比起来难道不是云泥之别吗？

太极拳不是其他的拳种能够相比的。太极二字已经完全涵盖了这种拳术的意义。太极，

附录

就是一个圆圈，而太极拳就是由无数的圆圈联系贯通而形成的一种拳术。无论是一抬手，还是一投足，都不能离开这个圆圈，一旦离开这个圆圈，也就违背了太极拳的原理。四肢百骸不动则已，一动就不能离开这个圆圈。因此打太极拳处处都成圆，一会儿实，一会儿虚。练习太极拳之前，需要先保持精神吸入气息，静静打坐一会儿，这倒不是道家的守窍坐法，只是需要摈除心中的杂念，使一切都保持宁静。打太极拳要以缓慢为原则，以不使用力气为要义，从开始到结束，动作要柔和而绵延不绝。相传辽阳人张通在洪武初年奉诏进京，走到武当的时候被阻，夜里睡觉时梦见一位奇人，此人就把太极拳传授给了他。这几年来我一直练习太极拳，果然觉得身体比以前强健了，寒气、暑气都不能侵入身体。用太极拳来养护身体，实在是有益而无害啊。

省去多余的言论，省去过多的笔记信札，省去频繁的交往，省去不切实际的空想，但是有一样东西不能省，那就是居住时保持恭敬来颐养心性。

杨廉夫有一首《路逢三叟词》写道："上叟前致词，大道抱天全。中叟前致词，寒暑每宜宣。下叟前致词，百岁半单眠。"我曾经在陈师道的诗集中看到一首也是这个意思，大概是出自应璩，应璩的诗写道："昔有行道人，陌上见三叟。年各百岁余，相与锄禾麦。往前问三叟，何以得此寿？上叟前致词，室内姬粗丑。二叟前致词，量腹节所受。下叟前致词，夜卧不覆首。要哉三叟言，所以能长久。"

古人说："和比我强的人相比，我赶不上，但是和不如我的人相比，我已经绰绰有余了。"这是最绝妙的寻求快乐的方法。和那些因为饥饿而呻吟哭泣的人相比，自己就会因为能够吃饱而觉得快乐；和那些因为寒冷而哭泣的人相比，自己会因为能够取暖而觉得快乐；和那些整日饱受劳役之苦的人相比，自己会因为悠闲而觉得快乐；和那些疾病缠身的人相比，自己会因为拥有健康而觉得快乐；和那些遭受灾难的人相比，自己会因为平安无事而觉得快乐；和那些已经死去的人相比，自己会因为还活着而觉得快乐。

白居易有首诗说："蜗牛角内争何事，石火光中寄此身。随富随贫且欢喜，不开口笑是痴人。"

近人也有诗写道："人生世间一大梦，梦里胡为苦认真？梦短梦长俱是梦，忽然一觉梦何存！"真和白居易一样旷达啊！

"世事茫茫，光阴有限，算来何必奔忙！人生碌碌，竞短论长，却不道荣枯有数，得失难量。看那秋风金谷，夜月乌江，阿房宫冷，铜雀台荒。荣华花上露，富贵草头霜。机关参透，万虑皆忘。夸什么龙楼凤阁，说什么利锁名缰。闲来静处，且将诗酒猖狂。唱一曲归来未晚，歌一调湖海茫茫。逢时遇景，拾翠寻芳。约几个知心密友，到野外溪旁。或琴棋适性，或曲水流觞；或说些善因果报，或论些今古兴亡；看花枝堆锦绣，听鸟语弄笙簧。一任他人情反复，世态炎凉，优游闲岁月，潇洒度时光。"这首诗也不知道是什么人写的，但是读了之后只觉得如大梦初醒，恰如炎热世界中的一帖清凉散。

程颢曾说过："我天生精气薄弱，因此特别重视保健养生。到了三十岁的时候，身体就逐渐强壮，四五十岁时身体愈加强健，四五十岁以后身体就逐渐完善了。我今年七十二了，论起身体筋骨，丝毫不比盛年时差。如果人等到老了才开始保健养生，就好比一贫如洗了才开始积蓄钱财，即使勤勉也于事无补了。"

口中言少，心头事少，肚里食少。有此三少，神仙可到。酒宜节饮，忿宜速惩，欲宜力制。依此三宜，疾病自稀。

病有十可却：静坐观空，觉四大原从假合，一也；烦恼现前，以死譬之，二也；常交不如我者，巧自宽解，三也；造物劳我以生，遇病少闲，反生庆幸，四也；宿孽现逢，不可逃避，欢喜领受，五也；家室和睦，无交谪之言，六也；众生各有病根，常自观察克治，七也；风寒谨防，嗜欲淡薄，八也；饮食宁节毋多，起居务适毋强，九也；觅高朋亲友，讲开怀出世之谈，十也。

邵康节居安乐窝中，自吟曰："老年肢体索温存，安乐窝中别有春。万事去心闲偃仰，四肢由我任舒伸。炎天傍竹凉铺簟，寒雪围炉软布裀。昼数落花聆鸟语，夜邀明月操琴音。食防难化常思节，衣必宜温莫懒增。谁道山翁拙于用，也能康济自家身。"

养生之道，只"清净明了"四字，内觉身心空，外觉万物空，破诸妄想，一无执着，是曰"清净明了"。

万病之毒，皆生于浓。浓于声色，生虚怯病；浓于货利，生贪饕病；浓于功业，生造作病；浓于名誉，生矫激病。噫，浓之为毒甚矣！樊尚默先生以一味药解之，曰："淡。"云白山青，川行石立，花迎鸟笑，谷答樵讴，万境自闲，人心自闲。

岁暮访淡安，见其凝尘满室，泊然处之。叹曰："所居，必洒扫涓洁，虚室以居，尘嚣不杂。斋前杂树花木，时观万物生意。深夜独坐，或启

附

录

扉以漏月光，至昧爽，但觉天地万物，清气自远而届，此心与相流通，更无窒碍。今室中芜秽不治，弗以累心，但恐于神爽，未必有助也。"

余年来静坐枯庵，迅扫夙习。或浩歌长林，或孤啸幽谷，或弄艇投竿于溪涯湖曲，捐耳目，去心智，久之似有所得。

陈白沙曰："不累于外物，不累于耳目，不累于造次颠沛。鸢飞鱼跃，其机在我。"知此者谓之善学，抑亦养寿之真诀也。

圣贤皆无不乐之理。孔子曰："乐在其中。"颜子曰："不改其乐。"孟子以"不愧不怍"为乐。《论语》开首说"乐"，《中庸》言"无人而不自得"，程朱教寻孔颜乐趣，皆是此意。圣贤之乐，余何敢望，窃欲仿白傅之"有叟在中，白须飘然；妻孥熙熙，鸡犬闲闲"之乐云耳。

冬夏皆当以日出而起，于夏尤宜。天地清旭之气，最为爽神，失之甚为可惜。余居山寺之中，暑月日出则起，收水草清香之味。莲方敛而未开，竹含露而犹滴，可谓至快。日长漏永，午睡数刻，焚香垂幕，净展桃笙，睡足而起，神清气爽。真不啻天际真人也。

乐即是苦，苦即是乐。带些不足，安知非福。举家事事如意，一身件件自在，热光景，即是冷消息。圣贤不能免厄，仙佛不能免劫。厄以铸圣贤，劫以炼仙佛也。

牛喘月，雁随阳，总成忙世界；蜂采香，蝇逐臭，同是苦生涯。劳生扰扰，惟利惟名。牿旦昼，蹶寒暑，促生死，皆此二字误之。以名为炭而灼心，心之液涸矣；以利为蛊而蠚心，心之神损矣。今欲安心而却病，非将名利二字，涤除净尽不可。

余读柴桑翁《闲情赋》，而叹其钟情；读《归去来辞》，而叹其忘情；读《五柳先生传》，而叹其非有情、非无情。钟之忘之，而妙焉者也。余友淡公，最慕柴桑翁，书不求解而能解，酒不期醉而能醉，且语余曰："诗何必五言？官何必五斗？子何必五男？宅何必五柳？"可谓逸矣！余梦中有句云："五百年谪在红尘，略成游戏；三千里击开沧海，便是逍遥。"醒而述诸琢堂，琢堂以为飘逸可诵，然而谁能会此意乎？

真定梁公每语人：每晚家居，必寻可喜笑之事，与客纵谈，掀髯大笑，以发舒一日劳顿郁结之气。此真得养生要诀也。

■译文

口中说的话少，心里想的事少，肚子里吃下去的食物少。有了这三少，想修炼成神仙也可以。喝酒应该有节制，发怒时应该赶紧警戒，对于欲望应该尽力克制。按照这三种应该做的事来做，疾病自然就少了。

如果生病了，有十种方法可以用来自我排解：静坐冥想，感悟到世间万物都是虚空，这是其一；对眼前的情况烦恼不已，要用死来警告，这是其二；常常和不如自己的人交往，以此来自我安慰，这是其三；造物主让我活着却疲于奔命，现在生病了反倒清闲下来，应该觉得庆幸，这是其四；注定的灾祸现在遇上了，无处可逃，倒不如欢喜地接受它，这是其五；家庭和睦，没有互相埋怨的话，这是其六；每个人都有病根，自己常常观察病症进而能够自我治疗，这是其七；小心谨慎地预防风寒，克制淡忘自己的嗜好欲望，这是其八；饮食宁可节省不可奢侈，起居只求安适不求华丽，这是其九；邀请亲朋好友，谈论开阔胸怀超然世外的志向，这是其十。

邵康节住在安乐窝里，自己吟诵道："老年肢体索温存，安乐窝中别有春。万事去心闲偃仰，四肢由我任舒伸。炎天傍竹凉铺簟，寒雪围炉软布裀。昼数落花聆鸟语，夜邀明月操琴音。食防难化常思节，衣必宜温莫懒增。谁道山翁拙于用，也能康济自家身。"

养生的真理，就在"清净明了"四个字。对内感到心中空明，对外觉得万事皆空，看破各种不切实际的想法，不再执着于任何事物，这就叫"清净明了"。

各种有危害的病症，都来自强烈的欲望。过于沉溺声色，就会产生虚弱怯懦的病症；过于热衷金钱利益，就会产生贪婪无厌的病症；过于追求建功立业，就会产生制造事端的病症；过于强求声望名誉，就会产生偏激躁进的病症。唉，欲望强烈造成的危害实在是太严重了！樊尚默先生有一味药来治它，叫作"淡"。淡云皎洁，山川苍翠；山川屹立，怪石林立；花朵迎人，鸟声欢悦，山谷中传来阵阵樵夫的歌声，世间万物都悠闲自得，那么人心也自然闲适自得了。

年末的时候我去拜访淡安，看见他的居室里布满了尘土，但他身在其中安然自得。我不禁感叹道："我住的地方一定要打扫得干干净净，住的时候把房间收拾得整整齐齐，不让尘嚣沾染进来。书斋前面种满了花木，方便不时观察世间万物的生长。深夜独坐，有时打开窗户让月光流淌进来，到拂晓时，只感觉到天地间万物，清新之气由远及近，这时心灵与宇宙相交流，没有任何阻碍。现在你的居室里如此混乱肮脏，而你也不加整理，

附录

虽说未必会累心，但恐怕不利于让精神舒爽啊。"

这些年来我常在冷清的庵堂中静坐，很快便改掉了过去的陋习。有时在茂密的树林中放歌，有时在幽静的山谷中长啸，有时在溪流、瀑布、湖泊的岸边荡舟垂钓，捐弃声色之欲，去除心智的活动，时间长了似乎有所收获。

陈白沙说："不因外物而劳累，不被耳目所束缚，不受仓促颠沛的连累。无论是像鸟一样飞，还是像鱼一样游，主动权都在我的手里。"知道的人都说他善于学习，其实这也是养生的真理。

古来圣贤都没有不快乐的理由。孔子说："快乐就在其中。"颜渊说："不改变自己的乐趣。"孟子以"不愧不怍"为乐。《论语》开篇先说"乐"，《中庸》说"君子无论处在何种情况，没有不自得其乐的"，程颢、程颐及朱熹教导人们寻求孔子、颜回那样的乐趣，便是这个意思。圣贤的乐趣，我们岂敢奢望，只敢私下里效仿白居易"有叟在中，白须飘然；妻孥熙熙，鸡犬闲闲"的快乐罢了。

不管是冬天还是夏天，都应该在日出的时候起床，夏天更应如此。早晨天地之间的清新之气最让人神清气爽，如果错过就太可惜了。我住在山寺之中，夏天的时候太阳出来就起床，尽情吸纳草木露水的清香气息。这时莲花花瓣紧闭还未开放，竹叶上露珠滚动仍未滴落，可以称得上是极致的愉悦了。白昼时间长，滴漏仿佛不到头，这时午睡片刻，燃柱香，放下帘幕，铺开竹席，睡足之后再起来，只觉神清气爽。真和天边的仙人一样快活啊。

欢乐就是痛苦，痛苦就是欢乐。就算有些不圆满，又怎么知道那不是一种福分呢？全家事事如意，每人事事顺心，但热闹的景象也是不好的预兆。圣贤也不能免遭灾祸，仙佛也无法躲过劫难。灾祸是为了铸造圣贤，劫难是为了锻炼仙佛啊。

水牛对着月亮喘息，大雁随着太阳迁徙，世间万物总是忙忙碌碌；蜜蜂紧随香气，苍蝇追逐腥臭，一样都是痛苦的生涯。人生劳累纷繁，只是为了名利而已。像牛马一样日夜被束缚，不分严寒酷暑地劳碌，生死在仓促间交替，这都是名利两个字所误导的啊。如果把名声当作炭火来炙烤心灵，那么心里的甘露就枯竭了；如果把利益当作毒虫来蛰咬心灵，那么心神就会受到损伤。现在如果想要安定心神远离疾病，就非得将名利这两个字清除得干干净净不可。

我读陶渊明的《闲情赋》，不禁感叹他的钟情；读他的《归去来辞》，又不禁赞叹他的忘情；读《五柳先生传》，又感慨他既非有情又非无情。既钟情又忘情，真是精彩啊。我的朋友淡公最仰慕陶渊明，说他读书不求解却能明白，喝酒不求醉却能沉醉，并且他对我说："写诗为何一定要用五言？做官为何一定是五斗米？儿子为何一定要有五个？房前为何一定要种五棵柳？"真可谓是隐逸啊！我在梦中得到几句诗："五百年谪在红尘，略成游戏；三千里击开沧海，便是逍遥。"醒了之后我把这几句诗讲给琢堂听，琢堂认为这诗有飘逸之气，可以传诵，但是又有谁能领会其中的深意呢？

真定梁公常常告诉他人："每晚在家，一定要找些可以让人欢喜发笑的事，和客人纵情谈论，掀起胡须畅快大笑，来抒发一整天因劳累困顿而郁结的不平之气。"这真是养生的真理啊。

曾有乡人过百岁，余扣其术。答曰："余乡村人，无所知，但一生只是喜欢，从不知忧恼。"此岂名利中人所能哉？

昔王右军云："吾笃嗜种果，此中有至乐存焉。我种之树，开一花，结一实，玩之偏爱，食之益甘。"右军可谓自得其乐矣。

放翁梦至仙馆，得诗云："长廊下瞰碧莲沼，小阁正对青萝峰。"便以为极胜之景。余居禅房，颇擅此胜，可傲放翁矣。

余昔在球阳，日则步履于空潭、碧涧、长松、茂竹之侧，夕则挑灯读白香山、陆放翁之诗。焚香煮茶，延两君子于座，与之相对，如见其襟怀之澹宕，几欲弃万事而从之游，亦愉悦身心之一助也。

余自四十五岁以后，讲求安心之法。方寸之地，空空洞洞，朗朗惺惺，凡喜怒哀乐、劳苦恐惧之事，决不令之入。譬如制为一城，将城门紧闭，时加防守，惟恐此数者阑入。近来渐觉阑入之时少，主人居其中，乃有安适之象矣。

养身之道，一在慎嗜欲，一在慎饮食，一在慎忿怒，一在慎寒暑，一在慎思索，一在慎烦劳。有一于此，足以致病，安得不时时谨慎耶！

张敦复先生尝言："古人读《文选》而悟养生之理，得力于两句，曰：'石蕴玉而山辉，水含珠而川媚。'"此真是至言。尝见兰蕙、芍药之蒂间，必有露珠一点，若此一点为蚁虫所食，则花萎矣。又见笋初出，当晓，则必有露珠数颗在其末，日出，则露复敛而归根，夕则复上。田间有诗云"夕看露颗上梢行"是也。若侵晓入园，笋上无露珠，则不成竹，

附录

遂取而食之。稻上亦有露，夕现而朝敛，人之元气全在乎此。故《文选》二语，不可不时时体察。得诀固不在多也。

余之所居，仅可容膝，寒则温室拥杂花，暑则垂帘对高槐。所自适于天壤间者，止此耳。然退一步想，我所得于天者已多，因此心平气和，无歆羡，亦无怨尤。此余晚年自得之乐也。

圃翁曰："人心至灵至动，不可过劳，亦不可过逸，惟读书可以养之。"闲适无事之人，镇日不观书，则起居出入，身心无所栖泊，耳目无所安顿，势必心意颠倒，妄想生嗔，处逆境不乐，处顺境亦不乐也。古人有言："扫地焚香，清福已具。其有福者，佐以读书；其无福者，便生他想。"旨哉斯言！且从来拂意之事，自不读书者见之，似为我所独遭，极其难堪。不知古人拂意之事，有百倍于此者，特不细心体验耳！即如东坡先生殁后，遭逢高孝，文字始出，而当时之忧谗畏讥，困顿转徙潮惠之间，且遇跣足涉水，居近牛栏，是何如境界？又如白香山之无嗣，陆放翁之忍饥，皆载在书卷。彼独非千载闻人？而所遇皆如此。诚一平心静观，则人间拂意之事，可以涣然冰释。若不读书，则但见我所遭甚苦，而无穷怨尤嗔忿之心，烧灼不静，其苦为何如耶！故读书为颐养第一事也。

吴下有石琢堂先生之城南老屋。屋有五柳园，颇具泉石之胜，城市之中，而有郊野之观，诚养神之胜地也。有天然之声籁，抑扬顿挫，荡漾余之耳边。群鸟嘤鸣林间时，所发之断断续续声；微风振动树叶时，所发之沙沙籁籁声；和清溪细流流出时，所发之潺潺淙淙声。余泰然仰卧于青葱可爱之草地上，眼望蔚蓝澄澈之穹苍，真是一幅绝妙画图也。以视拙政园，一喧一静，真远胜之。

吾人须于不快乐之中，寻一快乐之方法。先须认清快乐与不快乐之造成，固由于处境之如何，但其主要根苗，还从己心发长耳。同是一人，同处一样之境，甲却能战胜劣境，乙反为劣境所征服。能战胜劣境之人，视劣境所征服之人，较为快乐。所以不必歆羡他人之福，怨恨自己之命，是何异雪上加霜，愈以毁灭人生之一切也。无论如何处境之中，可以不必郁郁，须从郁郁之中，生出希望和快乐之精神。偶与琢堂道及，琢堂亦以为然。

■译文

我曾经向一个年过百岁的乡人询问长寿的秘诀。他回答说："我只是一个农民，没有什么文化，但这辈子只知道欢喜，从来不懂烦恼忧愁。"这岂是那些陷入名利当中的人能做到的呢？

昔日王羲之说："我爱好种果树，这里面有着至上的快乐。我种的树，开出花，结出果，我把玩起来尤为喜爱，吃起来也觉得更加甜美。"王羲之可以说是自得其乐了。

陆游在梦中到达仙界，得到一句诗："长廊下瞰碧莲沼，小阁正对青萝峰。"便以为这就是最壮美的景致了。我住在禅房里，独享这种景致，可以笑傲放翁了。

先前我在琉球，白天漫步于平静的水潭、清澈的山涧、挺拔的松树和茂密的竹林之间，夜晚就挑灯品读白居易、陆游的诗。燃香烹茶，请书中的白居易、陆放翁两君子来做客，面对他们，仿佛见到了他们淡然坦荡的胸襟，我差一点就抛下世间万物跟着他们去云游了，这也是愉悦身心的一大方法。

我自四十五岁之后一直在寻找令心神安宁的方法。方寸大的地方，内心保持空空荡荡、明朗清醒，凡是那些喜怒哀乐、痛苦恐惧的事情，一概不让它们进入。就像建立了一座城池，紧紧闭起城门，时时严加防守，唯恐那几样东西擅自闯进来。近来我渐渐觉得擅自闯入的东西少了，我住在里面，这才有了安定闲适的景象。

养生的真谛，一是在于节制欲望，一是在于节制饮食，一是在于节制愤怒的情绪，一是在于节制寒暑的侵袭，一是在于节制过分的思索，一是在于节制烦恼。只要有这其中的一项，就足以引起疾病，怎能不时时小心谨慎呢？

张英先生曾说过："古人读《文选》，从中领悟到养生的真理，主要是得益于两句话，即：'石蕴玉而山辉，水含珠而川媚。'"这真是至理名言。我曾看到兰花、芍药的花蒂之间，一定会有一颗露珠，如果这颗露珠被蚂蚁、虫子吃掉，那么花就枯萎了。我还见过芦笋刚刚冒出来的时候，如果正在清晨，笋尖上就一定会有几颗露珠，太阳一出来露珠就会聚集到根部，到了傍晚又回到笋尖上。钱澄之的诗句"夕看露颗上梢行"，指的就是这种景象。如果在破晓的时候进入竹园，看到笋上没有露珠，那么这棵竹笋就注定长不成竹子了，因此就把竹笋挖出来吃掉。水稻上也有露珠，傍晚出现，清晨收整，人的元气全都蕴藏在这里。所以《文选》里这两句话，不可不时时体会领悟。领会到的道理本来就不在于数量的多少。

附
录

我居住的地方空间狭小，仅仅能容下我一个人，寒冬就把各种花木堆放在温室里，酷暑就放下窗帘面对高大的槐树。我能够在天地间自由享受的，也只有这些了。但是退一步想，我从上天那儿得到的东西也够多了，因此我才能保持心平气和，不羡慕别人，也不嫉妒怨恨。这是我晚年怡然自得的乐趣。

圃翁说："人的心极为聪慧也极为灵动，不能够让它过于劳累，但也不要让它过于安逸，只有读书可以颐养心性。"悠闲安适无所事事的人，如果整天不读书，那么无论是生活起居还是出门往返，身心都无所依靠，耳目也无处安顿，这样势必会导致心意颠倒，生出一些不切实际的想法或是大发牢骚，身处逆境不会快乐，身处顺境也一样没有乐趣。古人有句话："打扫地面，燃起熏香，这已经是享清福了。有福的人会用读书来助兴，没福的人则会生出乱七八糟的杂念。"这话说得非常中肯！况且世上那些不顺心的事，在不读书的人看来，似乎是只有自己才遭受这样的挫折，觉得难以忍受。他们不知道古人遭受的挫折有的比这要艰难百倍，只是他们不肯细心体验罢了。比如苏轼，在他死后，受到高宗孝宗的肯定，他的文章这才在世间广为流传，但他活着的时候，不但要天天担心谗言讥讽，而且处境窘迫，一直在潮州、惠州等蛮荒之地颠沛流离，有时还得赤脚过河，住在像牛栏一样的房子里，苏轼却能淡然处之，这是怎样的境界啊！再比如白居易老而无子，陆游忍饥挨饿，这些事迹都记录在书中。这些不都是名垂千古的人吗？但他们的遭遇都这样悲惨。如果能够平心静气地来看待，那么人间所有不顺意之事，都可以涣然冰释。如果不读书，就只能看见自己一人所遭受的苦难，从而充满抱怨、愤怒、生气、憎恨的心就会不断灼烧，让人无法保持平静，这该多么痛苦啊！所以说读书是颐养身心的第一要务。

石琢堂先生在苏州有座位于城南的老房子。老房子里面有五柳园，里面的泉水和怪石相当美，处在城镇之中，却能呈现出野外的景观，这里的确是养生的胜地。大自然的各种天籁之声，抑扬顿挫，荡漾在我的耳边。群鸟在树林里嬉戏鸣唱，发出断断续续的声响；微风吹动树叶，发出沙沙簌簌的声音；清澈的溪水涓涓流淌，发出潺潺淙淙的响声。我舒适地躺在青翠葱茏惹人喜爱的草地上，双眼遥望着蔚蓝澄澈的天空，真是一幅绝妙的图画啊。把它和拙政园相比，一个宁静一个喧嚣，实在比拙政园美多了。

人应该从不快乐当中寻找让自己快乐的方法。首先要弄清楚造成快乐和不快乐的原因，当然这和自己所处的环境息息相关，但究其根本，还是发自于内心。同样是人，处在同样的环境当中，甲能够战胜恶劣的环境，乙反而被恶劣的环境所征服。能够战胜逆境的人，与被逆境征服的人相比要快乐一些。所以不必羡慕别人的幸福，怨恨自己的命运。因为这无异于雪上加霜，更严重时还会毁灭自己的人生。一个人无论处在什么样的环境中，都不必抑郁忧伤，反而应该从抑郁中生出希望和快乐。偶尔和琢堂说起这些话，琢堂也认为很有道理。

　　家如残秋，身如昃晚，情如剩烟，才如遣电，余不得已而游于画，而狎于诗，竖笔横墨，以自鸣其所喜。亦犹小草无聊，自矜其花，小鸟无奈，自矜其舌。小春之月，一霞始晴，一峰始明，一禽始清，一梅始生，而一诗一画始成。与梅相悦，与禽相得，与峰相立，与霞相揖，画虽拙而或以为工，诗虽苦而自以为甘。四壁已倾，一瓢已敝，无以损其愉悦之胸襟也。

　　圃翁拟一联，将悬之草堂中："宝贵贫贱，总难称意，知足即为称意；山水花竹，无恒主人，得闲便是主人。"其语虽俚，却有至理。天下佳山胜水、名花美竹无限。大约富贵人役于名利，贫贱人役于饥寒，总鲜领略及此者。能知足，能得闲，斯为自得其乐，斯为善于摄生也。

　　心无止息，百忧以感之，众虑以扰之。若风之吹水，使之时起波澜，非所以养寿也。大约从事静坐，初不能妄念尽捐，宜注一念，由一念至于无念，如水之不起波澜。寂定之余，觉有无穷恬淡之意味，愿与世人共之。

　　阳明先生曰："只要良知真切，虽做举业，不为心累。且如读书时，知强记之心不是，即克去之；有欲速之心不是，即克去之；有夸多斗靡之心不是，即克去之。如此，亦只是终日与圣贤印对，是个纯乎天理之心，任他读书，亦只调摄此心而已，何累之有？"录此以为读书之法。

　　汤文正公抚吴时，日给惟韭菜。其公子偶市一鸡，公知之，责之曰："恶有士不嚼菜根，而能作百事者哉？"即遣去。奈何世之肉食者流，竭其脂膏，供其口腹，以为分所应尔。不知甘脆肥腻，乃腐肠之药也。大概受病之始，必由饮食不节。俭以养廉，澹以寡欲，安贫之道在是，却疾之方亦在是。余喜食蒜，素不贪屠门之嚼，食物素从省俭。自芸娘之逝，

附

录

梅花盒亦不复用矣。庶不为汤公所呵乎！

留侯、郏侯之隐于白云乡，刘、阮、陶、李之隐于醉乡，司马长卿以温柔乡隐，希夷先生以睡乡隐，殆有所托而逃焉者也。余谓白云乡，则近于渺茫，醉乡、温柔乡，抑非所以却病而延年，而睡乡为胜矣。妄言息躬，辄造逍遥之境；静寐成梦，旋臻甜适之乡。余时时税驾，咀嚼其味，但不从邯郸道上，向道人借黄粱枕耳。

养生之道，莫大于眠食。菜根粗粝，但食之甘美，即胜于珍馔也。眠亦不在多寝，但实得神凝梦甜，即片刻，亦足摄生也。放翁每以美睡为乐，然睡亦有诀。孙真人云："能息心，自瞑目。"蔡西山云："先睡心，后睡眼。"此真未发之妙。禅师告余，伏气，有三种眠法：病龙眠，屈其膝也；寒猿眠，抱其膝也；龟鹤眠，踵其膝也。余少时，见先君子于午餐之后，小睡片刻，灯后治事，精神涣发。余近日亦思法之。午餐后，于竹床小睡，入夜果觉清爽。益信吾父之所为，一一皆可为法。

余不为僧，而有僧意。自芸之殁，一切世味，皆生厌心，一切世缘，皆生悲想，奈何颠倒不自痛悔耶！近年与老僧共话无生，而生趣始得。稽首世尊，少忏宿愆，献佛以诗，餐僧以画。画性宜静，诗性宜孤，即诗与画，必悟禅机，始臻超脱也。

■译文

家中光景残破得像深秋时的景象，自己的身体衰老得如黄昏将逝，爱情凋零就像残余的几丝烟雾，才华消逝恰似闪过的电光，我不得已才在作画中游乐，在作诗中戏玩，舞笔弄墨来表达自己所喜欢的东西。就如同小草无聊，炫耀自己的花朵；小鸟无奈，炫耀自己的歌声。初春之月，第一缕霞光开始照耀，第一座山峰开始染绿，第一只禽鸟开始鸣叫，第一朵梅花开始绽放。这时，一首诗一幅画才完成。与梅花两相取悦，与鸣禽结为知己，与山峰相对立，与霞光相作揖。如此，虽然我的画很拙劣，也会觉得精妙；虽然我的诗写得很艰涩，但也觉得美妙。家中的墙壁已经倾颓，仅剩的瓢盆也已裂开，但这些都不会有损于我愉悦的胸襟。

圊翁曾有一副对联，我把它写下来挂在草堂中："宝贵贫贱，总难称意，知足即为称意；

山水花竹，无恒主人，得闲便是主人。"这话虽然浅显通俗，却蕴含着真理。天下到处都有秀丽的山川、壮阔的河流、名贵的花木、秀美的竹子。可能因为富贵之人总被名利束缚，贫贱之人总被饥寒桎梏，因此很少有人能领略到造化之美。能够知足，能有闲暇，就是自得其乐，就是善于养生。

要是心不能平静下来，各种烦恼就会来动摇它，各种思虑就会来烦扰它。就像风吹水面，激起阵阵波涛，这样是无法养生的。在一开始致力静心打坐的时候，人们无法完全抛弃所有杂念，这时应该专注于一个念头，再从一个念头到没有念头，就像沉静的水面上不起波澜。做到沉寂入定之后，就会感觉到无穷的恬淡意味，进而也会愿意同世人共处了。

王阳明先生说过："只要良知清楚明白，即使写科举应试的文章也不会让心感到疲累。而且读书时，明白强迫记忆的想法不对，就该立即改变这种做法；知道求快躁进的想法不对，就该立即改变这种做法；明白夸耀好胜的想法不对，也应立即改变这种做法。这样做，整天只和圣贤交流，只要有颗纯洁自然的心，放任自己去读书，也只是调理保养这颗心罢了，有什么劳累的呢？"我把这些话记录下来，作为读书的法则。

汤斌为江苏巡抚的时候，每天吃的菜只有韭菜。他的儿子偶尔买回一只鸡，汤先生知道了后斥责他说："哪里有没嚼过菜根就能完成各种大事的士人呢？"然后让儿子把鸡退回去了。无奈的是，现今那些有权势的人，竭力搜刮钱财来满足自己的口腹之欲，还认为那是自己分内该得的。他们不知道甜美肥腻的食物都是腐蚀肠胃的毒药啊。一般来说，人们开始生病，往往是由于饮食不知节制造成的。用勤俭来培养自己廉洁的德行，用淡泊来减少自己的欲望，安贫乐道的真谛就在这里，防治疾病的方法也在这里。我喜欢吃蒜，向来不贪图肉食，食物也一向坚持简单。自从芸去世，再也没有用过梅花盒。这样，应该不会受到汤先生的责备吧！

留侯、邺侯隐居在白云乡，刘伶、阮籍、陶渊明、李白归隐于醉乡，司马相如归隐于温柔乡，陈抟归隐于睡乡，这些人大概都是有所寄托而逃避世事。我认为白云乡过于渺茫，醉乡、温柔乡也不是治疗疾病、延年益寿的好地方，但睡乡就很好。妄言休息身体，却一下子营造出逍遥的境界；静静沉睡入梦，马上就到达了香甜舒适的状态。我不时小憩，反复体会其中的意味，只是还未曾在邯郸路上向道士借来黄粱枕罢了。

养生的道理，没有比睡眠饮食更重要的了。菜根粗糙难咽，但只要吃起来就会觉得甜美，胜过山珍海味。睡眠也不在于时间长短，只要精神集中梦境甜美，就算只有一会儿，也足以养生。陆游经常把睡得香甜作为一种乐趣，不过睡觉也有诀窍。孙真人说："能够平心静气，自然就能闭目入睡。"蔡西山说："先让心进入睡眠，再让眼睛进入睡眠。"

附
录

191

这真是不必阐释的妙语啊。禅师告诉我要调理呼吸，有三种睡觉的方法：像病龙一样的睡姿，屈起自己的膝盖；像寒冬里猿猴一样的睡姿，抱住自己的膝盖；像龟鹤一样的睡姿，用一只脚的脚后跟顶在另一条腿的膝盖上。我小时候，曾见父亲在午餐之后小睡片刻，夜晚父亲处理事务时，精神焕发。近日来我想着效法父亲。午餐之后，我在竹床上小睡片刻，到了夜里果然觉得神清气爽。因此我更加相信父亲的所作所为，都是可以一一效法的。

我虽然不是僧人，却有了僧人的志向。自从芸去世之后，我对世上的一切趣味，都产生了厌倦的心思；对世上一切情缘，都产生了悲观的想法，怎能不反反复复地独自痛悔呢！近年来我和老和尚一起探讨死的问题，这才又重新获得了生的乐趣。在佛祖脚下稽首叩拜，稍稍忏悔前世的罪孽，写诗来供奉佛祖，作画来赠送僧人。作画性情应当沉静，写诗性情应当孤冷，也就是说写诗作画一定得领悟禅机，如此才能慢慢达到超脱的境界。

《浮生六记》跋

　　予妇兄杨甦补明经曾于冷摊上购得《浮生六记》残本，笔墨间，缠绵哀感，一往情深，于伉俪尤敦笃。卜宅沧浪亭畔，颇擅水石林树之胜，每当茶熟香温，花开月上，夫妇开尊对饮，觅句联吟，其乐神仙中人不啻也。曾几何时，一切皆幻。此记之所由作也。予少时尝跋其后云："从来理有不能知，事有不必然，情有不容已。夫妇准以一生，而或至或不至者，何哉？盖得美妇非数生修不能，而妇之有才有色者，辄为造物所忌，非寡即夭。然才人与才妇旷古不一合，苟合矣，即寡夭焉，何憾！正惟其寡夭焉，而情益深；不然，即百年相守，亦奚裨乎？呜呼！人生有不遇之感，兰杜有零落之悲。历来才色之妇，湮没终身，抑郁无聊，甚且失足堕行者不少矣，而得如所遇以夭者，抑亦难之。乃后之人凭吊，或嗟其命之不辰，或悼其寿之弗永，是不知造物者所以善全之意也。美妇得才人，虽死贤于不死。彼庸庸者即使百年相守，而不必百年已泯然尽矣。造物所以忌之，正造物所以成之哉？"故跋后未越一载，遽赋悼亡，若此语为之谶也。是书余惜未抄副本，旅粤以来时忆及之。今闻甦补已出付尊闻阁主人以活字板排印，特邮寄此跋，附于卷末，志所始也。

　　　　　　　　　　　　　丁丑秋九月中旬，淞北玉鱿生王韬病中识

附
录

193

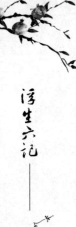

分题沈三白处士《浮生六记》

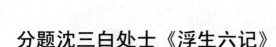

刘樊仙侣世原稀，瞥眼风花又各飞；
赢得红闺传好句，"秋深人瘦菊花肥"。

烟霞花月费平章，转觉闲来事事忙；
不以红尘易清福，未妨泉石竟膏肓。

坎坷中年百不宜，无多骨肉更离披；
伤心替下穷途泪，想见空江夜雪时。

秦楚江山逐望开，探奇还上粤王台；
游踪第一应相忆，舟泊胥江月夜杯。

瀛海曾乘汉使槎，中山风土纪皇华；
春云偶住留痕室，夜半涛声听煮茶。

白雪黄芽说有无，指归性命未全虚；
养生从此留真诀，休向嫏嬛问素书。

阳湖管贻葊村荃

《浮生六记》年表

说明：此年表来源于网上，是网友根据俞平伯先生的《浮生六记》年表，以白话文重新搜集整理如下。

清乾隆二十八年（1763年），正月陈芸出生，十一月二十二日沈复出生。

清乾隆三十一年（1766年），陈芸父亲陈心余死，陈芸、沈复四岁。

清乾隆四十年（1775年），七月十六日，陈芸、沈复订婚，年十三岁。

清乾隆四十二年（1777年），沈复随父亲稼夫在浙江绍兴，从赵传为师，始游吼山，为游览之始。陈芸、沈复十五岁。

清乾隆四十三年（1778年），沈复从赵传到杭州，初游西湖。陈芸、沈复十六岁。

清乾隆四十五年（1780年），正月二十二日，陈芸、沈复结婚，年十八岁。沈复再赴杭州，从赵传受业。隔三月返回苏州。六月夫妇迁居"我取"轩中。七夕同拜天孙。七月十五日，同时生病后两旬而愈。中秋夕，偕游沧浪亭，是年乾隆皇帝南巡。

清乾隆四十六年（1781年），秋八月，沈复父亲发疟疾病重，陈芸也患大病。冬，沈复跟随蒋襄习幕于奉贤，初识顾金鉴，年十九岁。

清乾隆四十七年（1782年），九九重阳节，沈复随顾金鉴寻将来偕隐地，至寒山登高，年二十岁。

清乾隆四十八年（1783年），春，从蒋襄初到扬州，备览园林胜地，沈复二十一岁。顾金鉴死，年二十二岁。

清乾隆四十九年（1784年），春，乾隆皇帝南巡。沈复随父亲在吴江接驾。陈芸、沈复二十二岁。夏秋之交，沈复随父亲游幕海宁，到嘉

附
录

195

兴和海宁。

清乾隆五十年（1785 年），陈芸、沈复二十三岁。沈复随父在海宁。陈芸得罪其舅舅。

清乾隆五十二年（1787 年），陈芸、沈复二十五岁。沈复应幕于徽州绩溪，由杭州溯钱塘江而上。陈芸初生女儿，名"青君"。

清乾隆五十三年（1788 年），沈复从徽州绩溪返回苏州，改业为酒贾。年二十六岁。

清乾隆五十四年（1789 年），沈复二十七岁，因台湾林爽文之乱，贩酒亏本，仍游幕于江北。陈芸生儿子，名"逢森"。

清乾隆五十五年（1790 年），沈复二十八岁，随父在扬州。因其父亲纳姚氏之女缘故，陈芸得罪其婆婆。

清乾隆五十六年（1791 年），沈复二十九岁，在江北。是否随父亲在扬州，或者另择应幕之地，则不得知。

清乾隆五十七年（1792 年），沈复三十岁，住真州，后因父亲患病赴扬州，也病于此。其父亲因事迁怒驱逐陈芸。夫妇遂同居于鲁璋之萧爽楼，以书画刺绣为生。

清乾隆五十八年（1793 年），陈芸、沈复三十一岁，菜花黄时，偕客游南园。夏六月十八日夫妇偕游吴江，夜泊于万年桥下。冬十月十日，沈复跟徐秀峰经商于粤，溯大江入江西。十一月二十二日，沈复的生日，抵达南安。十二月十五日抵达广州，住靖海门内度岁。

清乾隆五十九年（1794 年），沈复三十二岁，正月在扬帮船上冶游，前后约四个月，花费百余金。夏五月，由原路返回，七月到苏州。其父亲到萧爽楼招陈芸返回家中。

清乾隆六十年（1795 年），沈复三十三岁，住在青浦。中秋日，夫妇随母亲游虎丘。陈芸始遇憨园，十八日两人结为姐妹。

清嘉庆元年（1796年），沈复年三十四岁，仍住在青浦。憨园被有权有势者夺去，陈芸旧病复发。

清嘉庆二年至四年（1797—1799年），沈复三十五至三十七岁。居家闲赋，与程墨安合开书画铺。

清嘉庆五年（1800年），陈芸、沈复三十八岁，仍闲居。八月十七日，与客游无隐禅院，归来后作《无隐图》一幅。陈芸用十天尽力绣《心经》一部，因而病情加重。十二月，家庭剧变，二十六日五更天，夫妇前往无锡东高山，住华大成家，在此度岁。

清嘉庆六年（1801年），陈芸、沈复三十九岁。正月二十四日，女儿青君到王氏家为童养媳。儿子逢森入市场学贸易。正月十七日，沈复到江阴，二十日又去靖江索债。遇风雪，甚是狼狈。二十五日返回无锡。二月到上海，归途中顺便游虞山、剑门，登山巅。后到扬州，为贡局司事代理笔墨。

清嘉庆七年（1802年），陈芸、沈复四十岁。沈复在扬州，八月接到陈芸书信，说要来扬州。在扬州先春门外，租赁临河的两间房屋。冬十月，陈芸带奴仆阿双到扬州。十二月，沈复被裁员。

清嘉庆八年（1803年），陈芸、沈复四十一岁，陈芸于春二月发血疾。沈复又到靖江借贷。奴仆阿双卷家财逃跑。三月三十日，陈芸死于扬州，厝棺材于扬州西门外金桂山。沈复携陈芸木主回扬州，以卖画度日。秋九月，代幕于江都县，在张禹门家度岁。

清嘉庆九年（1804年），沈复四十二岁。春三月，父亲稼夫去世，沈复返回苏州奔丧。夏，移居禅寺大悲阁。秋七月，随夏荮芗赴崇明岛。归来后又去东海永泰沙，十月回来。

附录

清嘉庆十年（1805年），沈复四十三岁。春正月与夏氏家人游灵岩山、香雪海。为夏介石画《幞山风木图》十二册。秋九月，随石韫玉溯江西上，住在湖北荆州刘氏废院，在此度岁。

　　清嘉庆十一年（1806年），沈复四十四岁。春二月，由荆州到樊城，登陆后折道去潼关。夏四月，儿子逢森死亡，卒年十八。冬十月，随石韫玉眷属赴济南。石韫玉赠送其一小妾。第三卷《坎坷记愁》到此结束。

　　清嘉庆十二年（1807年），沈复四十五岁。春二月，就馆莱阳。秋随石韫玉到北京。第四卷《浪游记快》到此结束。

　　清嘉庆十三年（1808年），沈复四十六岁，作《浮生六记》第四卷。